산청

산청

민윤숙 장편소설

처음부터 마지막까지 아름다웠던 사람 명주

내 나이 올해 여든여덟이다.

가끔 홀로 앉아 자신에게 물어보곤 한다. 나는 과연 잘 산 것일까? 잘 산다는 것은 무엇일까. 넉넉한 재물을 뽐내며 살아가는 사람을 잘 사는 사람이라고 여겨본 적은 없다. 아픔과 시련이야 누구나 겪기 마련이다.

아흔을 눈앞에 두고서야 잘 사는 사람이 어떤 사람인지는 몰라도 잘못 사는 사람이 어떤 사람인지를 어렴풋이 알게 되었다. 남을 미워하고 남에게 하지 말아야 할 일을 하며 사는 사람이 가장 잘못 산 사람, 안된 사람이다.

그리 보면 내가 잘 살았는지는 몰라도 크게 잘못 살지는 않은 것 같아 안도하곤 한다. 더러 나를 실망하게 만든 사람들이 있었지만 미워하는 마음으로 살지 않았으니 얼마나 다행인가. 남에게 큰 힘이 되지는 못했어도 누군가에게 해를 입히지 않고 살았으니 이 또한 얼마나 다행인가.

　무엇이 여태까지 크게 잘못 살지 않도록 나를 이끌어주었을까? 그 대답으로 쓴 이야기가 『산청』이다.

　『산청』의 주인공 명주가 홀로 감당해낸 아픔과 서러움을 생각하면 나를 아무리 힘들게 만든 사람도 미워하지 않을 수 있었다. 평생 아무것도 탐하지 않고 내어주며 베풀기만 하다 담담하게 마감한 그녀의 생을 생각하면 내게 아무리 큰 이득이 된다 해도 누군가에게 해를 끼치는 일은 염두에 둘 수가 없었다.

　명주를 떠올리면 언제나 명치가 아프면서 눈물이 난다. 그러면서도 마음이 따뜻해진다. 명주는 주변 사람들에게 어떤 조건도 없이 아낌없이 주는 나무였다. 나는 누구에게 몇 번이나 명주처럼 따뜻한 사람이었을까.

　지난 오월, 참으로 오랜만에 명주 고모가 살았던 산청에 다녀왔다. 우뚝한 이 층 한옥은 지금도 건재했다. 지방문화재로 등록된 대문 앞에 세워진 안내판에는 집의 유래와 가치가 잘 설명되어 있었다. 하지만 그 안에 어떤 사람이 살았었는지는 한 마디도 없었다.

　나는 산청에서 돌아오며 처음부터 마지막까지 선하고 시리게 아름다웠던 사람 명주 고모의 이야기를 이 세상에 남겨두고 떠나기로 결심했다.

『산청』은 내가 쓴 처음이자 마지막 소설이 될 것이다. 내 기억이 더 희미해지기 전에 나를 잘못 살지 않게 해준 '명주' 고모의 이야기를 들려주고 싶었다. 그녀가 세상에 남긴 그 따뜻한 온기가, 내가 아끼고 참으로 사랑하는 사람들에게 조금이나마 전해져 그들의 삶이 조금 더 따뜻해졌으면 좋겠다.

2024년 2월 민윤숙

차례

작가의 말
처음부터 마지막까지 아름다웠던 사람 명주 · 4

산청 · 9

발문
그대 '산청'을 아는가
_ 방현석(소설가·중앙대 교수) · 343

1

　　"명주 집에 있소? 얼른 안방으로 건너오라고 이르시오."

　　바느질에 골몰해 있던 진사댁은 갑작스레 방 안으로 들어서는 남편을 의아하게 바라보았다. 여간해서 서두르는 법이 없는 정진사였다.

　　"방금 산청 사돈댁에서 전갈이 왔소. 오늘 해 안으로 명주를 산청으로 보내달라는 기별이오."

　　"무슨 급한 일이기에 신행도 하지 않은 아이를 시댁으로 보내라 합니까?"

　　"시간이 없소. 어서 명주나 부르시오."

정진사가 굳게 다물었던 입을 연 것은 명주가 방 안에 들어선 다음이었다.

"민서방이 위독한 모양이다. 편지를 길게 쓸 경황도 없었는지 인사절차 다 생략하고 오늘 보내달라는 말뿐이었다. 그리 알고 준비하거라."

명주는 자신을 똑바로 쳐다보지 못하는 정진사에게 물었다.

"어디가 어떻게 아프다는 말도 없었습니까?"

명주의 얼굴은 창백했지만 눈빛은 고요했고, 목소리는 흔들리지 않았다.

"그렇다고 말했지 않았느냐. 벌써 점심때가 다 되어간다. 서둘러라."

명주는 이를 사리물었고, 여전히 어안이 벙벙한 표정인 진사댁이 물었다.

"이런 경황에 무엇을 어찌 준비합니까?"

"우선 명주가 타고 갈 가마부터 준비하시오."

"가마가 마침 있을지…… 있다고 하더라도 읍내까지 가고 오는 데 세 시간은 족히 걸릴 터인데, 그때면 벌써 해가 기울 거예요."

두 사람을 지켜보던 명주가 영민한 눈빛을 떨어뜨리며 침착하게 방법을 제시했다. 진사댁은 어느새 안정을 찾고 방법을 떠올렸다. 그녀는 조심스럽게 입을 열었다.

"직각댁의 가마를 빌리면 안 될까요?"

흠. 정진사는 낮은 신음을 흘렸다. 직각댁이 명주의 혼사를 중매한 뒤로 가깝게 지내기는 했지만 워낙 지체가 높아 대하기가 어려웠다. 게다가 아래 항렬이라 더욱 처신하기 난감했다. 평생 무엇을 빌리거나 꾸어본 적 없는 진사로서는 영 마음이 내키지 않았다. 그런 정진사의 심중을 헤아린 진사댁이 집을 나섰다.

다행히 직각댁은 집에 있었다.

"당질부, 마침 집에 계셨네. 부탁이 있어 이리 왔구먼. 무슨 일인지 산청에서 오늘 해 안으로 명주를 보내달라는데, 아이가 타고 갈 가마를 급히 구할 길이 없어서…….."

"조금 전에 동생이 위중하다는 전갈을 저도 받았습니다. 저도 산청으로 가야 하니 명주 아가씨가 제 가마를 타고 제가 아이들 아버지 교자를 타면 어떻겠습니까?"

"아이고 고마워라. 그래 준다면야 우리야 걱정이 없지. 허나 어찌 여자가 교자를…….."

"급한데 어쩌겠습니까. 일산으로 해나 가리는 수밖에요."

가슴을 쓸어내리며 집으로 돌아온 진사댁은 다시 머리가 아팠다. 어느 정도의 일정으로 짐을 꾸려야 할지, 첫 시댁 나들이인데 인사 음식은 어찌해야 할지, 손댈 것이 너무 많았다. 우선 명주의 방으로 들어가 속옷가지와 갈아입을 옷 몇 벌을 추렸다. 그런 다음 명주가 몸엣것을 시작하면 주려고 준비해두었던 서답을 꺼내 함께 싸라고 몸종에게 일렀다.

"명주야. 이제 네 나이 열네 살이다. 오늘일지 내일일지 모르는 일이니 지니고 떠나거라. 뒤처리 야무지게 하고, 행동거지 조심하고."

진사댁은 부산스럽게 집 안을 돌아다니며 빠지는 것이 없는지 확인한 다음 정진사에게 물었다.

"점순이는 어찌할까요?"

"직각댁 당질부의 몸종이 따라가지 않겠소."

"그야 그렇기는 한데, 명주는 점순이가 있어야 하지 않을까 해서요."

"당신이 알아서 하시오. 그리고 지금 저렇게 음식 장만할 시간이 어디 있소. 되는 대로 대충 챙기시오."

진사댁은 우환이 있는 집에 몸종을 딸려 보내는 것이 무례한 일은 아닌지, 처음 가는 시댁에서 명주 혼자 잘 해낼 수 있을지 고민했다. 그녀는 다락으로 올라가 제사 때나 손님을 대접할 때 쓰려고 쟁여둔 곶감, 엿, 꿀, 강정 등을 한지에 싸 바구니에 담았다. 그리고 점순을 불러 바구니를 넘겨주었다.

"정순아, 네가 명주 시댁에 따라가야 할 것 같다. 며칠을 묵게 될지 모르니 옷가지를 챙기거라."

"마님, 아가씨는 아직 신행 전이신데 시댁에는 어인 일로 가신다고 그러시나요?"

"지금 시간이 없다. 얼른 따라나설 준비나 하거라. 가마 안에 요강 두는 것 잊지 말고."

"마님, 가마는 어디 있나요?"

"곧 직각댁에서 가마가 올 거다. 서두르거라."

2

완만한 선을 이룬 지붕 둘레에 빨강 파랑 노랑 주황 연두 초록 술이 찰랑거리고, 그 밑에는 앙증맞은 미닫이 격자 창호 문이 좌우에 고즈넉이 자리 잡고 있는 가마가 진사댁 대문으로 들어섰다. 뒤를 이어 그보다 조금 큰 교자도 들어왔다. 가리개가 없는 교자에는 커다란 일산이 해 가리개를 하고 있었다. 직각댁 마님이 교자에서 내려왔다. 명주가 인사를 했다.

"형님 오셨습니까. 별고 없으신지요."

"예, 아가씨. 심려가 크시지요. 동생은 별일 아닐 겁니다. 너무 걱정하지 마세요. 당숙부님, 그럼 저희들 다녀오겠습니다."

"그래, 잘 다녀오시게. 우리 명주 잘 부탁하네."

점순이가 가마 정면의 조그만 문을 열었다. 명주는 뒤로 돌아 살그머니 엉덩이를 들이밀고 앉은 후 사뿐히 상체를 일으켜 미닫이문을 열었다. 명주는 부모님께 고개를 숙여 인사드렸다. 두 분은 한나절 새에 초췌해져 금방이라도 쓰러질 듯 서 있었다. 명주는 아른거리는 눈을 내리깔았다. 가마 곁으로 다가온 진사댁이 말했다.

"명주야, 울긴 왜 우느냐. 민서방은 금방 일어날 게야. 아무 염려하지 말고 잘 다녀오너라."

가마가 출렁였다. 곱게 차려입은 한복 위로 눈물이 떨어졌다. 직각댁 마님을 태운 교자의 뒤를 따라 명주를 태운 가마도 출발했다.

가마꾼과 교군꾼 여덟 명, 마님의 몸종, 점순이, 지게에 짐을 잔뜩 진 짐꾼이 함께 길을 떠났다.

온 동리 사람들이 고샅에 나와 가마행렬을 구경하며 수군댔다.

"대체 직각댁 마님은 어딜 가시는 게지?"

"명주는 왜 데리고 가시는 겐가?"

"그리고 왜 교자를 타고 가시나. 진주 차부에서 택시를 불러오면 될 일을."

"이 사람아, 진주까지 가서 차를 불러올 시간이 없는 모양이지."

"오늘 꼭 가셔야 하는 일인가 부지?"

궁금증을 견디지 못한 사람들은 명주의 집으로 몰려가 보았지만 사랑문이나 안방 문이나 모두 굳게 닫혀 있었다. 집안에 함구령이 떨어졌고, 하인들도 묵묵히 제 할 일만 할 뿐이었다.

흔들리는 가마 안에서 명주는 결혼식 날과 그다음 다음날, 이렇게 두 번밖에 보지 못한 신랑 영휘를 떠올려보았다. 이제 결혼한 지 겨우 사십여 일 지났을 뿐이었다.

혼례 날 명주는 점순의 호들갑 때문에 신랑이 도착한 것을 알았다. 점순이 손가락에 침을 발라 뚫어준 문구멍으로 밖을 내다보았다. 목각 기러기를 든 기럭아비의 안도로 사모관대를 한 신랑이 마당으로 들어오는 모습이 보였다. 그 순간 명주의 심장이 내려앉는 것 같았다. 그녀는 급히 앉았던 자리로 돌아가 다소곳이 머리를 숙이고 앉았다.

"신부 출!"

놀란 명주는 숨을 크게 들이쉬었다. 수모 두 사람이 양쪽 겨드랑이에 손을 넣어 그녀를 일으켜세웠다. 그녀는 수모들의 인도에 따라 대례청으로 나갔다.

먼저 신랑신부가 몸과 마음을 청결히 하는 의미로 깨끗이 손을 씻었다. 예식 전에 치르는 관세우의 의식이었다. 손을 씻은 두 사람은 절을 주고받았다. 행복한 부부가 될 것을 하늘과 땅에 맹세하는 의식을 했고, 일생토록 사랑할 것을 서로에게 서약하는 의식도 치렀다. 집례하는 집안 어른의 긴 말씀이 끝나자 두 사람은 표주박 잔에 술을 나눠 마셨고, 일심동체가 되었음을 알렸다.

이 많은 서약과 의식을 치르고 일생을 함께할 신랑이란 사람은 어떻게 생겼을까. 너무도 궁금했던 명주는 술을 입술에 대는 척하며 표주박 너머로 살짝 눈을 치켜떴다가 순간 기겁을 하고 눈을 내리깔았다. 신랑도 표주박 너머로 명주를 바라보고 있었던 것이다.

명주는 그 순간을 떠올리는 것만으로도 다시 터질 듯이 가슴이 뛰었다. 어느새 얼굴도 달아올랐다. 그녀는 가마 미닫이문을 열고 밖을 내다보았다. 싸늘한 가을바람이 흘러들어와 뺨을 식혀주었다. 문 옆으로 점순이 조그만 보퉁이를 든 채 걷고 있었다. 무슨 생각에 깊이 빠져 있는지 명주가 바라보고 있는 것도 알지 못했다. 명주는 점순을 부르려다 말고 가만히 그녀를 바라보았다. 늘 붙어 있다시피 했지만 이렇게 자세히 살펴본 적은 없었다. 점순의 까무잡잡한 얼굴은 넓적하면서 납작했다. 입술 바로 위에 동그란 구멍이 없었다면 코가 없는 게 아닐까 했을 정도로 콧마루가 낮았다. 그 콧구멍은 쉬지 않고 세차게 벌렁거렸고, 그 밑에 일자로 꼭 다문 입은 곧은 성품과 충직함을 나타내듯이 결연해 보였다. 가을 햇살이 점순의 얼굴 위로 쏟아져 눈이 부셨다.

점순은 다섯 살에 부모를 잃었다. 정진사는 명주의 잔심부름이나 시킬 요량으로 그녀를 데려왔고 십여 년을 함께 지냈다. 점순은 바지런하고 꾸밈이 없었다. 진사 내외는 그런 그녀를 기특하게 여겨 항상 따뜻하게 대해주고 글도 익혀 주었다. 비록 몸종이지만 명주에게는 둘도 없는 동무였다.

다정한 눈길로 점순을 바라보던 명주는 시선을 돌려 깎아지른 듯한 산을 올려다보았다. 조그만 가마 문으로는 정상까지 볼 수 없었다. 산중에는 벌써 가을이 깊어 불붙은 듯 단풍이 한창이었다. 명주는 반대쪽 문을 열어보았다. 길옆으로 제법 큰 강이 설핏 한낮을 비낀 가을 햇살에 반짝이며 천천히 흘러가고 있었다. 강 건너편으로는 넓은 논밭이 펼쳐졌다. 띄엄띄엄 조그만 마을이 나타났다가 이내 사라지기도 했다. 어깨동무를 하듯 겹겹이 둘러선 야트막한 산들이 그 모든 풍경을 품고 있었다.

"아가씨, 소변보시라는데요."

점순이 똑똑 문을 두드리며 명주를 불렀다. 가마가 출렁이며 멈췄다. 명주는 조심스레 요강 위에 앉았다. 하지만 기미가 없었다. 한참 용을 써 보았지만 결국 포기하고 말았다. 다시 요강을 구석에 두고 미닫이문을 열었다.

"점순아, 난 아직이야 내가 나갈 테니 이리 들어와."

"아가씨, 제 걱정은 하지 마세요. 직각댁 간난이하고 강가에 요강 부시러 가서 누고 올게요."

"정순아, 어머니께서 그러셨잖아. 여자는 아무 데서나 소변보면 안 된다구."

"우리 같은 것들은 괜찮아요."

마침 직각댁 간난이 다가왔다.

"아가씨, 잠시 내려서 다리 좀 폈다가 가자시는데요."

자리에서 일어나려니 오금이 저렸다. 가마에서 내려 사지를 뻗자 온몸에서 우두둑 소리가 났다. 직각댁 마님도 교자에서 내려와 사지를 펴고 있었다. 그녀는 마님이라는 호칭을 듣기에는 아직 젊은 나이였지만, 그 호칭이 손색없을 만큼 위엄과 품위가 있었다. 적당한 키와 적당한 살피듬에 하얀 피부는 멀리서 보아도 광채가 돌았다. 머루알같이 까만 눈동자에는 그녀의 지혜가 고스란히 비치는 것 같았다. 집안에서나 읍내에서나 영리하고 아름답기로 소문이 나 있었다. 고향을 떠나본 적이 없는 명주가 아는 사람이라야 그리 많지 않았지만, 직각댁 마님 같은 사람은 전국을 두고 보아도 드물 것이라고 생각했다.

직각댁 마님은 신행한 지 삼 년 만에 시어머니가 죽는 바람에 스물세 살에 만석꾼 집 안방마님이 되었다. 어찌나 그 소임을 잘 감당하는지 아무도 어린 그녀의 말에 토를 다는 사람이 없었다. 그 많은 제사와 접대부터 아랫것들 다스리는 일까지 나무랄 데가 없었고, 가난한 일가친척을 챙기는 일에도 항상 마음을 썼다. 명주는 그런 그녀를 친언니같이 따랐다. 세상에서 가장 존경하는 사람이었다. 마님이 명주 곁에 다가와 입을 열었다.

"아가씨, 피곤하시죠? 삼십 리 길이라는데 아직 반도 못 왔네요. 그래도 해 지기 전에는 들어갈 수 있을 거예요. 걱정하지 마세요."

점순이와 간난이가 씻은 요강을 들고 돌아왔다.

"간난아, 아가씨 식혜 좀 드려라. 목 좀 축이시게. 아가씨, 가다가 언제라도 가마를 세우세요. 참으면 안 돼요."

명주는 목이 마른 것까지 헤아려주는 형님이 경이롭고 존경스러웠다. 직각댁 마님이 아니었더라면 그녀의 결혼도 없었을 것이다.

찌는 듯한 찜통더위가 한소끔 수그러들고 아침저녁으로 제법 서늘한 기운이 지던 초가을, 직각댁이 진사댁을 찾아왔다.

"당숙부님, 제가 중신을 설까 해서 찾아뵈었습니다."

"중신이라니, 누구를?"

"명주 아가씨를 제 친정 큰 아우와 짝을 맺어주었으면 해서요."

"아니, 이제 겨우 열네 살인 것을……."

"제 아우는 열여덟이니 나이는 더 볼 것도 없을 것 같습니다."

"그건 그렇구만."

"동생은 결혼을 하고 나서 동경으로 유학을 갈 예정이랍니다."

"지금 졸업반인가?"

"예. 동경에서 의학 공부를 끝내고 와서 신행을 할 것이니, 그때쯤이면 아가씨도 성숙한 신붓감이 되어 있을 것입니다. 아무 문제도 없을 것 같아 드리는 말씀입니다."

직각댁 마님이 돌아간 뒤 진사 내외는 며칠을 고민했다. 두 사람은 결국 명주의 의견대로 결정하기로 했다.

"명주야, 너 시집가련?"

명주는 무슨 말인가 싶어 어리둥절했다.

"아버지, 무슨 말씀이세요? 누가 시집을 간다구요?"

"너 말이다. 명주, 너."

"아버지, 제 나이 몇 살인데 시집을 가라고 그러세요?"

"그러게 말이다. 나도 판단이 안 서는구나. 허나 혼처가 너무 아까워서……. 직각댁 당질부 친정 동생이라는구나."

"네? 직각댁 마님 동생이요? 마님 친정 동생이라면 마님만큼 훌륭하겠지요? 뭐 하는 누구래요?"

"아이고 계집아이가 부끄럼도 없이."

"제가 시집가는 일인데, 알아야 할 것은 알아야 하지 않을까요?"

"암, 그렇고말구. 신랑이 경성제1고보 졸업반인데, 곧 의학 공부를 하러 동경으로 유학 간다는구나. 가기 전에 혼사를 치르고, 신행은 신랑이 공부 마치고 돌아와서 한다는 계획이란다."

명주는 얼굴도 모르지만 총명한 남자일 것 같았다. 경성제1고보는 전국의 수재 중의 수재만 들어가는 학교였다. 더구나 언제나 사리가 분명한 직각댁 마님이 아끼는 동생이라면 분명 괜찮을 사람일 거라고 짐작했다. 명주는 결심했다.

"아버지, 저 시집갈래요. 의학 공부는 오래 걸린다던데, 그럼 저도 나이가 꽤 되지 않을까요?"

말없이 눈을 감고 담뱃대만 물고 있던 정진사가 말했다.

"그럼 딴말 않기다. 당신도 더 이상 아무 말 마시오. 명주 뜻이 확고하니 그리 전갈을 넣으리다."

혼사는 일사천리로 진행되었다. 신랑은 천 리 길을 달려와 결혼식을 했고, 다시 서울로 돌아가 졸업시험을 치렀다. 그 후엔 동경으로 떠나야 했기 때문에 모든 절차는 생략될 수밖에 없었다. 원칙대로라면 결혼식 뒤에 삼 일 밤을 신부의 집에서 보내고 신랑이 집으로 돌아갔다가 다시 신부의 집으로 가서 삼 일을 묵어야 했다. 그러나 그 예법을 다 지킬 수는 없었다. 첫날밤은 신부의 집에서 보내고, 다음날은 직각댁 누님 집에서 묵고, 그다음 날에는 다시 신부의 집에서 하룻밤을 보내기로 했다. 그리고 신랑은 새벽에 차를 타고 떠나는 것이 계획이었다.

화촉이 밝혀진 방에 원앙금침이 깔렸다. 명주의 어머니는 딸을 그 방으로 인도했다. 아직 어린 딸을 신방으로 들여보내는 것이 도무지 마음 놓이지 않아 이부자리 옆에 딸을 앉히고 그 옆에 따라 앉았다. 무거운 원삼 족두리를 가느다란 목으로 버텨내고 있는 딸이 안쓰러워 가슴이 멨다. 그녀는 애잔한 목소리로 명주를 불렀다.

"명주야, 무겁지? 이제 신랑이 들어오면 곧 벗겨줄 거다. 아이고, 안쓰러운 것."

한참 딸의 손을 잡고 있던 어머니는 차마 발길이 떨어지지 않았다. 명주가 머뭇거리는 어머니의 치마꼬리를 잡았다.

"어머니, 여기 같이 있어요."

"이제까지는 어디에서나 늘 엄마하고 같이 있을 수 있었지만 이제 여기는 너 혼자 있어야 되는 곳이야. 이제부터는 무엇이나 너 혼자 해야 되는 거야. 그저 신랑이 시키는 대로만 하면 된다. 알았지?"

결국 어머니는 나가버렸다. 명주는 일렁이는 촛불을 바라보며 무게 때문에 간당간당하는 목을 가누기에 안간힘을 썼다. 자세를 바로 하고 다소곳이 고개를 숙인 채 심호흡을 하는데 등 뒤에서 방문이 열리는 소리가 들렸다. 화들짝 놀라 숨이 쉬어지지 않았다. 눈을 질끈 감고 귀를 기울였다. 비단옷이 사그락거리는 소리가 들렸고, 명주의 무릎 앞에서 그 소리가 멈췄고 나긋한 목소리가 들려왔다.

"무거우니 우선 원삼 족두리부터 벗읍시다."

영휘는 명주의 족두리를 벗기려고 이리저리 만지작거려 봤지만 영 해결책이 보이지 않았다. 명주는 한참을 망설이다가 손을 살그머니 들어 올려 고리를 빼어내고 둘린 띠를 휘휘 풀어 내렸다.

"어! 어떻게 그렇게 잘 알아요? 꼭 혼례를 치러본 사람처럼."

"아까 화장해주던 수모가 알려줬어요. 신랑에게 맡겨놓으면 밤이 새도 못 푼다고."

"친절한 수모네요."

영휘는 족두리를 다 벗겨내고 원삼을 벗겼다.

"명주 씨는 오늘 나를 처음 보았겠지만 나는 삼 년 전에 이미 당신을 보았어요."

명주는 깜짝 놀랐다. 저도 모르게 고개를 들어 신랑을 쳐다보다가 다시 눈을 내리깔았다,

"언제 어디서 저를 보셨다고……."

영휘는 조용조용 말을 이었다.

"누님 신행 때, 후행으로 오셨던 아버지를 따라왔다가 보았지요. 사랑에서 어른들 틈에 지루해하고 있던 나를 아버지가 안채로 보내셨어요. 그날, 마루로 올라서던 나는 어른들 틈에 앉아 있던 당신을 보고, 어찌 저리도 귀여운 아이가 있나, 감탄했습니다. 누님에게 마루에 앉아 있는 저 아이는 누구냐고 물어보았지요. 누님은 빙그레 웃으시며 마음에 드느냐고 했고, 나는 아무 대답도 하지 못했지요."

그 혼례 날 명주도 교복을 입은 영휘를 보았다. 그날 이후 처음이었다. 고개를 든 명주는 신랑과 또다시 눈이 마주치는 바람에 다시

고개를 숙이고 만다.

방문 밖에서 사람들의 소곤대는 소리, 키드득거리는 소리, 창호에 구멍을 뚫는 소리들이 들려왔다. 한동안 밖의 정황에 귀를 기울이던 영휘는 일렁이며 촛농을 떨구고 있는 촛불을 훅 불었다.

문밖에 몰려 있던 사람들은 더욱 웅성거렸고 물러갈 기미를 보이지 않았다. 영휘는 명주의 손을 잡아 이불 속으로 끌었다. 명주는 그의 따듯한 손에 이끌려 이불 속으로 들어갔다. 그가 소곤소곤 말했다.

"우리 누워서 이야기해요. 나 아직 할 말이 많아요."

영휘는 이불속으로 끌려 들어온 명주와 나란히 누웠다. 그는 그녀의 이불자락을 여며주고는 살며시 손을 잡았다. 명주는 온몸이 붉게 물드는 것만 같았다. 주위가 어두워 천만다행이라고 그녀는 생각했다.

"당신을 보고 난 뒤로 공부하다가 지칠 때면 당신을 떠올리곤 했어요. 당신 얼굴이 방긋이 웃고 있으면 피로가 확 가시곤 했지요."

명주는 뭐라고 대답하고 싶었지만 목구멍 밖으로 소리가 나오지 않았다.

"갑자기 듣는 말이라 당신은 얼떨떨하겠지만, 나는 이것을 운명적인 사랑이라고 생각해요."

'나도 이미 당신을 알고 있었어요. 당신이 그때 그분이라니! 나도 남몰래 그분을 생각하곤 했답니다. 저런 분이 내 신랑이었으면 하면서요.' 명주는 속으로 말했다.

"얼마 전 누님이 친정 나들이를 오셔서 당신을 내 배필로 중신하셨을 때 나는 너무나 기뻐서 아무리 바빠도 장가는 가겠다고 했답니다. 그러자 누님이 '그렇게 좋으냐? 너희는 천생연분이구나.' 하고 말씀하셨어요."

명주는 자신의 선택이 틀리지 않았음을 깨달았다. 기쁨이 벅차올라 온몸이 떨렸다. 명주는 자신도 모르는 사이에 신랑의 품에 안기고 말았다. 그는 가만히 그녀를 안았다.

"내가 공부를 끝내고 올 때까지 날 기다려주세요. 그런데 명주 씨는 왜 진학을 하지 않았어요?"

"이곳에는 진학할 학교가 없어요. 진주에나 가야 있는데 어떻게 여자를 객지에 보내느냐는……."

"그랬군요. 그럼 내가 먼저 자리를 잡고 명주 씨가 다닐 학교를 알아볼게요. 그동안 중등 과정을 미리 예습해놓으세요. 진도를 따라가기가 쉽지 않을 테니까."

"신행 전이라 해도 그게 그렇게 쉬울까요? 양가 부모님들의 허락이 있어야 할 텐데."

"우리 부모님 허락은 내가 받아낼 테니 장인 장모님 허락은 명주 씨가 받아요. 난 기필코 의사가 될 겁니다."

"집안 좋은 사람들은 한결같이 법관이나 관리가 되어 출세하려는데 서방님은 왜 의사가 되려고 하세요?"

"나는 절대 아버지처럼 살지 않을 거예요."

영휘의 눈은 어둠속에서도 영롱하게 빛났다.

"당신도 알다시피 아버지는 일본의 관리예요. 아버지는 늘 '친일파'라는 죄책감을 가지고 살아요. 내가 어려운 우리 동포들을 돌보는 일을 한다면, 아버님의 그 죄책감도 조금은 상쇄될 거예요."

"당신은 효자이고 애국자예요. 훌륭하세요."

명주의 말은 진심이었다. 영휘는 그저 수재가 아니라 훌륭한 수재였다.

"아버님을 일본 관리로 만든 건 큰할아버지였어요."

"할아버님도 아니고 큰할아버님이요?"

"네, 할아버지의 큰형님께서는 이조 말에 참의 벼슬을 하셨습니다. 혜안이셨던 그분은 앞으로 개방이 되면 서양 문물이 물밀듯이 들어오리라는 것을 예측하셨대요. 그래서 자신의 네 형제의 맏아들들에게 외국어를 가르치셨답니다. 각각 프랑스어, 영어, 러시아어, 일어를요."

할아버지께서는 네 형제 중에 막내셨고, 순서에 따라 아버지가 일어를 배우게 되었습니다. 아버지가 중학을 졸업하던 해에 합방이 되었고, 일어 능력을 인정받아 자연스레 도청에 취직했답니다.

어려서는 부모님 시키는 대로 학교에 가고 취직하고 했지만, 어느 순간 자신이 친일파로구나, 하고 자각하게 되었대요. 하지만 그때는 이미 한 가정의 가장이었고, 올망졸망한 아이들의 아버지가 되어 있었고, 어차피 번듯한 직장은 다 일본인 회사였기 때문에 차일피일 시간만 흘려보냈답니다. 그런 아버지를 위해서라도 나는 꼭 의사가 되어야 해요."

명주가 영휘의 손을 꼭 잡았다.

"서방님은 반드시 훌륭한 의사가 되실 거예요."

기억은 끝이 없었다. 그렇게 사랑을 심어주고 꿈을 꾸게 만들었던 신랑이 급작스레 위중하다는 전갈로 돌아왔다. 대체 무슨 병이 든 것일까.

어느새 해가 많이 기울었는지 창호 너머로 비쳐들던 빛도 사위었다. 명주는 창문을 열어보았다. 해는 서산마루에 걸렸고 강물은 금빛으로 반짝이며 고요하게 흐르고 있다. 그때 점순의 소리가 꿈결인 듯 들려왔다.

"아가씨, 다 와간다고 소변보시라는데요."

"그래."

명주는 왈칵 눈물이 쏟아질 것 같았지만 아랫입술을 꼭 깨물고 간신히 대답했다.

명주는 요강을 끌어다놓고 소변을 보았다. 온몸에 오소소 소름이 돌았다. 거울을 꺼내 옷매무새를 다시 고쳤다. 이제 남편을 만나는 것이다.

3

　가마에서 내려서니 사방이 어둑어둑했다. 대문은 활짝 열려 있었지만 마당에는 아무도 없었다. 마루 여기저기에 걸려 있는 호롱불의 기름 쫓는 소리만 들리는 듯했다. 마당까지 들어서도 인기척이 없었다. 마당 안에 맴도는 정적은 벌써 깊은 겨울의 추위가 닥친 것 같았다.

　그때 갑자기 안방 문이 열리고 한 여인이 한 아름 빨랫감을 들고 나왔다. 그녀가 들고 있는 것은 피로 범벅이 된 하얀 이불 홑청이었다. 명주와 직각댁 마님은 깜짝 놀라 그 자리에 붙박여버렸다. 빨랫감을 든 여인이 뒤돌아 안방 문에 대고 말했다.

　"마님, 직각 마님과 새아씨 오셨습니다."

　하지만 방에서는 아무런 기척도 없었다. 두 사람은 방으로 달려 들어갔다.

　아랫목에 명주의 신랑 영휘가 누워 있었다. 양의사는 그의 가슴에 청진기를 대고 심각한 표정을 짓고 있었고 한의사는 그의 팔을 걷어 올리고 맥을 짚고 있었다.

　명주는 서 있던 자리에 그대로 주저앉고 말았다. 직각댁 마님도 차마 동생을 보지 못하고 고개를 돌린 채 흐느꼈다.

　민겸호 내외는 두 의사의 일거수일투족에만 온 신경을 기울이고 있었다. 그들의 눈에는 명주며 직각댁이 보이지 않는 듯했다. 민겸호는 진찰을 끝낸 양의사에게 다급히 물었다.

"선생님, 어떻습니까? 우리 아이."

민겸호 내외의 입술은 초조하게 말라갔지만 의사는 쉽게 입을 열지 않았다.

"……아무래도 마음의 준비를 하셔야 될 것 같습니다. 입맛 당겨 하는 것이나 잘 해 먹이시지요."

양의는 황급히 자리를 떠나버렸다. 민겸호 내외는 구세주라도 놓친 듯 망연히 의사의 뒤를 바라보았다. 딸과 며느리가 와 있는 것도 모른 채 시선은 허공에만 매달렸다. 오랫동안 맥을 짚고 있던 한의사도 일어났다.

"약을 다섯 첩 지어 보내드릴 터이니 못 넘기더라도 숟가락으로 떠먹여 보시오. 그것도 안 들으면 어쩔 수가 없소. 아무리 용해도 죽을 사람은 못 살리는 법이요."

한의마저 그렇게 떠났다. 민겸호 내외는 아들 곁에 붙어 앉아 넋을 놓았다.

"아버지. 저희들 왔어요."

직각댁 마님이 아버지를 불렀다. 그제야 뒤를 돌아보는 민겸호 내외의 모습은 산 사람이 아닌 것 같았다. 혼이 다 빠져나간 듯 멍하니 두 사람을 바라볼 뿐이었다.

"아버지, 절 받으세요."

"절은 무슨 절이냐. 그만들 앉거라."

민겸호는 다시 아들에게로 돌아앉았다. 노씨 부인은 아들 발치에 엎드려 흐느끼기만 했다.

명주는 의사의 말을 다 들어놓고도 대체 무슨 일이 일어나고 있는지 알 수 없었다. 결혼한 지 고작 사십 일 되었는데 남편이 죽어버린다는 것일까. 직각댁 마님은 명주를 끌어안고 오열했다. 명주는 도무지 실감이 나지 않아 눈물도 나오지 않았다.

주사 약효가 있었는지 영휘가 힘들게 눈을 떴다. 민겸호는 반색하며 아들의 손을 잡았다.

"그래, 눈을 떴구나. 잘했다, 잘했어! 네 누이와 처가 왔단다. 얘들아. 이리로 오거라. 이제 영휘가 살아났다."

직각댁 마님은 힘없이 주저앉은 명주를 부축해 영휘의 앞으로 데려갔다.

영휘는 다가오는 명주를 힘겹게 바라보았다. 회한으로 가득 찬 눈에 눈물이 가득했다. 눈물은 귀밑으로 흘러내려 베개를 적셨다. 명주는 그제야 울음이 터졌다. 그녀는 아무 말도 하지 못하고 이불 위에 엎드려 울기만 했다. 직각댁 마님은 영휘의 손을 끌어 명주의 손을 잡게 해주었다. 그리고 밖으로 나갔다. 민겸호 내외도 슬그머니 자리를 떴다. 방 안에는 두 사람만 남았다.

영휘는 아무런 말도 할 수 없었다. 소리 낼 기력도 없거니와 그녀에게 대체 무슨 말을 할 수 있단 말인가. 결핵에 폐렴까지 겹쳐 사형선고를 받은 것이나 다름없는 자신이 아직 아이 티도 벗지 못한 저 여인에게 무엇을 해줄 수 있단 말인가. 청상과부라는 이름을 남겨주고 죽어야 한단 말인가. 안 될 말이었다. 그럴 수는 없었다. 그리고 아직 해야 할 일이 얼마나 많은가. 분노와 좌절감과 슬픔이 뒤엉켜 영휘의 눈에서는 계속 눈물이 흘렀다. 명주의 손을 세게 쥐고 싶었지만 손아귀에 힘이 들어가지 않았다.

"명주 씨."

영휘는 안간힘으로 목소리를 쥐어짜내며 말을 이었다.

"내가 명주 씨에게 죄인이요."

"말씀하시지 마세요. 힘 빠져요."

"이렇게 중병이 든 사람과 결혼을 하다니."

명주는 차마 대답을 하지 못하고 고개만 세게 저었다.

"그때 내가 명주 씨를 보지 않았어야 했는데… 아니 누님이 중신했을 때 거절하고, 당신을 마음속에만 간직했어야 하는 건데…….."

"왜 그런 약한 말씀을 하세요. 서방님은 꼭 일어나실 거예요."

"그래요. 난 꼭 일어나야 해요. 난 할 일이 너무 많은 사람이에요. 난 꼭 의사가 되어야 해요. 아직 이 나라에는 제대로 된 의사가 없어요. 큰 병원에는 일본인 의사들뿐이고, 그곳에는 일부 계층의 사람들만 갈 수 있어요. 민초들은 아무 혜택도 받지 못하고 죽어가고 있어요. 불쌍한 내 나라 내 백성을 위해서 우선 공부를 하고…….."

"말을 너무 많이 하면 힘들어요. 좀 쉬세요."

"아니, 괜찮아요. 당신을 보니까 힘이 나요."

"그럼 마실 것이라도 좀 드릴까요?"

"고마워요. 기운 차리게 죽 좀 끓여줘요."

명주는 서둘러 일어나 방문을 열었다. 방문 앞에는 방 안의 동정을 살피던 식구들이 빼곡히 서 있었다. 그들은 명주의 표정부터 살폈다. 모두 혹시나 무슨 일이 생긴 것은 아닐까 겁에 질려 있었다.

"어머님, 저이가 죽을 먹겠다고 하네요."

명주의 말이 채 끝나기도 전에 노씨 부인은 찬모를 시켜 죽 끓일 쌀을 씻으라고 일렀다. 부인은 직접 죽을 끓이러 부엌으로 나섰다. 명주는 급히 그녀를 따라가며 말했다.

"어머님. 제가 끓이겠습니다."

"아니다. 내 손으로 끓여 먹이겠다."

명주는 차마 시어머니를 말릴 수가 없었다. 노씨 부인은 생기를 잃고 바싹 여위어버린 자신의 몸은 생각도 않고 아들을 위해 죽을 끓일 마음만 앞서는 듯했다. 명주는 빈속에 죽보다는 미음이 나으려나 싶어 미음도 준비했다.

명주와 노씨 부인은 상을 들고 방으로 들어갔다. 영휘는 천장을 바라보며 생각에 잠겨 있었다.

"아가 일어나거라. 죽 좀 먹자. 빈속에 미음이 나으려나? 여보. 영휘 좀 일으켜주세요."

민겸호는 아들의 목 뒤로 팔을 넣어 조심조심 일으켰다. 영휘의 몸은 곧 쓰러질 듯 건들건들 흔들렸다. 자신의 몸을 주체하지 못하면서도 그는 명주를 향한 눈길을 거두지 않았다. 노씨 부인이 눈치를 채고 말했다.

"그래, 아가. 네가 떠먹여봐라."

명주는 미음을 한술 떠서 영휘의 입으로 가져갔다. 그는 고개를 가로저었다.

"나 죽 먹을래요. 죽 먹고 빨리 일어날래요."

명주는 죽을 한술 떠서 간장을 한 방울 떨어뜨리고, 온기가 적당한지 자신의 입술에 대어본 후 영휘의 입에 넣어주었다. 영휘는 입 안에 든 죽을 오래 씹다가 겨우 목으로 넘겼다. 이어 몇 번을 받아먹었다. 방 안의 사람들은 서로를 바라보았다. 이제 한숨 돌려도 되겠다는 안도감에 분위기가 조금 풀어졌다. 그러나 그 순간, 영휘의 몸이 갑작스레 앞쪽으로 수그러졌다. 그는 양손으로 입을 틀어막았지만 손 틈새로 누런 물이 왈칵 쏟아졌다. 영휘는 안간힘으로 참아보려 했지만 방금 먹은 죽은 물론 말간 물까지 다 게워내고 말았다. 더 이상 몸을 가누지 못하고 고꾸라진 영휘는 피까지 토해내고 있었다. 노씨 부인은 아들을 끌어안고 절규했다.

"아이고 내 새끼, 이를 어쩌면 좋으냐! 천지신명 일월성신님. 우리 아들 제발 좀 굽어 살펴주십시오. 아이고 아이고……."

명주는 게워내는 중에 틈을 보아 영휘의 입술을 계속 닦아주었다. 직각댁 마님은 밖으로 나가 다시 의원을 부르라고 일렀다. 마침 한약 꾸러미를 든 한의원이 들어섰다.

"허, 거참. 빨리 이 약을 달여 먹여보시오."

한의사는 잠깐 맥을 짚는 척만 하다 가버렸다. 영휘는 혼절한 듯 눈을 감고 있었다. 누구 하나 밥 먹을 생각을 하지도 못한 채 밤은 깊어만 갔다.

영휘는 이틀 동안 미동도 않고 누워있었다. 그저 숨을 할딱일 뿐 눈을 뜨지도, 음식을 먹지도 못했다. 가족들은 영휘의 곁에 빙 둘러 앉아 하염없이 그를 지켜보고만 있었다. 어느 순간 영휘가 가냘픈 목소리로 물을 찾았다. 귀가 번쩍 뜨인 명주는 구르듯이 달려나가 물 한 대접을 가져왔다. 부축을 받으며 물을 마신 영휘는 힘겹게 눈을 뜨고 방 안을 둘러보았다.

"누님은 그만 집에 가보세요. 큰살림 오래 비우시면 안 되지 않습니까."

"내 걱정은 하지 말고 네 몸 추스르기나 해라. 대체 어쩌자고 이러는 것이냐. 너를 어찌하면 좋단 말이냐⋯⋯."

영휘는 다시 눈을 감고 생각에 잠겨 있다가 말했다.

"어머니. 저, 저 사람과 이야기 좀 할게요."

방 안에는 명주만 남았다. 영휘의 눈가에 눈물이 그렁그렁했다. 한참 명주를 바라보던 영휘는 그녀의 손을 자신의 가슴 위에 올려놓았다.

"명주 씨, 아무래도 나 안 되려나 봐. 당신하고 아들딸 낳고, 부모님께 효도하고, 내 꿈 펼치면서 행복하게 살고 싶었는데…….”

“그런 말 하면 싫어요. 얼른 훌훌 털고 일어나세요.”

“당신, 내 말 잘 들어요. 전에도 말했지만, 공부를 하도록 해요. 앞으로는 여자도 배워야 하는 세상이 올 거야. 나 없이 동경 유학은 힘들겠지만 서울에도 여자학교가 많이 생겼어요. 선교사가 세운 이화학교, 황실에서 세운 진명, 숙명여학교가 있어요.”

“그런 말 하는 거 싫다니까요. 당신 없으면 다 필요 없어요.”

영휘는 쓸쓸한 미소를 지었다. 명주는 자신의 손을 그러쥔 그의 손아귀 힘이 너무나 약해진 것을 느꼈다. 영휘는 힘이 다 빠진 목소리로 물었다.

“당신은 어떤 사람이 되고 싶어요?”

“나는 글 쓰는 사람이 좋아요. 허난설헌 같은.”

“그래요. 당신 분위기가 글 쓰는 사람 같아요.”

“글 한 줄도 써보지 않은 사람이 무슨 글 쓰는 사람 같다고…….”

두 사람은 한순간 웃음이 터져 나왔지만 곧바로 다시 가라앉았다. 두 사람은 피 다만 웃음을 입가에 남긴 채 침묵했다. 영휘가 다시 명주의 손을 그러쥐었다.

“명주 씨.”

“네.”

“당신한테 꼭 일러둘 말인데, 절대 혼자 살 생각은 하지 말아요. 만약 내 말 안 들으면, 나는 아마 하늘로 못 가고 구천을 떠도는 외로운 넋이 될 거에요. 당신이야말로 훌훌 털고 일어날 생각을 해요."

명주는 끝내 울음을 터뜨렸다.

영휘의 병세는 나날이 깊어졌다. 일주일 동안에 두어 번 정신을 차렸을 뿐 거의 혼수상태나 다름없었다. 밤이 깊어도 가족들은 영휘의 곁을 떠나지 못했다.

명주는 영휘의 머리맡을 지키고 앉아 식은땀을 닦아주었다. 기약 없는 병간호에 몸이 지친 명주는 땅이 머리를 잡아당기는 것만 같았다. 몇 번이나 고개를 꾸벅이다 깜짝 놀라 몸을 곧추세우곤 했다. 하지만 금방 다시 눈앞이 흐려졌다.

멀리서 북소리가 들려왔다. 가만히 귀를 기울여보니 그 소리는 혼례식을 마친 뒤 동리 사물놀이패들이 두드리던 북소리였다. 뒤를 이어 장구 소리가 들리고, 꽹과리 소리에 징 소리까지 합세했다.

혼례식 때는 그 소리들이 그리도 경쾌했었는데, 지금은 구슬프기만 했다. 목울대를 타고 무엇인가 울컥 올라왔다. 슬픔이라고 해야 할지 고독이라고 해야 할지, 그 소리들은 멀리 물러갔다가 다시 다가오기를 반복했다. 꼭 사람의 숨통을 쥐고 누르다가 놓아주기를 반복하는 것 같았다. 명주는 다시 스르르 잠에 빠져들었다.

얼핏 잠이 들었던 명주가 졸린 눈을 겨우 뜨고 머리를 들었다. 그 순간 쪽 찐 머리가 풀려 어깨를 타고 무릎 위로 떨어져 내렸다. 지쳐 잠이 든 어린 신부가 애처로워 누군가 비녀를 뽑아놓은 듯했다. 명주는 조심스레 머리를 한쪽으로 넘기고 잠이 든 영휘를 바라보았다.

"잘 잤어요?"

영휘는 깊이 잠든 듯했다. 대답을 해줄 리 없어도 명주는 괜히 말을 걸어보았다. 영휘와 이야기할 수 있는 시간은 거의 없었다. 혹 그가 눈을 떴을 때는 감정이 북받쳐 하고 싶은 말을 제대로 하지 못했다. 이불 밖으로 영휘의 손이 나와 있다. 명주는 그의 손이 좋았다. 차마 말로는 다 못해도 그의 손을 잡고 있으면 마음이 이어지는 듯했다. 영휘의 손은 항상 부드럽고 따뜻했다.

명주는 가만히 영휘의 손을 잡았다. 순간 소름이 등골을 타고 흘렀다. 그녀가 알고 있던 느낌이 아니었다. 다급하게 영휘의 가슴에 귀를 대보았다. 아무런 박동도 느껴지지 않았다. 갖가지 생각들이 한꺼번에 터져 나와 아무것도 할 수 없었다. 잠깐 졸고 있는 사이에 무슨 일이 일어난 거지? 신랑이 이렇게 죽은 건가? 몇 날 며칠을 밤새워 지켰는데 잠깐 졸고 있는 사이에 가버리다니. 말도 안 돼. 아, 제발! 명주는 영휘의 가슴에서 머리를 뗄 수 없었다.

4

명주는 열네 살에 청상이 되었다.

"아가씨 손이 왜 이리 뜨거워요?"

점순은 숨이 넘어갈 듯 울고 있던 명주의 손을 잡았다가 깜짝 놀랐다. 이마에 손을 대보니 예사 열이 아니었다. 몸을 이리저리 흔들어봐도 아무런 반응이 없다. 그녀는 의식을 잃은 것 같았다. 점순은 사방을 둘러보았지만 초상이 난 상황에 명주에게 신경 써줄 사람은 아무도 없었다.

가장 먼저 떠오른 사람은 직각댁 마님이었다. 하지만 마님은 그제 집으로 돌아갔다. 그렇다고 기력이 쇠해 삼십 분이 멀다고 혼절해버리는 노씨 부인이 무엇을 해줄 수 있을까. 민겸호는 세상만사가 다 끝난 것처럼 망연하게 앉아만 있어 도움을 청할 수가 없다. 점순이 아무리 생각해봐도 산청에 명주가 기댈 곳은 한 곳도 없었다.

점순은 아가씨의 신세가 불쌍해 눈물이 났다. 불같이 뜨거운 이마 위에 새로 적신 물수건을 올려놓는데 밖이 소란스러웠다. 점순은 방문을 조금 열었다.

"참의 나리 오셨습니까."

하인들이 일제히 인사를 하자 마루나 방에서 통곡하던 사람들도 일어나서 허리를 굽힌다. 참의라는 벼슬을 지냈다는 새서방님의 종조부인 듯했다. 두루마기를 갖추어 입은 풍채가 단아했고, 닭 볏을 닮은 관에서는 위엄이 넘쳤다. 점순은 역시 높은 사람은 무엇이 달라도 다르다고 생각했다.

"참의 나리가 오셨나 봐요."

"그래, 그럼 인사를 여쭤야지."

명주는 힘들여 몸을 일으켰다. 마루와 방에 모여 있던 사람들이 명주를 보고 수군거렸다.

"저 어린것을 이제 어쩔 거나?"

"몇 년 지나면 재가해야지. 길고 긴 인생 어찌 혼자 살아내려고."

"자네들 지금 여기가 어디라고 씨부려대는가? 쌍것들도 아니고."

명주는 머리가 어지러워 자꾸만 쓰러질 것 같았다. 점순이 명주를 끌어안다시피 해서 참의 나리 앞까지 갔다.

"종조부님 오셨습니까? 인사 올리겠습니다."

"그래, 네가 영휘 처이더냐?"

"네, 증조부님."

"네가 마음고생이 크겠구나. 마음 단단히 먹거라."

명주의 버선발등 위로 눈물이 뚝뚝 떨어졌다. 점순은 명주를 부축해서 다시 작은 방으로 데려갔다. 명주는 발걸음이 떨어지지 않는지 계속 주위를 두리번거렸다.

"아가씨, 서방님이 어디 가셨나 찾으신 거죠?"

"응. 어디로 가신 것이냐?"

"새서방님은 아까 그 병풍 뒤에 계세요."

"왜 거기에 계신 것이냐."

"아가씨, 산 사람과 죽은 사람은 같은 공간에 있지 못해요."

명주는 한 번도 장례를 본 적이 없었다. 점순은 다시 울음을 터뜨리는 명주를 말없이 안아주었다.

민참의는 넋이 나가버린 조카 민겸호를 바라보았다.

"겸호야, 당한 일을 어쩌겠느냐? 네가 이리 정신을 놓고 있으면 어쩌자는 게야? 정신 차리거라."

민겸호는 영휘가 죽은 뒤로 청맹과니에 귀머거리가 된 것처럼 보였다.

"너 도지사 취임식은 언제이더냐?"

"벌써 지나갔습니다."

그동안 침묵으로 일관하던 민겸호가 입을 열자 사람들의 시선이 몰렸다.

"취임식은 하고 온 것이냐?"

"거기 안 갔습니다. 이제 다 그만두려 합니다."

"너, 그게 무슨 소리냐? 생업을 그만두면 이제 무엇을 하고 살려 하느냐?"

"큰아버지, 저 이제 그만하고 싶습니다. 일본 관리도 그만하고, 사는 일도 그만하고 싶습니다."

민참의는 가슴이 찢어지는 듯했다. 그는 자신이 조카를 이렇게 만든 것이나 다름없다고 생각했다. 그가 일본어를 배우게 하지만 않았다면 겸호는 다른 인생을 살았을 것이다. 어릴 때부터 워낙 영민했으니 분명히 훌륭한 직장을 얻었을 것이다. 그 직장 또한 일본의 회사였겠지만 지금처럼 친일파라는 죄책감을 느끼지는 않았을 것이다. 이번 일도, 겸호가 도지사로 발령받지만 않았다면 혼사를 그렇게 서두를 필요도 없었을 것이다. 그랬다면 영휘의 목숨도 어찌 되었을지 모를 일이다.

민참의는 숨이 제대로 쉬어지지 않을 만큼 가슴이 갑갑했다.

"겸호야, 너는 잠시 아무 생각도 하지 말거라. 허나 장례는 치러야 하니 모든 일을 네 둘째숙부 맏이 내외에게 맡기기로 하자. 집안 사람들이 모두 타지로 나가 있는데 그 아이는 고향을 지키고 있으니 이것저것 일 처리하기도 훨씬 수월할 것이다."

민겸호는 아무런 대답도 하지 않았다. 노씨 부인은 아직도 정신을 차리지 못하고 쓰러져 있었다. 병풍 앞에는 제사상이 차려졌다. 행랑채에서는 상제들의 상복이 만들어지고 있었다.

마침 상청으로 들어서던 겸호의 사촌 경호는 영휘의 영정 앞에서 오열했다. 영휘는 경호가 가장 아끼는 당질이었다. 그 어렵다는 경성제1고보에 합격했을 때에는 제 자식 일보다 더 기뻐했다. 동경으로 유학 간다고 했을 때에도 어찌나 대견스럽게 생각했는지 모른다. 많은 것을 배워 와서 나라를 위해 큰일을 할 것이라 굳게 믿고 있었다. 그런데 그 영민한 아이가 왜 이곳에 누워 있어야 하는지. 경호는 세상 이치를 도무지 이해할 수 없어 바닥을 치며 통곡했다. 그때 민참의가 경호를 불렀다.

"경호야, 이제 그만 진정하고 이리 와보거라."

경호는 무릎걸음으로 참의 나리 앞으로 다가갔다.

"우리가 어찌하겠느냐. 그래도 일은 치러야지. 이 일을 맡을 사람은 너밖에 없는 것 같구나."

"네, 큰아버지. 잘 알겠습니다. 그렇지 않아도 전부 일러놓았습니다."

"그래 잘했구나. 너만 믿는다."

제사상 뒤의 병풍에 영휘의 영정사진이 걸려 있었다. 명주는 처음으로 남편과 마주 보았다. 그가 살아 있었을 때는 문구멍 틈으로, 어둠 속에서, 아니면 눈을 내리깔고 본 적밖에 없었다. 마지막에 함께했던 며칠은 핏기를 잃고 핼쑥해져 도저히 그의 얼굴이라 할 수 없는 몰골이었다.

사진 속의 영휘는 까만 교복과 까만 교모를 쓰고 있었다. 명주가 누구인지도 모르고 동경했던 바로 그 학생이 틀림없었다. 그 학생은 청년이 되어 명주 앞에 나타났고, 사랑과 꿈만 심어주고 멀리 떠나버렸다. 한 장의 사진으로만 남아 있을 뿐이었다.

그때 대문 쪽이 시끌벅적해졌다. 직각댁 내외가 도착했다. 하인들은 하던 일도 멈추고 직각댁 내외를 구경했다.

"대체 만석꾼이라는 이 댁 사위는 어찌 생긴 사람인 게야? 우리네하고는 다르게 생겼겠지?"

"이 사람아. 다르긴 뭐가 달라 다 같은 사람이지."

"다 같은 사람인데 왜 저 사람은 종 부리고 살고 우리네는 삭신 녹아나게 움직여야 하나?"

"불만이면 다음 생에는 부모를 잘 만나소."

"저 남자가 임금의 스승이라는 직각 벼슬을 한 사람의 아들이구만."

"뭐가 좀 다른 것 같기도 하네."

직각댁 내외는 곧바로 제사상 앞으로 다가갔다. 직각댁 마님은 영휘의 사진을 보자마자 울음을 터뜨렸다.

"영휘야! 이게 어찌 된 일이냐? 네가 죽다니, 이게 무슨 날벼락이냐?"

마님은 실신할 듯이 울부짖었다. 직각댁 나리는 영정 앞에 예를 표하고 장인에게 인사를 드렸다.

"장인어른, 무어라 말씀을 드려야 할지…….."

민겸호는 잠깐 눈을 뜨고 사위를 바라보았다가 다시 눈을 감았다.

"장인어른."

계속 대답이 없자 직각댁 나리도 입을 다물어버렸다. 직각댁 마님은 아버지의 무릎 앞에 무너지듯 주저앉았다. 민겸호는 우는 딸의 어깨에 가만히 손을 얹었다. 여전히 감고 있는 눈에서 소리 없이 눈물이 흘러내렸다.

"아버지, 이 일을 어쩌면 좋아요. 영휘가 죽다니 대체 어떻게 된 일이에요?"

마님은 아버지의 무릎을 끌어안고 통곡했다.

"아버지, 영휘가 결혼한 지 겨우 사십구 일밖에 되지 않았어요. 멀쩡하던 아이가 갑자기 어떻게 된 일이에요? 아버지! 아버지!"

그녀가 아무리 무릎을 잡고 흔들어도 민겸호는 말없이 눈물만 흘릴 뿐이었다.

명주는 직각댁 형님을 보는 순간 참았던 설움이 북받쳐 다시 눈물을 흘렸다. 그렇게 침착하고 과묵하던 마님이 이성을 잃고 횡설수설하고 있었다. 정말 남편은 죽은 것인가. 멀쩡하던 사람이 죽었다고 병풍 뒤에 누워 있다. 살아 있는 사람들은 울며불며 난리를 친다.

명주는 이 모든 사실이 장난 같았다. 순간, 몸은 떨어져 있어도 마음이 이어져 있다면 삶과 죽음이 그렇게 중요한 문제가 아니라는 생각이 들었다. 마음속으로 말을 건다면 그는 언제까지나 들어줄 것이었다. 그가 얼마나 많은 꿈을 심어주었나. 얼마나 신비한 사랑을 느끼게 해주었나. 명주는 그것이면 족하다는 생각이 들었다.

"아가씨."

직각댁 마님이 명주 앞으로 다가와 손을 잡으며 말했다.

"아가씨, 내가 아가씨를 올케로 삼지 말았어야 했는데. 아가씨가 가여워서 어찌해요?"

"형님, 그런 말씀 마세요. 제가 형님 아니었다면 그분을 알기나 했겠어요? 전 지금 형님께 감사하고 있어요."

마님은 깜짝 놀라 의아한 눈길로 명주를 바라보았다. 명주의 얼굴은 정말로 사랑에 빠진 소녀처럼 환하게 피어나고 있었다.

점순이 행랑채에서 명주의 상복을 받아왔다. 상제들은 제각기 성복을 했다. 점순은 명주가 입고 있던 다홍치마 연두저고리를 벗겼다. 몸이 겨우 한 줌이었다. 점순은 옷 입는 것을 거들다 말고 울음을 터뜨렸다.

"우리 아가씨를 어쩔 거나! 불쌍해서 어쩔 거나!"

누리끼리한 광목 상복을 입혀놓았는데도 그 자태가 아름다워 더욱 마음이 아팠다. 세상에 상복이 저리도 잘 어울리는 여자가 또 있을까. 하얗고 긴 목 위에 갸름하고 뽀얀 얼굴이 광채를 내고 있었다. 먹지도 자지도 않았는데 어떻게 이렇게 빛날 수 있을까. 오히려 결혼식 날보다도 더 아름다워 보였다.

점순은 그런 명주가 처연해서 볼 수가 없었다. 남들도 이렇게 마음이 아픈데 아가씨는 대체 어떤 심정일까. 하지만 명주는 울지 않았고 슬픈 표정도 아니었다. 점순은 그녀가 혹시 백치가 되어버렸나 싶어 다시 얼굴을 살펴보았다. 밝고 시원한 눈은 분명히 평소의 그녀의 것이었다. 하지만 꿈속에서 꿈을 꾸고 있다는 사실을 깨달은 사람처럼 공허한 눈빛이었다. 저 허망한 표정이 무엇인지 점순은 알 길이 없었다. 허리에 새끼줄을 동여 주던 점순은 다시 울음을 터뜨렸다.

"아가씨, 이게 뭐예요? 허리가 있어야 매죠. 배가 등가죽에 붙어 맬 수가 없네요. 불쌍한 우리 아가씨 어쩌면 좋아."

"점순아. 나 괜찮아. 배 안 고파. 그리고 새서방님은 항상 내 곁에 계셔. 너도 울지 마."

"아이고 큰일 나버렸네. 우리 아가씨 머리가 살큼 맛이 가버리셨나 보네. 이 일을 어쩌면 좋을까."

성복을 한 상제들과 문상객들은 다시 제사상 앞에 모여 제를 올리고 곡을 했다.

명주는 살그머니 일어나 점순을 찾았다. 하지만 어디에 있는지 알 수 없었다. 할 수 없이 혼자 뒷간에 가야 할 것 같았다. 섬돌로 내려서자 비로소 주위가 눈에 들어왔다. 어둠이 내려앉은 마당에 넓은 차일이 쳐져 있었다. 사람들은 차일 아래 멍석을 깔고 술판을 벌이는 중이었다. 조금 전까지 죽을 것처럼 울던 사람들이 웃음소리까지 내며 놀고 있었다. 산 사람은 여전히 먹고 마시고 떠들어댔다. 죽은 자만 말이 없었다.

앞산에는 둥근 달이 봉긋이 솟아 있었다. 벌써 보름이었다. 여러 날 동안 부모님은 얼마나 노심초사하셨을까. 부고를 받고 까무러치지는 않았을지 걱정되었다. 딸이라고 낳은 것이 이렇게 되었으니 얼마나 마음이 아프실까. 또다시 눈앞이 흐려질 것 같아 얼른 신발을 찾아 신고 뒤란으로 갔다.

웅장한 이층집이 드리운 그림자가 뒤란을 뒤덮고 있었다. 명주는 집에서나 이곳에서나 한 번도 혼자 뒷간에 가본 적이 없었다. 으스스한 분위기에 오싹 소름이 돋았다. 하지만 여기까지 나왔는데 돌아가고 싶지는 않았다. 모퉁이를 돌아서자 왁자지껄한 앞마당 소리가 아련해졌다.

정적이 깔린 울타리 뒤로 우거진 대숲에서 이는 바람 소리가 생생히 들렸다. 댓잎이 서로 스치며 내는 소리는 칼이 허공을 가르는 소리 같았다. 소란스러울 때는 아무렇지도 않던 소리가 새삼 두려워졌다.

명주는 앞으로도 뒤로도 움직이지 못하고 제자리에 멈춰버렸다. 다시 뒤돌아설까 했지만 이깟 공포심에 지고 싶지는 않았다. 명주는 용기를 내어 뒷간 문까지 달음박질했다. 문을 열어보니 조그만 창문으로 달빛이 비쳐들어 그렇게 음침하지는 않았다. 타원형으로 뚫린 세 개의 구멍이 나란히 놓여 있었다. 영휘의 형제들이 이곳에서 나란히 일을 보았을 거라 생각하니 정겹게 느껴지기도 했다.

영휘는 다섯 남매 중에 둘째였다. 스물셋인 직각댁 마님이 맏이였고, 막내는 겨우 아홉 살이었다. 열두 살짜리 넷째와 막내는 어머니와 같이 이 뒷간에 왔을 것이다. 그들은 나란히 앉아 밤하늘을 바라보며 무슨 이야기들을 했을까. 함박눈처럼 쏟아져 내리는 별을 헤어보았을까. 영휘처럼 우주의 비밀을 궁금해했을까. 영휘 아래의 남동생 둘과 막내 여동생은 그가 죽은 것을 알기나 할까. 가운데 구멍에 앉으니 창밖의 감나무가 눈에 들어왔다. 잎이 다 떨어진 나무에 홍시가 주렁주렁 매달려 있었다. 정신이 없어 감을 딸 겨를도 없었던 모양이었다.

아까는 무엇이 두려웠을까. 마음이 진정되자 조금 전의 두려움이 우습게만 느껴졌다. 명주는 옷매무새를 바로 하고 뒷간 밖으로 나왔다. 고개를 들고 발걸음을 옮기려는데 눈앞에 무언가가 우뚝 서 있다. 까무러칠 듯이 놀란 명주는 그 자리에 주저앉아버렸다. 소리를 지르고 싶었지만 목소리가 나오지 않았다. 기어 들어가는 목소리로 점순이만 불러댔다.

"점순아, 점순아!"

"새아씨, 죄송합니다. 놀라셨나 봐요. 저는 이 댁 머슴 경입니다."

"아, 네."

명주는 뒤도 돌아보지 않고 달음박질로 뒤란을 빠져나왔다. 놀란 가슴에 손을 얹고 가쁘게 숨을 몰아쉬었다. 장승처럼 키가 큰 남자였다. 달빛에 얼핏 비친 이목구비는 머슴답지 않게 반듯했다. 머슴이 아니라 집안 친척은 아닌지 의문이 생길 정도였다.

경은 한참 동안 제자리에서 발을 떼지 못했다. 새아씨가 곱다는 말을 들을 때마다 제아무리 고와도 다 같은 사람 아니겠냐고 생각했다. 머슴과는 엮일 일도 없으니 전혀 관심을 두지 않았다. 하지만 실제로 마주하고 보니 이전에 품었던 생각들은 깡그리 날아가버리고 말았다. 새아씨는 이 세상 사람이 아닌 것 같았다. 그가 아는 말로는 그녀의 아름다움을 도무지 설명할 길이 없었다. 경은 태어나 처음으로 마음이 아픈 느낌을 이해할 수 있었다. 가슴 언저리가 시큰거려 당장이라도 눈물이 떨어질 것 같았다.

상청에는 스님 두 명이 좌정하고 있었다. 회색 장삼을 입은 스님은 두 눈을 지그시 감은 채 목탁을 두드렸고, 다른 스님은 목탁 소리에 맞춰 천수경을 읊었다. 스님의 청아하고 구슬픈 독경이 영휘의 목소리처럼 들렸다. 명주는 다시 한번 그의 영정사진을 보았다. 자꾸 눈앞이 흐려졌다. 영정사진 앞으로 아지랑이 같은 것이 보였다. 너무 많이 울어 눈이 침침해진 것 같았다. 하지만 옷깃으로 눈을 닦아도 영정사진 앞이 아질아질했다. 명주는 대청마루에 모인 친척 아낙네들이 소곤거리던 말이 떠올랐다.

"죽은 뒤에도 하루는 집에서 못 떠난다는구먼."

"나도 그런 말 듣기는 했어. 이 댁 신랑은 저 어린 각시를 두고 발걸음이 떨어지려나."

그러면 저 아지랑이는 영휘의 혼령일까. 명주는 어지럼증이 나서 주저앉았다.

'정말 아직 떠나지 않고 계신가요. 그러면 내가 얼마나 슬퍼하는지 다 보고 계신 건가요. 그러면 영영 떠나지 말고 다시 돌아오면 안 될까요? 내가 이렇게 슬퍼하는데 혼자 가버릴 수 있나요? 차라리 나도 데려가주면 안 될까요?'

명주는 영휘의 모습이 보이는 것 같았다. 그는 드넓은 우주 속을 헤엄치고 있었다. 그는 그녀에게 미소를 지었다. 그는 슬퍼 보이지 않았다. 그곳으로 따라오라는 건지, 이곳에서 잘 살라는 건지 분간이 되지 않았다.

"살은 썩어서 물이 되고 뼈는 썩어서 흙이 되니 가련하고 가련하다. 젊으나 젊은 아낙 이생에 두고 내 어이 북망 가랴. 나는 못 가,

나는 못 가, 어이~ 어이~"

잠결인지 꿈결인지 북소리에 어우러진 낭랑한 목소리가 들렸다. 당골네가 혼령을 위로하는 모양이었다. 더 이상 영휘는 보이지 않았다.

"새사람을 잘못 들여서 생사람 잡았지, 뭐."

"아이고, 그런 말들 하지 말라고. 제 명이 그뿐이라 그렇지. 애먼 사람 잡지들 마."

"새댁이 너무 예쁘더라니. 미인박복이라잖아."

"자식 키우는 사람들이 그런 말 함부로 하는 거 아니야."

"그렇다는 말이지 누가 뭐랬나? 공연히 혼자 착한 척하지 말라고."

마을 사람들이 쑥덕거리는 소리가 점순의 귀에도 들렸다. 점순은 기가 막히고 분통이 터져 견딜 수가 없었다. 불쌍한 우리 아가씨에게 어떻게 그런 말을 할 수 있는지. 턱 아래까지 눈물이 줄줄 흘러내렸다. 집에 계신 영감마님을 생각하니 더욱 눈물이 솟구쳤다. 부모 없는 것을 거둬 친자식처럼 길러주신 좋은 분들이 왜 이런 일을 겪어야 하는지 하늘이 원망스러웠다.

이틀째 되는 날 저녁이 되어서야 명주의 친정아버지 정진사가 도착했다. 마침 우물가에 서 있던 점순이 가장 먼저 정진사를 보았다. 점순은 대문으로 들어오는 정진사에게 달려가 울음보를 터트리고 싶었지만 자신의 신분을 떠올리며 입을 틀어막았다.

정진사는 영정 앞에 읍을 한 상태로 오랜 시간 동안 죽은 듯이 엎드려 있었다. 이제 겨우 열네 살인 딸의 앞날을 생각하면 가슴이 찢어지는 것 같았다. 혼사를 쉽게 승낙한 것이 후회스럽기도 했다. 보다 못한 직각나리가 정진사를 안아 일으켰다.

"아저씨, 이제 그만 진정하세요."

정진사는 금방이라도 쓰러질 듯한 걸음걸이로 민겸호에게 다가갔다. 목석같이 한자리에 붙박였던 민겸호가 자리에서 일어섰다. 그도 곧 쓰러질듯 휘청거렸다. 곁에 있던 경호가 재빨리 그의 몸을 붙들어주었다.

두 사람은 서로에게 깊이 머리를 숙여 예를 표했다. 이윽고 고개를 들고 마주 보았지만 아무런 말도 꺼내지 못했다. 경호가 두 사람을 자리에 앉히고 말했다.

"사장어른, 무어라 상사의 말씀을 드려야 할지……."

정진사는 묵묵부답이었다. 민겸호도 말을 잊은 듯했다. 그때 명주가 정진사에게 다가왔다.

"아버지……."

명주는 아버지의 가슴팍에 고꾸라지듯 안겼다. 정진사는 딸을 부여안고 어깨만 들먹일 뿐 아무런 말도 하지 못했다.

명주는 머리에 굴관을 둘렀고 허리에는 새끼줄을 묶었다. 짚신을 신고 지팡이도 짚었다. 그녀는 상여 맨 앞자리에 서서 오색 종이꽃으로 장식된 상여를 올려다보았다. 꽃상여는 아름다웠다. 오색종이

꽃이 예뻐서 슬픔은 더 깊은 것일까. 명주는 눈물이 그렁한 눈으로 남편 영정을 바라보았다. 일자로 꾹 다문 입술이 더욱 슬퍼 보였다. 명주가 입술을 달싹였다.

'나도 이 꽃상여를 타고 같이 가면 안 될까요?'

그러나 대답은 없고. 명주의 얼굴에 점점 핏기가 사라져갔다. 그녀는 힘겹게 서 있을 뿐이었다. 이윽고 상여꾼들의 가락에 맞추어 상여가 움직이기 시작했다.

하관하고 취토를 할 때 명주는 기어이 쓰러지고 말았다. 힘겹게 뜬 삽의 흙을 남편의 관 위로 뿌리는가 싶더니 그 자리에서 혼절하고 만 것이다. 빙 둘러섰던 문상객들은 어찌할 바를 몰랐다. 점순은 바닥에 주저앉아 울었다.

산에서 내려가는 길은 유난히 힘겨웠다. 점순이 명주를 부축하기는 했지만 별 도움이 되지 않았다. 경호는 명주를 업고 갈 만한 사람을 찾아보았다. 하지만 젊은이들은 봉분을 쌓고 있어 남은 사람은 나이 든 사람들뿐이었다. 상여꾼들도 다 돌아갔다. 머슴들과 일꾼들은 짊어지고 올라온 물건을 다시 메고 내려가야 했다. 명주와 점순은 금방이라도 쓰러질 듯 위태로워 보였다.

"서방님. 제 짐을 석이한테 맡기고 제 지게에 새아씨를 태워 가면 안 될까요?"

머슴 경이 다가와 말했다.

"아, 네가 좋은 생각을 했구나. 그리 해보도록 해라."

경은 지게 위에 솔가지를 깔고 자신의 웃옷을 깔아 푹신한 자리를 만들었다. 경호는 명주에게 지게를 타고 가라고 권했다. 명주는 싫다고 도리질을 하며 점순을 붙들고 주춤주춤 내려가려 했다. 하지만 점순은 명주를 뿌리쳤다.

"저도 이제 힘이 다 빠져서 아가씨를 모시고 내려갈 수가 없어요. 그냥 지게에 오르세요."

경은 지게를 한껏 낮추어 놓고 명주가 오르기를 기다렸다. 명주가 지게 앞에서 계속 머뭇거리자 점순이 지게에 타는 것을 도왔다. 경은 명주가 안전하게 앉았는지 몇 번이나 확인했다. 마침내 경이 무릎을 펴고 일어서자 명주는 짧은 비명을 내질렀다. 생각했던 것보다 훨씬 높게 느껴졌다. 하지만 짐짓 아무렇지도 않은 척 가만히 앉아 있었다. 산을 내려가려면 별다른 방법이 없으므로 그냥 참고 있는 수밖에 없었다.

경은 안간힘을 다해 몸이 흔들리지 않도록 했다. 행여나 새아씨가 불편할까 봐 숨도 크게 쉬지 못했다. 새아씨는 평소에 지던 짐보다 훨씬 가벼웠는데도 온몸에서 땀이 비 오듯이 흘렀다. 어깨너머로 새아씨의 체취가 흘러들어왔다. 정신이 아찔할 만큼 좋은 냄새가 났다.

명주는 지게 위에 앉아 먼 하늘을 바라보았다. 기러기가 떼 지어 날아가고 있었다. 남편은 기러기를 든 기럭아비를 앞세우고 집 대문으로 들어섰지. 그는 어디로 갔고 기러기는 어디로 가는 것일까. 가을바람이 쌀쌀해 몸이 떨렸다.

"새아씨, 불편하시지요? 이제 금방 평지로 내려가니 조금만 참아주십시오."

"군소리하지 말고 잘 내려가기나 해요! 우리 아가씨 힘들어요."

점순이 새침하게 쏘아붙였다.

"예, 알겠습니다."

점순은 공연히 잔소리를 해대며 쉴 사이 없이 경을 몰아세웠다.

5

문상객이 모두 떠나자 집은 절간 같이 고요해졌다.

민겸호는 사랑에, 노씨 부인은 안방에, 명주는 건넌방에 들어가 밖으로 나오지 않았다. 저녁밥상을 차려놓아도 누구 하나 먹을 생각을 하지 않았다. 점순 혼자 애가 닳아 마루로 방으로 쫓아다녔다.

"아가씨, 아침부터 여태 아무것도 안 잡수셨어요. 일어나서 조금이라도 드세요."

"아버님 어머님은?"

"두 분 다 나오실 생각을 않으셔요."

명주는 이러고 있어서는 안 될 것 같다는 생각에 사랑으로 나갔다.

"아버님, 저녁 진지 드시지요. 사랑으로 내올까요?"

"내가 속이 안 좋아서 그러니 신경 쓰지 말거라."

명주는 다시 안채로 들어와 노씨 부인에게 말했다.

"어머님, 진지 드시지요."

노씨 부인 역시 같은 이유로 거절했다. 두 분 다 속이 거북하시면 죽이라도 끓여 올려야 한다는 생각에 점순이를 시켜 찬모에게 일렀다.

명주는 찬모가 끓여온 죽을 들고 사랑으로 갔다. 하지만 시아버지는 여전히 거절했다. 다시 안방으로 가서 시어머니께 권해보았지만 손을 내저을 뿐이었다. 명주는 상을 들고 부엌으로 가서 직접 찬모에게 말했다.

"미음을 좀 끓여 주세요. 마시면 그냥 넘기시지 않을까 싶어요."

하지만 두 분은 미음마저도 모두 거절했다.

명주는 힘없이 방으로 돌아가 한쪽 구석에 웅크리고 앉았다. 눈물이 솟구쳤다. 어머님은 생떼 같은 아들을 잃으셨으니 하늘이 무너지는 것 같으시겠지. 게다가 얼마나 잘나고 똑똑한 아들인가. 장남은 전생에 연인이었다고 하는데 그 슬픔이 얼마나 깊을까. 그래도 어머님에게는 다른 두 아들과 두 딸이 있다. 만사를 다 해결해주는 듬직한 남편도 있다. 하지만 명주에게는 청상과부라는 이름 하나뿐이었다. 자식이라도 하나 남겨주었다면 그것을 낙으로 살아갔을 텐데. 이제 열네 살인 명주는 기나긴 세월을 어찌 살아내야 할지 막막했다. 명주는 가만가만 흐느꼈다. 그 소리에 잠이 깬 점순이 눈을 부비며 기지개를 켰다.

"왜 그러세요, 아가씨. 또 울어요? 이제 다 끝났잖아요."

"끝나기는. 이제부터 시작인걸."

삼우제에는 시댁 식구와 경호네 내외만이 참석했다. 노씨 부인은 제가 끝난 뒤에도 발걸음이 떨어지지 않는지 떼도 입히지 않은 벌거숭이 묘를 돌아보고 또 돌아보았다.

집으로 돌아온 민겸호는 아내와 며느리를 사랑으로 불렀다. 명주는 시아버지가 무슨 말씀을 하실지 몰라 가슴이 떨렸다.

"이제 삼우제도 끝이 났으니 내일 경성으로 돌아가려 한다. 집을 너무 오래 비 두었어. 새애기 너는 이제 어떻게 하겠느냐? 우리와 같이 지내겠느냐, 아니면 친정으로 돌아가겠느냐. 다른 누구도 염두에 두지 말고, 네 생각만 하거라. 오직 너를 위한 결정을 내리라는 말이다. 경성으로 바로 따라와도 좋고, 아니면 집으로 갔다가 차후에 올라오는 것도 좋다. 네가 어떤 선택을 하더라도 우리는 너를 영휘 몫까지 사랑하기로 했……."

민겸호는 말끝을 맺지 못하고 울먹였다. 그는 너무나 어린 며느리를 만감이 교차하는 시선으로 바라보았다. 노씨 부인의 눈가에도 눈물이 맺혔다.

"그만 들어가보도록 하고 내일 대답을 해다오. 당신은 잠시 여기 있어보시오."

명주가 방을 나가자 민겸호는 아내 쪽으로 돌아앉았다.

"당신이 새아기 거동을 눈여겨봐주시오. 그것에 맞추어 준비를 해야 하니까. 다만 어떤 강요도 해서는 안 되오."

방으로 돌아온 명주는 머릿속이 복잡했다. 대체 어떤 결론을 내릴 수 있다는 말인가. 친정으로 돌아간다면 그녀가 할 수 있는 일은 아무것도 없다. 부모님 그늘에서 그냥저냥 먹고 살기는 할 것이다. 부모님이 자신보다 오래 살 수는 없으니 나중에는 오빠 밑에, 아니 올케 밑에서 눈칫밥을 먹으며 목숨을 보전해야 할 것이다. 그것이 산 목숨인가. 또한 시댁에서 계속 산다면 어떨까. 청상과부가 한구석에서 청승을 떨고 앉아 있다면 좋아할 사람은 아무도 없을 것이다. 시누이, 시동생들이 꿈에 부풀어 학업에 정진해 나아갈 때 그녀는 그들의 뒤치다꺼리나 해주고 있어야 할 것이다. 그 후에는 시동생의, 아니 동서의 눈치를 보며 여생을 보내야 할 것이다. 열네 살 미망인이 품을 수 있는 꿈은 무엇일까. 먹고사는 일이야 걱정할 필요 없겠지만 아무런 꿈도 없이 남들에게 얹혀사는 게 떳떳할 수는 없다. 역시 남편의 말대로 배우는 것이 최선이리라. 그러려면 일단 경성으로 올라가야 했다.

"점순아, 그만 자고 일어나봐."

명주는 네 활개를 펴고 잠들어 있는 점순을 깨웠다.

"여태 안 주무신 거예요? 지금이 몇 신데. 그만 잘래요."

"글쎄. 내 말 좀 들어봐."

"자고 내일 아침에 하세요. 난 졸려요."

"내일 아침이면 늦어. 일어나!"

"아이참. 해보세요."

점순은 입이 찢어져라 하품을 해대며 겨우 자리에서 일어나 앉았다.

"저번에 어머니랑 절에 갔다가 스님한테 들은 이야기야. 인도라는 나라에서는 결혼한 남자가 죽으면 사티라고 하는 예식을 치른대. 그게 어떤 거냐면, 화장장에 장작더미를 쌓아 올리고 죽은 남편과 함께 살아 있는 아내를 불태우는 것이래."

"어머 끔찍해라. 미쳤다고 따라 죽어요? 혼자라도 천년만년 재미나게 잘 살다 죽어야지."

"그리고 더 슬픈 이야기도 해주셨어."

"무슨 이야기인데요?"

"졸리면 자."

"졸리기는요! 얼른 이야기 해주세요."

"이것도 인도 이야기야. 인도라는 이름이 있기 오천 년 전에, 하스티나푸라라는 왕조가 있었대. 그 왕국에는 사티아바티라는 왕모가 있었는데, 아들이 네 명 있었어. 그중 한 아들은 음악의 신 간드라바 왕국의 왕과 이름이 같다는 이유로 죽임을 당했어. 한 아들은 고자여서 평생 혼자 지내게 되었고, 한 아들은 히말라야로 들어가 은둔생활을 하는 현자가 되었대. 겨우 한 아들만 남아 결혼생활을 했는데 후사도 없이 죽고 말았대. 왕모는 어쩔 수 없이 산에 들어가 있는 현자 아들을 불러 며느리 방에 들어가게 했대. 그렇게 해서 왕조를 이을 아이를 얻으려고 한 거야."

"그래서요? 그래서 어떻게 됐어요?"

"그렇게 왕국이 이어져 나가게 된 거지 뭐. 두 이야기 모두 슬프지? 너라면 어떻게 할 것 같아?"

"나는 과부가 아니거든요. 아가씨 같으면 어떻게 하시겠어요?"

"음. 나는 말이지, 불타는 장작더미 위에도 안 올라갈 거고, 아이를 얻기 위해서 시동생과 동침하는 일도 없을 거야. 이 집에 내 뼈를 묻는 일도 없을 거야. 하지만 나는 이 집에 뼈를 묻을 거야."

"이랬다 저랬다 뭐예요. 금방은 안 묻는다고 하시고는."

"나는 내가 사랑하는 서방님과 한자리에 묻힐 거야."

"그게 그거네 뭐."

"네 말이 맞아. 너 보기에는 그게 그거겠지."

명주는 아침이 되기를 기다려 사랑으로 나갔다. 너무 이른 탓인지 시아버님은 아직 주무시고 계신 듯했다. 다시 돌아 나오려는데 뒤에서 발자국 소리가 들렸다. 일하려고 나온 아랫사람이겠거니 생각하고 그대로 발길을 재촉하는데 말소리가 들렸다.

"새아씨. 안녕히 주무셨습니까?"

변소 앞에서 마주쳤던 그 머슴이었다. 장례식 날에는 십 리 길을 지게로 업어주기도 했었다. 그때는 너무 몸이 힘들어 변변한 인사도 못 했던 것이 떠올랐다.

"저번에는 신세를 져놓고 인사도 못 했네요. 감사했습니다."

"별말씀을요. 저 같은 놈이 할 일인데요. 오늘 영감마님이 경성으로 돌아가신다고 하는데 새아씨도 같이 가십니까?"

"네, 아마."

명주는 돌아서서 마당으로 나갔다.

명주는 이 집에 와서 아무것도 눈여겨본 것이 없었다. 그냥 눈만 뜨고 있었지 집이 어떤 모양인지 마당이 얼마나 넓은지 볼 새도 없었다.

오늘에서야 이 층으로 된 집이 눈에 들어왔다. 고개를 한껏 쳐들어야 겨우 꼭대기가 보였다. 암수기와가 야무지게 맞물려 아래쪽으로 내려가다가 끝자락에서 상큼하게 올라갔다. 그 지붕 밑으로는 나무 격자문이 이 층의 정면을 장식하고 있었다.

위엄 있고 품위 넘치는 집이었다. 격자문 밑으로는 다시 일 층 기와가 이어졌다. 기와 밑에는 찬방, 안방, 대청, 건넌방이 반듯반듯하게 자리했다. 특히 반질거리는 대청마루는 아주 넓어 한눈에 들어오지 않았다.

다시 눈을 들자 용마루가 보였다. 좌우로 치솟은 꼭대기 용머리가 하늘을 향해 솟아 있었다. 용머리를 보고 있자니 으스스한 한기가 느껴져 양손을 겨드랑이 밑에 꼈다. 새까만 기와가 새벽빛을 반사하며 푸른빛을 뿜어냈다.

명주는 다시 사랑으로 다가갔다. 방에서 말소리가 흘러나왔다.

"영감마님. 저도 경성에 따라가고 싶습니다."

"경성에 가서 네가 뭘 할 것이냐?"

"장작도 패고, 물도 걷고, 불도 때고. 아무것이나 다 하겠습니다."

"장작은 나무장수가 한 단씩 묶어 뒤란에 쌓아주고, 물은 정지 바로 앞에 있어 길어 올 것도 없고, 쇠죽을 끓이는 것도 아니고 밥솥에 불만 지피면 되니 불 땔 것도 없느니라. 헌데 지금 이곳에는 일이 얼마나 밀렸느냐. 가을 내도록 아무것도 못 했는데 겨울이 다가오고 있지 않느냐. 큰 머슴한테 일러놓았으니 네 일이나 부지런히 하거라. 경성 구경은 농한기에 한 번 시켜주겠다."

명주는 경이 풀죽은 모습으로 방을 나오는 것을 보았다. 그는 왜 경성으로 가려 하는 것일까. 아버님의 말대로 그가 경성에서 할 수 있는 일은 없을 것 같았다. 명주는 방문 앞으로 다가갔다.

"아버님, 저 드릴 말씀이 있습니다."

"그래. 들어오너라."

민겸호는 방 안으로 들어오는 새아가를 따스한 눈길로 바라보았다. 명주의 가슴도 따스해졌다. 이분이라면 아버지처럼 평생 모실 수 있을 것 같았다.

"아버님이 어제 생각을 해보고 답하라 하셨는데, 그 답을 말씀드리러 왔습니다. 저 경성에 데려가주세요."

"그래. 잘 생각했다. 우리 잘 지낼 수 있도록 노력해보자꾸나. 살다가 네 마음이 달라지면, 그것은 그때 가서 다시 생각해보도록 하

자. 길 떠날 채비를 하거라."

안채로 돌아온 명주는 점순에게 말했다.

"점순아, 오늘 아버님이 경성으로 가신대."

"우리는요?"

"우리도 데려가신대."

"아이고매! 이제 경성 구경하게 됐네! 아이고, 좋네, 좋아. 아가씨, 좋지요?"

점순이 속없이 좋아라 하는 모습을 명주는 물끄러미 바라보았다. 명주의 마음은 학업에 있었다. 이화학당은 미션스쿨이라 불교 집안인 우리하고는 맞지 않으니 진명학교에 가라고 남편이 말했던 기억이 났다. 학교 위치도 자하골이니 팔판동 집과 지척이고, 양반댁 규수들이 많이 다니는 학교라고도 했다. 하지만 명주는 이제 양반댁 규수처럼도, 양반댁 며느리처럼도 살 수 없었다. 그녀는 혼자 살아갈 힘을 키워야 하는 미망인이었다. 그렇다면 진명학교보다는 사범학교에 가는 것이 낫지 않을까. 보통학교 선생으로 취직한다면 누구의 신세도 지지 않을 수 있을 터였다. 명주는 아무리 힘들더라도 혼자 힘으로 살아낼 능력을 키우기로 다짐했다.

진주에서 온 택시가 대문 앞에서 일행을 기다리고 있었다. 민겸호는 아들의 영정을 흰 보자기로 쌌다. 손은 보자기를 싸고 있었지만 눈은 초점을 잃어 혼이 빠져나간 허깨비 같았다.

명주는 남편의 영정 사진을 안고 앞좌석에 앉았다. 민겸호 내외는 뒷좌석에 자리를 잡았고, 점순은 그 사이에 끼어 앉았다. 택시가 요란한 소리를 내며 출발했다. 고르지 못한 신작로를 달리느라 차가 심하게 요동쳤다. 명주는 행여 사진틀을 놓칠세라 꼭 부둥켜안고 있었다. 명주는 태어나 처음으로 자동차를 탄 것이었다. 말로만 듣던 자동차는 생각보다 훨씬 불편하고 볼품없었다.

백 리 길을 달려 김천에 도착하니 저녁때가 다 되어 있었다. 민겸호는 모두를 국밥집으로 데려갔다. 일행은 하늘이 어두워지고 나서야 기차역으로 갔다. 늦가을의 저녁은 꽤 쌀쌀했다. 어제 경호가 읍에서 구해온 겉옷이 아니었다면 역광장의 다른 사람들처럼 오들오들 떨어야 했을 것이었다.

멀리서부터 요란한 소리가 들려왔다. 이어 찢어지는 굉음이 온몸을 덮쳤다. 점순은 깜짝 놀라 명주의 품으로 뛰어들었다. 명주도 점순을 끌어안은 채 얼어붙었다. 눈앞으로 엄청나게 큰 쇳덩어리가 굴러오고 있었다. 두 사람은 그 쇳덩어리의 꼭대기에서 연기가 뭉게뭉게 피어오르는 것을 보고 나서야 그 물체가 기차라는 것을 알아챘다. 두 사람은 잠시 겁에 질렸던 서로의 얼굴을 보고 멋쩍게 웃었다.

캄캄한 밤길을 달리는 기차에 앉아 명주는 무릎에 얼굴을 묻고 남몰래 눈물을 흘렸다. 이제는 시부모님이 언짢아하실까 봐 맘껏 울 수도 없었다. 더 이상은 울면 안 돼. 명주는 눈을 감고 좌석에 기댔다. 잠을 자려고 노력해보았지만 정신은 더욱 명료해지는 것 같았다.

인파로 북적이는 경성역은 몹시 소란스러웠다. 역 앞 광장에는 부르지도 않은 택시들이 줄을 지어 기다리고 있었다. 명주 일행은 김천으로 갈 때와 같은 순서로 자리에 앉았다. 명주는 남편의 영정을 조심스레 껴안았다. 택시는 이층집과 기와집들이 늘어서 있는 거리를 속력을 내어 달렸다. 경성의 택시는 털털거리지도, 요란스럽지도 않았다. 역시 경성의 것들은 다르다고 속으로 감탄을 하는데, 산청 시댁과 비슷하게 생긴 조선 기와 이 층 건물이 눈앞을 가로막듯이 나타났다. 그런데 그 크기가 시댁과는 비교가 되지 않을 정도로 어마어마하다. 명주는 넋을 놓고 그 건물을 바라보았다. 차는 그 건물을 좌측으로 비껴 모퉁이를 끼고 돌았다.

　"새아가, 지금 지나온 저 큰 문이 경복궁 대문이란다. 저 궁궐에 우리나라 임금님이 사셨지……."

　"네, 아버님. 꼭 산청 우리 집하고 비슷하네요. 어마어마하게 더 크기는 하지만."

　민겸호는 며느리가 서슴없이 '우리 집'이라고 말하는 것에 가슴이 먹먹해졌다. 겨우 보름 동안 산 집, 그것도 남편의 병수발과 초상만 치렀을 뿐인 집을 우리 집이라 말하는, 아직 아이티도 못 벗은 저 어린 며느리를 어이할 것인가?

　창밖으로 개천이 보였다. 그 개천에는 양편 사람들이 서로 건너다닐 수 있도록 다리가 놓여 있었다. 차는 동네 한가운데의 어느 다리 앞에서 멈췄다. 일행은 다리를 건너 골목으로 들어갔다. 민겸호는 골목으로 들어가 두 번째에 있는 집 앞에 섰다. 그를 따라 대문 앞에 선 명주는 남편이 매일 같이 이곳을 드나들었을 것이라 생각하니 다시 마음이 아렸다. 그가 없는 그의 집에 그녀 홀로 들어가는 것이었다. 무엇보다도 두려움이 앞섰다.

방에 들어선 민겸호가 명주와 점순이를 불렀다.

"새아가, 건넌방이 네 방이다. 점순이는 아래채에 내려가서 행랑아범 내외랑 같이 지내도록 해라."

"영감마님, 저 아가씨와 한방에 있으면 안 될까요?"

"어허, 이른 대로 하거라. 그리고 오늘부터는 아가씨라 부르지 말고 새아씨라고 해야 한다. 알아들었느냐?"

"예."

뿌루퉁해진 점순은 민겸호와 눈도 마주치지 않고 고개를 내리깔았다.

"점순이를 아래채 문간방으로 데려다주어라. 이 아이는 그 방에서 지낼 것이다."

명주는 건넌방으로 갔다. 방 안에는 두 개의 책상과 책장이 있었다. 책장에는 보통학교 학생이 읽을 만한 책들과 중등과정 학생이 읽을 만한 책들이 꽂혀 있었다. 한쪽 벽면에 붙어 있는 장롱은 아주 오랫동안 잘 관리하면서 사용한 듯 보였다. 아마 두 남동생들이 쓰던 방이 아닐까 싶었다. 이 방에 살던 아이들은 어디로 옮겨가게 되는 것일까. 명주는 자신 때문에 공연히 복잡해지는 것은 아닌지 신경이 쓰였다. 창문은 마당 쪽으로 나 있었다. 명주는 마당으로 내려가서 집 전체를 둘러보았다.

집 전체는 미음자 모양으로 되어 있었다. 명주가 있는 건넌방 옆이 대청, 그 옆이 안방, 안방에서 기역자로 꺾으면 부엌이 나오고, 옆에 찬방이 붙어 있고, 다음으로 목욕탕, 목욕탕에서 다시 기역자로 꺾으면 장독대가 있고 그 아래에는 창고가 있었다. 계속 옆으로 대문간이 이어졌고, 다시 두어 발 띄운 곳에서 꺾여서 작은 사랑, 대청, 큰 사랑이 있었다. 전체가 한눈에 들어오지 않을 만큼 넓어서 명주가 있을 자리를 걱정할 필요는 없을 것 같았다.

점순의 목소리가 들려 마루로 나와 보니 벌써 부엌에 들어가 상을 차리는 데 한몫하고 있는 것 같았다. 부엌 앞을 기웃거리는 명주를 본 행랑어멈이 말했다.

"새아씨, 들어가 계세요. 오늘은 고단하실 것이니 쉬시고 내일부터 나오셔요."

명주는 정말 들어가도 되는지, 들어간다면 안방으로 가야 할지, 건넌방으로 가야 할지 몰라 제자리에 엉거주춤 서 있었다.

"상 나왔으니 가져다드리게!"

행랑어멈이 상을 들고 나갔다. 명주는 여전히 어디로 가야 할지 몰라 그대로 서 있었다.

"아가씨 상은 내가 들고 갈게요."

점순은 냉큼 상을 들고 부엌을 나서 마루에 오르긴 했지만 역시나 어디로 가야 할지 모르긴 마찬가지였다. 그 모습을 지켜보던 민겸호가 말했다.

"새아가 상, 안방으로 들여라."

점순은 안방으로 들어가 윗목에 상을 놓았다. 그러고는 따라 들어온 명주를 끌어다 앉혔다.

"아가씨, 앉으세요."

"어허, 새아씨라고 부르라 하지 않았더냐? 그리고 몸에 함부로 손을 대는 것이 아니다. 그만 나가 보아라."

점순은 얼굴이 새빨갛게 되어 허둥지둥 나갔다.

"게 앉아 밥 먹어라. 산 사람은 먹어야 하지 않겠느냐."

민겸호는 말은 그렇게 했지만 자신은 먹는 시늉만 하고 있었다. 노씨 부인도 밥을 먹는 것인지 아닌지 조용하기만 했다. 밥상을 물릴 때 보니 국물만 조금 줄었을 뿐 밥에는 손도 대지 않은 모양이었다. 명주는 상을 내가며 죽이라도 끓여야 하지 않을까 생각했다. 밖에서는 행랑어멈 내외, 찬모, 잔심부름하는 계집아이와 점순이까지 달려들어 건넌방의 세간을 작은사랑으로 옮기고 있었다.

"본래 영휘가 작은사랑을 쓰고 있었는데, 공부를 끝내고 돌아와 신행을 하고 나면 건넌방으로 옮겨주려고 했었다. 지금은 세간을 옮겨 휑하겠지만, 차차 들여줄 테니 조금만 견뎌보아라."

명주는 그 커다란 건넌방에 혼자 앉아 있을 생각을 하니 막막하기

짝이 없었다. 원래대로라면 영휘와 함께 지냈을 방이었다. 이제 영휘는 없고, 점순이 옆에서 조잘거려주지도 않을 터였다. 그녀에게는 그 방이 유배지나 다름없었다. 얼른 학교에라도 가게 된다면 무료함이 좀 덜어질는지. 하지만 신학기까지는 아직 멀었다. 명주는 차근차근 할 일을 찾기로 했다.

점심때쯤 영감마님이 부르신다는 전갈이 왔다. 명주는 얼른 안방으로 갔다. 방 안에는 못 보던 얼굴이 있었다. 막내 시누이가 학교에서 돌아온 모양이었다. 보통학교 일학년이라는데 몸이 호리호리하고 키가 커서 열댓 살은 되어 보였다. 얼굴은 뽀얗고 귀여웠다. 그녀는 어머니를 끌어안고 앙앙 울어댔다.

"어머니, 왜 이렇게 늦게 온 거야? 큰오빠는? 이제 다 나은 거야?"

노씨 부인은 딸의 등을 쓸어줄 뿐이었다.

"말주야, 올케언니께 인사 올려라. 새애기 너도. 둘이 맞절을 하도록 해라."

두 사람은 마주 보고 절을 했다. 말주는 어느새 울음을 뚝 그치고 엎드려 절을 하면서도 명주를 쳐다보느라 정신이 없었다. 그녀는 큰 눈을 깜빡이며 계속 명주를 바라보다 혼잣말처럼 중얼거렸다.

"오빠가 그렇게 예쁘다고 난리더니 나보다 더 예쁘지도 않네."

그러다가 다시 노씨 부인에게 칭얼거리기 시작했다.

"어머니, 큰오빠는 어디 있어요? 빨리 보고 싶어요."

말주를 한참 바라보고 있던 민겸호가 말했다.

"말주는 이만 나가보거라. 작은사랑으로 오빠들 방을 옮겼으니 그 방에 가서 책 보고 놀거라. 새아기 너도 나가보고."

길었던 해가 저물어 갈 때쯤 나머지 동생들도 학교에서 돌아왔다. 큰동생은 영휘와 연년생으로 중학교 사학년이었다. 둘째 동생은 보통학교 오학년이었다. 명주는 이 집 남매들은 나이 차이가 참 제멋대로라고 생각했다.

직각댁 마님과 영휘는 다섯 살 차이, 그다음은 연년생, 그다음은 네 살 차이, 막내는 또 다섯 살 아래. 삼신할매가 터울을 맞춰 자식을 점지한다는 건 영 헛말이지 싶었다.

큰동생 영익은 키가 형만큼이나 컸다. 얼굴은 영휘와 닮았지만 형만큼 약해 보이지는 않았고, 형만큼 착해 보이지도 않았다. 날카로운 눈매가 사람을 꿰뚫어 보는 듯했고, 절도 있는 몸놀림에 허튼 구석이라고는 찾아보기 힘들었다. 그에 비하면 작은동생은 선량해 보이는 눈매에 웃음이 가득했다. 길고 흰 손가락은 꼭 여자 손 같았다. 명주는 이들 중 누가 가장 자신을 잘 이해해줄지 상상해보았다. 하지만 역시 모두와 사이좋게 지내는 것이 좋을 터였다. 이제 경성 생활 시작이다. 그녀는 마음을 다잡았다.

장례가 끝나자 주인댁 식구들은 모두 경성으로 돌아갔다. 새아씨도 함께 경성으로 갔다. 경은 안마당으로 난 작은 들창으로 안채를 바라보며 시간을 보냈다. 그러면 대청 앞에 서서 앞산을 하염없이 바라보던 새아씨가 꿈결처럼 나타났다. 경은 새아씨의 환영을 보는 것만으로도 눈이 부신 듯했다. 그는 허공에다 중얼거렸다.

"새아씨. 이놈이 불경스럽게도 아씨를 사모하고 있나 봅니다. 용서해주십시오. 허나 제 마음을 제가 어쩌지를 못합니다. 인생살이 오래 하지는 않았지만, 이 나이가 되도록 이런 마음은 처음입니다. 앉으나 서나 아씨 모습이 눈에 밟혀 정신이 혼미합니다. 길을 걸을 때나 밥을 먹을 때나 일을 할 때나, 꿈결에도 아씨는 슬픈 모습으로 제 앞에 나타나셔서 저를 안타깝게 하십니다. 아씨, 새서방님이 완쾌하셔서 아씨와 행복하게 사시는 모습 보게 되기를 얼마나 바랐는데, 아씨가 슬퍼하시게 되어 싫습니다."

경은 뚝뚝 떨어지는 눈물을 주먹으로 닦아내고 다시 들창을 바라보았다. 하지만 이미 아씨는 사라졌다. 식구들이 빠져나간 빈자리만 을씨년스럽고 쓸쓸하게 느껴졌다. 경은 사라진 아씨의 모습을 찾아 마당으로 뛰쳐나갔다. 안채 청소에 여념이 없던 큰 머슴이 그런 경을 보고 호통을 쳤다.

"경이 너, 어디에 처박혀 있다가 이제야 나오느냐! 집안에 일이 얼마나 밀렸는데 부지런히 일하지 않고! 뒤란에 홍시도 갈무리해야 하고, 벼도 마저 베어야 하고, 과수원에도 일거리가 산더미다. 가을 해가 얼마나 짧은지 너도 알지 않냐. 장대 가져다가 뒤란의 홍시부터 따 와라. 아 얼른얼른 움직여!"

경은 장대를 찾아들고 뒤란으로 갔다. 뒤란에서 새아씨를 처음으로 보았던 순간이 떠올랐다. 그때는 숨이 딱 멈추는 것 같았다. 달빛 아래 서 있던 새아씨는 이 세상 사람 같지 않았다. 이야기 속에 나오는 선녀라면 그러할까. 그때를 떠올리면 언제나 가슴이 뛰고 숨이 가빴다.

새아씨를 마음에 품는 일이 어림도 없는 꿈이라는 건 잘 알고 있었지만 도무지 마음이 가라앉지 않았다. 경은 딴 홍시를 광으로 가져가 항아리 속에 차곡차곡 쌓았다. 쟁여진 감이 모두 아씨 얼굴로 보였다. 경은 항아리를 두 팔로 짚고서 일어설 줄을 몰랐다. 큰머슴이 다시 경을 불렀다.

"경아, 석이는 나하고 과수원에 가야 한다. 추워지기 전에 나머지 과일들도 거둬들이고 나무들도 손을 봐줘야 해. 그동안 너는 나무나 한 짐 해 오거라. 이제 눈이 오면 산에 오르기도 힘들 것이니 하루에 한 짐씩이라도 해서 재어놓아야지."

경은 지게를 지고 팔봉산으로 향했다. 황금빛으로 물들었던 온 산의 나무들은 이제 잎을 다 떨어뜨려 앙상해졌다. 지팡이로 땅을 툭툭 치며 산을 오르던 경은 지게를 내려놓고 푹신한 낙엽 위에 앉았다. 팔봉산 줄기의 주인댁 선산이 눈에 들어왔다. 장례를 끝내고 그 산을 내려올 때의 기억이 아직 생생했다. 지게 위에 새아씨가 앉아 있다는 사실이 너무나 감격스러워 걸음이 겅중겅중 공중을 나는 듯했다. 아직도 지게에 아씨의 온기가 남아 있는 것 같아 경은 자꾸만 지게를 쓰다듬었다.

영감마님이 경성으로 데려가주었으면 얼마나 좋았을까. 경성 집에도 행랑아범이 있다는 소리를 듣기는 했는데 정말로 그리 일이 없는 것일까. 경은 날이 어둑어둑해진 뒤에야 나무를 하기 시작했다.

6

명주는 아무런 세간도 없는 건넌방에 덩그러니 앉아 있었다. 도저히 혼자 있기는 힘들다 싶어 자리에서 일어났지만 막상 방문 앞에 서자 이 넓은 경성에서 갈 곳 하나 없다는 사실을 깨달았다. 그녀는 문에 등을 기댄 채 스르르 미끄러져 그 자리에 주저앉았다. 무릎에 얼굴을 묻고 한참 흐느꼈다.

인자하신 시아버지께서 왜 점순을 아랫집으로 보내버리셨는지 이해가 되지 않는다.

전등불이 너무 밝아 눈이 부셨다. 고향 집에서는 까무룩한 호롱불을 바라보고 있으면 저절로 눈이 감겼다. 그럴 때 불을 훅 불어 끄고 잠들면 아침에 어머니가 깨우러 들어올 때까지 한 번도 깨지 않고 깊게 잤다. 저 밝은 전등불은 바라보면 바라볼수록 정신이 혼란스럽고 잠이 달아났다. 명주는 전등을 꺼보았다. 그믐밤도 아닌데 천지가 깜깜했다. 하는 수 없이 다시 전등을 켜고 오도카니 앉았다.

영휘가 살아 있었다면 밤이 이렇게 외롭지는 않았을 것이다. 두 사람은 이불 속에 꼭 붙어 있었을 것이고 암만 어두워도 무섭지 않았을 것이다. 명주는 그 사람이 그리웠다. 어느 때보다도 사무치게 그리웠다. 그의 바람처럼 씩씩하게 살아가자고 마음먹었지만 그냥 그의 곁으로 가고만 싶었다.

노씨 부인은 영휘의 죽음 이후로 거의 곡기를 끊었다. 경성으로 돌아온 뒤에는 아예 자리에 몸져누워 일어나지 못했다. 민겸호 역시 잘 먹지도 움직이지도 않았다. 며느리로서 그런 모습을 보고만 있을 수는 없었다.

명주가 아침에 상을 들고 사랑으로 나가면 민겸호는 국물만 조금 뜨고 상을 물렸다. 다시 안방으로 가서 상을 올리면 노씨 부인은 거들떠도 보지 않고 그대로 상을 물렸다. 그러면 죽을 끓여서 들여가고, 그도 안 먹으면 미음을 끓였다. 명주는 그렇게 밥상, 죽상, 미음상을 들고 사랑으로 안방으로 삼시 세끼 들락거렸다. 그러다 보면 그녀의 치맛자락은 걸레가 되었다. 소복의 속곳, 고쟁이, 치마와 흰 버선이 집안의 먼지를 다 끌어모아 새카맣게 변했다. 사이사이에 식혜나 수정과를 들여가보고 곶감이나 과일도 들여가보았지만 민겸호 내외는 어느 것도 손대지 않았다.

명주는 노씨 부인 곁에 살며시 앉아 이것저것 권해보다가 결국 포기했다. 대신 뼈만 앙상한 그녀의 다리를 주물렀다. 말수가 적은 시어머니는 드러나게 감정표현을 하는 일이 없었다. 그래서 한때는 무섭고 속상했던 적도 있었다. 이제는 눈빛만으로도 그녀가 자신을 얼마나 애처롭게 생각하는지 알 수 있었다. 명주가 밤이 이슥하도록 팔다리를 주무르고 있으면 깜빡 졸던 시어머니는 깜짝 놀라 어서 건너가라고 손짓했다.

"어머님, 시원하시죠?"

하지만 그녀는 손을 내저으며 말했다.

"아니다. 아프기만 하니까 그만두고 가서 자거라."

그렇게 실랑이를 하다 보면 노씨 부인의 눈가에 눈물이 맺혔고, 그럴 때마다 명주도 눈물이 쏟아져 나올 것 같아 얼른 방을 나왔다. 그런 밤들이 계속해서 지나갔다. 노씨 부인은 주치의가 사흘이 멀다 하고 들락거려도 기운을 차리지 못했다.

끝없이 펼쳐진 들에 누렇게 익은 벼가 황금빛 물결로 일렁였다. 아씨가 경성으로 간 지도 벌써 일 년이 지났다. 이 벼를 다 걷어 들이고 나면 경성 나들이를 할 것이라 생각하니 경은 저절로 힘이 솟았다. 논두렁에 앉아 경성에서 아씨를 만나는 장면을 상상했다. 상상만으로도 얼굴이 화끈 달아올랐다. 두 손으로 뺨을 감싸 열기를 식히는데 멀리서 회가 오고 있는 것이 보였다. 무슨 잔소리를 하려고 논까지 쫓아오는지. 그는 궁둥이를 툴툴 털고 일어섰다. 회는 경의 곁에서 벼를 베고 있던 큰 머슴에게 말을 전했다.

"영감마님이 경성서 내려오신다고 안채 청소 좀 해놓으라는데요."

"무슨 일로 갑자기 내려오셔요?"

"당숙모님이 돌아가셔서 선산에 모신다고 하던데요."

"아니, 왜 갑자기."

"작년에 초상 치르고 나서부터 쭉 편찮으셨다는데요."

"아이고 딱하셔라. 하기야 그렇기도 했지. 며칠은 일 못 하겠구먼. 하던 것은 마저 해놓고 들어가야 하는데."

그들의 말을 듣고 있던 경은 아씨를 본다는 생각에 기뻐서 웃음이 터질 것 같았다. 하지만 거두어 길러준 마님이 돌아가셨다는데 눈물을 흘리지는 못할망정 웃을 수는 없었다. 그렇게 스스로 나무랐지만 실실 웃음이 새어 나오는 것을 막을 수 없었다. 경은 신들린 사람처럼 일하기 시작했다. 그 모습을 본 큰 머슴이 헛웃음을 쳤다.

"오늘은 어쩐 일로 그렇게 열심히 하느냐? 매일 그렇게만 하면 얼마나 좋을꼬."

경은 씩 웃고 다시 엎드려 쓱쓱 벼를 베어냈다.

그들은 해가 저문 뒤 집으로 돌아왔다. 영감마님이 언제 오실지 모르니 당장 청소를 하기로 했다.

"아저씨, 건넌방 청소는 내가 할게요."

"그래라. 그럼 석이는 안방 청소하고, 마루는 둘이 같이해라. 나는 이 층을 할게. 마당은 내일 아침에 쓸도록 하고."

생전 처음으로 건넌방에 들어가는 것이었다. 경은 건넌방의 벽을 손으로 쓸면서 벽을 따라 몇 바퀴나 돌았다. 아씨의 체온이 아직도 남아 있는 듯 벽이 따스하게 느껴졌다. 벽을 다 쓸어낸 뒤에는 방바닥을 손으로 쓸며 콧노래를 흥얼거렸다.

장례차가 산청에 도착한 건 이튿날이었다. 민겸호가 먼저 내리고 이어 식구들이 내렸다. 아씨는 마지막에 내렸다. 경은 아씨를 보는 순간 정신이 아득해지고 심장이 내려앉는 듯했다. 겨우 정신을 가다듬고 집으로 들어가는 식구들을 뒤따랐다.

장례식이 진행되는 동안 경은 한시도 아씨의 주위에서 벗어나지 않았다. 경은 모든 신경을 명주에게 집중하고 있었지만, 그녀는 그에게 아랫사람 대하는 것 이상의 관심을 주지 않았다. 경은 당연한 일이라 여기면서도 마음 한구석이 망치로 얻어맞는 듯 얼얼했다.

한 번의 장례를 먼저 겪었던 탓인지, 영휘 때와는 달리 마음의 준비를 할 시간이 충분했던 탓인지, 장례는 조용하게 끝났다.

"이제 영휘와 함께 편히 쉬시오."

민겸호는 담담하게 조강지처를 떠나보냈다. 슬픔은 이미 다 겪어낸 후였다. 명주도 민겸호의 등 뒤에서 조용히 눈물만 흘릴 뿐이었다.

장례식이 끝나고 삼우제까지 치른 뒤 열흘이 훌쩍 지났다. 경성으로 돌아가기 전날 민겸호가 명주에게 말했다.

"아가, 네가 지금 상중이기는 하나, 시집온 지 일 년이 지났는데도 친정 나들이를 못 했구나. 지척에 부모님을 두고 네 발걸음이 떨어지겠느냐? 이참에 친정에 다녀오려무나. 내가 진주 차부에 연락해놓았으니 차를 타고 가거라."

"그리해도 되겠습니까? 감사합니다, 아버님."

"경이 들라고 일러라."

경은 무슨 일이 있나 의아해하며 민겸호 앞에 섰다.

"아씨를 친정에 모셔다드리고, 올 때는 걸어서 오너라. 네 걸음이면 한나절 남짓이면 올 것이다. 알았느냐?"

경은 다짜고짜 허벅지부터 꼬집어보았다. 어찌나 세게 꼬집었는지 신음소리까지 내고 말았다.

"왜 그러느냐. 내 말 못 들었느냐? 아씨 친정에 모셔다드리라는 말."

"아닙니다. 들었습니다. 잘 모시겠습니다."

경은 아씨와 함께 차를 타고 갈 생각을 하니 밤새 잠이 오지 않았다. 민겸호는 명주를 불러 봉투 하나를 건네주었다.

"아가, 첫 친정 나들이인데 이런 상황에서는 아무것도 준비할 수가 없겠구나. 마침 오늘이 함양 장날이니 부모님 좋아하시는 것으로 장이라도 보아서 가거라. 그래서 짐꾼으로 경을 딸려 보내는 것이다."

"예, 아버님. 정말 고맙습니다."

명주는 공손히 봉투를 받아들었다. 어느 시아버지가 이렇게까지 마음을 써줄 수 있을까. 시부모님 두 분 모두 청상과부가 된 그녀를 딸처럼 대해주었다. 엄격하실 때도 있었지만, 그런 때마저도 깊은 뜻이 있다는 것을 이제는 명주도 알고 있었다.

"그럼 조심해서 잘 다녀오거라."

민겸호는 다시 한번 경을 뚫어지게 쳐다보았다. 경은 혹시 마음을 들켰나 싶어 시선을 피해 대문으로 나갔다.

대문 앞에는 이미 차가 도착해 있었다. 명주는 뒷좌석에 경은 앞좌석에 탔다. 경은 차를 타고 가면서도 계속 이 순간이 믿기지 않았다. 놀랄 만큼의 행운, 아니 기적이었다. 누구의 눈치도 보지 않고 아씨와 단둘이 있을 수 있다니. 이것은 하늘이 내려주는 선물이었다. 열심히 일하고 착하게 살아서 온 복일까. 그렇다면 기왕에 온 복, 아씨를 색시로 맞이할 수 있는 복까지 받을 수는 없을까. 그렇게 해서 지금처럼 친정 나들이를 갈 수 있다면 그는 무슨 짓이라도 할 수 있을 것 같았다. 그는 눈을 감고 계속 허망한 꿈을 꾸었다.

차는 순식간에 삼십 리를 달려 함양 장에 도착했다. 차에서 내린 아씨는 어디로 가야 할지 몰라 머뭇거렸다. 경이 명주 앞으로 나서서 말했다.

"아씨, 뭘 사시려고 하십니까. 고깃간은 이쪽이고 생선전은 그 너머에 있는데요."

"그것은 나중에 사고, 우선 속내의를 파는 가게가 어디쯤인지."

"아, 예. 저쪽으로 한참 가셔야 하는데요. 저를 따라오시지요."

경은 아씨와 나란히 걸어갔다. 바로 옆에서 발을 맞춰 걷는 것은 오늘이 처음이었다. 아침에 깨끗이 목욕도 했고 옷도 제일 좋은 것으로 골라 입었다. 인물이라면 원래부터 훤칠해서 명주의 신랑으로 보아도 손색이 없을 것이다. 남 보기에는 다정한 부부 같을지도 모른다는 생각에 경은 마음이 설렜다.

두 사람은 장을 돌아다니며 이것저것을 샀다. 상인과 흥정도 해가며 신나게 장을 보았다. 경은 지금 이 순간이 꿈만 같았다. 그의 눈에는 아씨도 자신처럼 즐거워 보였다. 하지만 명주는 오랜만에 부모님을 뵐 생각에 들떠 있을 뿐이었다.

택시가 명주의 친정집 앞에 멈추자마자 명주는 바람처럼 내달렸다. 그런 명주의 뒷모습을 지켜보는 경의 눈에 눈물이 서렸다. 언제 다시 보게 될지 모르는 일이었다. 경은 죽을 만큼 아씨를 보내기 싫었지만 어쩔 도리가 없었다. 그에게만 슬픈 작별이었다. 아씨는 오랜만에 만난 부모님과 회포를 푸느라 경의 존재는 까마득히 잊을 것이다. 아니 애초에 그녀는 그를 안중에도 두지 않았다. 알면서도 가슴이 쓰라렸다.

경은 혼자 산청으로 돌아가는 길이 너무나 멀게만 느껴졌다. 경은 오늘이 어느 날보다 더 행복했지만 어느 날보다 더 고통스러웠다. 그가 산청으로 내딛는 걸음마다 눈물방울이 떨어졌다.

7

미망인의 세월은 흐르는 강물처럼 고요했다. 조용조용 가만가만, 그러나 쏜살같이 세월이 흘렀다. 영휘의 동생 영익은 중학교를 졸업한 뒤 경성제대 법학과에 입학했다. 그는 어머니 삼년상을 치렀고 대학 졸업반 때 결혼을 했다.

명주는 시어머니가 쓰던 안방으로 들어갔다. 영익 내외는 건넌방으로 거처를 옮겼다.

졸지에 안방으로 들어간 명주는 집안 살림을 모두 떠맡았다. 학교에 가겠다는 말은 입 밖으로 낼 수도 없게 되었다. 시어머니가 없는 집에서 새 동서 가르치랴, 아랫사람들 다스리랴 분주한 나날을 보냈다. 배움에 대한 열망이 늘 가슴에 꿈틀거렸지만 어쩔 수 없었다. 영휘와의 약속이자 그녀가 가진 유일한 꿈은 그렇게 하루하루 멀어져 갔다.

그녀는 천자문을 떼어주고 명심보감을 읽게 해주었던 다정한 친정아버지를 자주 떠올렸다. 그 아버지가 딸자식 걱정으로 노심초사하고 있을 것이라 생각하면 항상 마음이 아팠다. 아버지를 위해서라도 책을 읽고 공부를 하리라 결심했지만, 큰살림을 하다 보면 아무것도 할 수가 없었다.

영익의 처는 결혼한 지 얼마 되지 않아 임신을 했다. 그 후로 식구들의 온 관심과 사랑은 그녀의 독차지였다. 명주는 착잡했다. 이제 그녀는 취학할 나이도 이미 지나버렸고, 그렇다고 남편이 있어 사랑을 받으며 아이를 낳고 지낼 수 있는 팔자도 아니었다. 처음 염려했던 대로 시동생, 시누이 뒷바라지나 하며 평생을 살아가야 할 것이었다. 그녀는 자신의 운명이 한심했다. 이제 겨우 열아홉 새댁은 세상의 모든 것이 다 부러웠다.

어느 날, 민겸호가 명주를 사랑으로 불렀다. 중요한 일이 아니면 사사로운 말씀이 없는 분이라 무슨 일인지 의아했다.

"아가, 네가 우리 집으로 시집온 지도 벌써 햇수로 육 년째구나. 네 나이 이제 스물이 되어간다. 앞길이 창창한 나이 아니냐? 그런데 내가 욕심으로 너를 잡고 있는 것 같아 마음이 개운치가 않구나. 이제라도 친정으로 돌아가 네 길을 갔으면 한다. 네 생각은 어떠냐?"

명주는 속마음을 모두 들킨 것 같아 심장이 덜컥 내려앉았다.

"아버님, 제가 잘못한 일이라도 있나요? 말씀해주시면 고치겠습니다. 왜 저를 내치려 하십니까."

"아니다. 절대로 그런 것은 아니다. 네 신역이 너무 고달프고, 네 앞길이 구만리 같으니 하는 말이다."

명주는 시아버지의 마음만으로도 지금까지의 노고를 보상받는 기분이었다. 그녀는 자신이 이 모든 것을 운명으로 받아들이고 있다는 것을 깨달았다. 신세가 한탄스러울 때도 있지만 진심으로 지금의 생활을 벗어나고자 하는 것은 아니었다.

"아버님. 전 아버님 모시고 여기서 살고 싶습니다. 거두어주세요."

"네 마음이 그렇다면……. 오냐, 알았다."

민겸호의 눈가가 글썽거렸다. 아내가 떠난 이후로 그에게도 명주는 며느리 이상의 존재였다. 말은 그렇게 했지만 그도 명주가 없는 생활을 상상하기 어려웠다. 한편으로는 명주가 자유롭게 무엇이든 이루면서 살았으면 좋겠지만, 한편으로는 그의 곁에 남아주었으면 했다. 두 마음 모두 그의 진심이었다. 그는 조심스럽게 말을 꺼냈다.

"그러면 네게 한 가지 제안을 하겠다. 싫으면 싫다 좋으면 좋다 분명히 네 뜻을 말해다오."

"말씀하세요."

"오늘이나 내일 중으로 영익이 처가 해산을 할 모양이다. 그 아이가 사내아이면 네 아들로 너에게 주고 싶은데 네 의향은 어떠냐?"

"네?"

"아무것도 염두에 두지 말고 네 마음 내키는 대로만 하거라. 네 시어미가 돌아가기 전에 그렇게 부탁을 하더구나."

명주는 왈칵 눈물이 쏟아졌다. 늘 과묵하던 시어머니가 사실은 누구보다도 그녀의 마음을 헤아려주고 있었을 것이라는 생각이 들었다. 민겸호는 명주의 눈물을 승낙으로 받아들였다.

"해산방에 들어가 아이를 네 손으로 받아라."

명주는 그날 사랑에서 한참 울었다. 민겸호는 그녀의 등을 어루만져주었다.

영익의 처가 아침부터 방에서 나오지 않았다. 명주는 건넌방으로 들어가 동서의 손을 잡았다.

"동서. 어때, 진통이 오는 것 같아?"

"형님, 죽을 것 같아요. 어젯밤부터 살살 아팠는데 이제는 금방금방 진통이 와요."

"그럼 나를 부르지 그랬어. 조금만 참아. 금방 산파를 부를게."

명주는 사랑으로 나가 급히 시아버지를 찾았다.

"아버님, 동서가 산기가 있는 것 같은데요. 얼른 산파를 불러야 할 것 같아요."

"그러냐? 그럼 행랑아범을 들라 일러라."

마루로 나온 민겸호는 행랑아범에게 편지를 건네며 말했다.

"종로에 있는 김근배 병원으로 가거라."

명주는 온몸을 깨끗이 씻었다. 양치질까지 하고 속옷부터 겉옷까지 전부 갈아입었다. 그리고 마루로 나와 걸음을 멈췄다. 벽에 걸려 있는 남편의 사진을 올려다보았다. 그녀는 가만히 중얼거렸다.

'아버님이 우리에게 아기를 주신다네요. 당신은 어때요?'

영휘의 영정사진이 웃고 있는 듯했다. 산방에는 이미 산파가 도착했는지 갖가지 소리가 흘러나왔다. 힘주라는 말과 동서의 비명소리가 섞여 있었다.

명주는 산방으로 들어가자마자 너무나 놀라 그 자리에 우뚝 서버렸다. 산모가 수건을 입에 물고 죽을 듯이 힘을 쓰고 있었다. 눈이 까뒤집혀 흰자위만 보이는데 얌전한 새댁이 저런 면이 있었나 싶을 만큼 악을 쓰고 있었다. 그녀는 큰 소리로 비명을 질러댔다. 명주는 온몸을 부들부들 떨면서 산파 곁에 앉았다.

"산모를 좀 잡아주세요. 어디까지 내려왔나 한번 볼게요."

산파가 일어나고 그 자리에 명주가 앉았다. 산모는 잠시 잠잠하더니 또 수건을 깨물며 고통에 몸부림쳤다. 그녀가 명주의 손을 세게 쥐었다. 밑을 들여다보던 산파가 기쁜 목소리로 소리쳤다.

"아! 머리가 보여요. 조금만 더 힘을 주세요. 조금만 더!"

산모는 그 말에 고무되었는지 명주의 손을 죽을힘을 다해 꼭 쥐었다. 어느 순간은 명주의 손을 꼬집어 뜯기까지 했다. 깜짝 놀란 명주가 비명을 질렀다.

산모도 자신의 행동에 깜짝 놀랐는지 그 경황에도 미소를 보였다.

"형님, 미안해요."

명주도 따라 웃으며 말했다.

"그렇게 해서 덜 아프면 얼마든지 꼬집어."

진통은 밤늦게까지 계속되었다. 새벽 두 시, 영익의 처는 아들을 낳았다. 명주는 손수 아이를 받았다. 문밖에서 산방의 기척에 신경을 쓰고 있던 점순이 목욕물을 들여왔다. 명주는 아이를 깨끗이 씻겼다. 그녀는 마음속으로 아이에게 말을 걸었다.

'그래. 너는 이 집의 장손이자 너의 큰아버지의 장남이다. 내가 너를 정성을 다해 키우마. 사랑한다. 내…….'

명주는 반죽음 상태로 누워 있으면서도 아이만을 바라보는 영익의 처를 보고 차마 마음속의 말을 맺을 수 없었다. 그녀는 아이에게 배냇저고리를 입히고 포대기에 싸 품에 안아보고 난 뒤 아이 엄마에게 안겨주었다.

이레가 지났다. 건넛방으로 들어와 아이를 안아보던 민겸호가 품에서 한지 한 장을 꺼내 명주에게 주었다. 한지에는 고운 글씨로 '喜植'이라 적혀 있었다.

"희식은 네 아들이다. 정성으로 키우거라."

"희식……."

명주는 홀린 사람처럼 자꾸 아이의 이름을 되뇌었다. 그때 학교에서 돌아온 영익이 건넌방으로 들어왔다. 민겸호는 자세를 고쳐 앉았다.

"영익이 게 앉아라. 너희 내외는 지금부터 내 말을 새겨들어라. 이 아이는 태어난 그날부터 네 형의 아들이니라. 젖 먹이는 시간 외에는 네 형수가 아이를 키울 것이니 그리 알거라."

말을 끝낸 민겸호는 곧장 사랑으로 나가버렸다. 방 안에 싸늘한 긴장감이 감돌았다. 명주는 새댁을 바라보았다. 그녀는 눈을 감고 있었다. 눈꺼풀이 파르르 떨리는 것으로 보아 속으로 화를 참고 있는 것이 분명했다. 만감이 교차하는 눈빛으로 동서를 바라보던 명주는 눈길을 돌려 영익에게로 시선을 돌렸다. 영익의 지적이고 냉철한 눈빛 또한 분노로 이글이글 타고 있었다. 작아질 대로 작아진 명주는 조용히 일어나 방을 나갔다.

밤이 새도록 동서의 울음소리가 들렸다. 그 울음소리에 온몸이 잦아들듯 하여 명주 또한 잠 못 들고 온밤을 지새우며 생각을 거듭했다. 아버님이 자식을 명주에게 주신다고는 했지만 귀한 손자를 아비 없는 자식으로 만들지는 않을 것이다. 분명 호적상으로는 제 아버지의 장남으로 되어 있을 것이다. 그러면 아기는 분명 이 집의 장손으로서, 제 아버지의 장남으로 이 가문의 상속자가 될 것이다. 이미 양부는 없는 사람이고 명주만 죽고 나면 아무런 문제 없이 제대로 대가 이어질 것인데 무엇이 문제인가.

또 아기는 하루에 수차례 엄마 품에 안겨 젖을 먹으며 엄마와 교감하고 있지 않은가. 그 귀한 시간을 누구와 공유할 수 있단 말인가. 아기 엄마의 특권이 아닌가. 가계로 이어지고 혈연으로 이어진 그 끈끈한 관계를 그 누가 넘볼 수 있을까. 그렇다면 아기를 끈으로 하여 명주가 이 집에 엮이는 것 자체를 꺼리는 것인가.

불현듯 명주 자신도 아기로 하여 이 집에 계속 머물고 싶지 않다는 생각이 들었다. 자신도 처음 계획했던 대로 자기 길을 가야 하지 않을까 그러나 이미 자신은 스무 살의 나이가 되었고 학령기가 지난 지도 오래인데 이제 와서 무엇을 한단 말인가?

새댁의 울음소리와 명주의 한숨 소리가 온 집을 맴도는 밤이 지나고 날이 밝았다. 아침 시간이 지나고 아기 목욕 시간이 되었다. 목욕물을 가지고 방으로 들어간 명주가 동서에게 말을 건넸다.

"자네, 해산하느라 애 많이 썼네. 힘들었지?"

그러나 새댁은 눈도 마주치지 않고 대답했다.

"네."

모기만 한 소리였다. 새댁이 무심하기는 했어도 평소 악의 없는 눈빛으로 가끔씩 눈을 마주하고 빙긋이 웃음을 짓고는 했었는데……. 아이가 어디 먼 곳으로 귀양을 가는 것도 아니고, 아주 모르는 사람의 양자가 된 것도 아니고 한 지붕 밑에서 엄마 젖을 먹으며 엄마 품에서, 아버지 그늘 아래 살 것인데 무엇 때문에 저리도 상심할까? 자식을 가져보지 않은 명주로서는 이해가 되지 않았다.

망연자실 허공에 시선을 두고 있던 명주는 아기 옷을 벗기고 아기를 물속에 담그고 서서히 아기 몸을 씻기기 시작했다. 빨갛고 보드라운 몸의 촉감이 손을 통하여 온몸으로 전해져 왔다. 가슴이 찡해 오고 그리고 코끝으로 그 감각이 전해져오고 눈물이 핑 돌았다.

날이 밝으면 아버님께 아기는 안 주셔도 된다고, 말하려고 했는데 그 결심은 어디로 가고 아기가 너무 사랑스러워 머리를 정성스레 감기고, 얼굴을 씻기고, 겨드랑이며 사타구니며 고루고루 씻겨 새 옷을 갈아 입혀 엄마 품에 안겨주고 방에서 나왔다.

명주는 마음이 더 흔들리기 전에 시아버지의 방문 앞에서 기척을 했다.

"무슨 일이냐?"

"아버님, 저는 아이 없이도 살 수 있습니다."

"이건 내가 결정한 일이 아니고 영휘 어미가 떠나기 전에 내린 결정이다. 그러니 누구도 되돌릴 수 없다."

민겸호는 단호했다.

아이는 하루 종일 명주와 함께 지냈지만 젖을 먹기 위해서는 반드
시 건넌방으로 가야 했다. 새벽에 눈을 뜨면 곧장 낳아준 엄마에게
가서 젖을 먹어야 했고, 밤에도 두어 번은 들락거려야 했다.

분주한 아침이 지나고 나면 명주는 아이를 목욕시켰다. 그다음엔
새 옷을 갈아입히고 새 포대기에 싸서 건넌방에 들여보냈다. 그 후
시간엔 벗은 옷과 기저귀를 빨아 마당에 널었다. 일을 마치고 마루
끝에 앉아 하얀 빨래들을 바라보며 아이를 기다리면 마음이 서늘해
지고 서글픔이 밀려왔다. 아이가 건넌방에서 젖을 먹는 동안은 아무
생각도 하지 말자고 아무리 다짐해봐도 마음이 불안해져 안절부절
하지 못했다.

아이는 낳아준 엄마의 품에서, 길러주는 엄마의 품에서, 그리고
큰아들의 환영에 빠져 있는 할아버지의 품에서, 땅에 몸 붙일 틈도
없이 백일을 맞이했다. 아이는 건강하게 잘 자라났다. 얼굴도 잘생
겨서 보고 있으면 공연히 기분이 좋아졌다. 제 부모보다는 영휘의
모습이 언뜻언뜻 스치는 것 같아 더욱 명주를 설레게 했다.

백일을 맞아 백설기를 한 가마 만들어 동네 전체에 돌렸다. 다리
밑에 움을 짓고 사는 거지들에게까지 듬뿍 나누어주었다. 백일이 지
난 후부터 이유식을 시작했고, 명주는 누구의 손도 빌리지 않고 손

수 암죽을 끓여 먹였다. 죽을 먹여주면 아이는 입을 오물거리며 명주와 눈을 맞췄다. 세상만사를 다 잊을 만큼 행복했다. 명주는 아이를 키우는 일에만 온 정성을 쏟았다.

오늘도 젖을 먹이기 위해 건넌방에 데려다주고 안방으로 돌아왔다. 명주는 마음이 뒤숭숭해져 앉았다 섰다를 반복했다. 반짇고리를 끌어당기고 바느질에 집중하려 했지만 도무지 손에 잡히지 않았다. 그녀는 건넌방 쪽으로 귀를 기울였다. 웅얼웅얼하는 소리가 들렸다. 아이에게 무어라고 말을 거는 모양이었다. 또 아이의 옹알옹알하는 소리도 들렸다. 갑자기 얼굴이 붉어지며 가슴이 두근거렸다. 피를 나눈 사이라면 무엇이 달라도 다른 것일까. 머리를 흔들고 다시 바느질에 정신을 쏟아보려 했지만 바늘로 검지를 찌르고 말았다. 손끝에 작은 핏방울이 맺혔다.

간신히 마음을 가라앉히고 바느질을 계속하는데 미닫이문이 긁히는 소리가 들렸다. 소리는 잠시 끊어졌다가 다시 들리곤 했다. 대낮부터 쥐가 마루에 올라왔을 리는 없었다. 이상하다 싶어 방문을 열어본 명주는 탄성을 내질렀다. 아이가 방문 앞에 있었다. 엊그제부터 조금씩 기던 아이가 건넌방에서 안방까지 혼자 기어와 문을 긁고 있었던 것이다.

"아! 우리 아기. 내 새끼. 어서 들어온."

명주는 한참 동안 아이를 꽉 안고 있었다. 아이도 가슴에 착 달라붙어 숨을 쌔근거렸다. 명주는 눈물을 흘리며 아이에게 말을 걸었다.

"희식아, 너는 내 아들이다. 알았지?"

아이는 옹알이를 하며 입을 꼬물거렸다. 아들! 내 아들이다. 명주는 이제 다시는 흔들리지 않기로 굳게 결심했다.

희식의 돌이 되었다. 직각댁 내외와 명주의 친정 부모님이 경성으로 올라왔다. 며칠 전부터 행랑아범이 몇 번이나 시장에 다녀왔다. 평소에는 새벽 장사치들이 '비웃드령, 비웃드령.' 하고 골목에서 외치면 생선을 몇 마리 사들이고, '새우젓 사려, 조개젓 사려.' 하면 젓갈을 사들이고, 딸랑딸랑 종을 흔들며 '두부 사려, 두부 사려.' 하면 두부를 사서 들여왔다. 그런데 요 며칠은 계속 큰 장에 다녀와서 새벽 찬거리를 사들일 필요가 없었다. 장사치들은 매일 찬거리를 사들이던 집에서 통 나오지를 않으니 궁금증이 생겨 조심스레 대문을 두드렸다.

"마님, 두부 왔는뎁쇼."

행랑어멈이 나가서 대답했다.

"우리 집은 며칠 동안은 안 사요. 잔치를 하거든요. 우리 도련님 돌잔치요."

그때 사랑에서 나오던 민겸호가 행랑어멈에게 말했다.

"모레, 아이 돌날에는 저 장사꾼들 아침밥 우리 집에서 먹게 해라."

희식의 돌상은 여느 환갑잔치 상만큼이나 높이 괴어졌다. 유과강정, 밤, 대추, 잣, 곶감, 엿 들이 앞줄에 한 자 높이로 쌓였고, 그 뒤로는 편들이 색 맞추어 쌓였다. 분홍, 하양, 녹색의 송편들이 새끼줄

꼬이듯이 꼬여 올라갔다. 옆에는 시뻘건 수수경단이 소담스럽게 쌓여 있고, 그 옆에는 무지개떡이, 그 옆에는 인절미가 같은 높이로 쌓였다. 어떻게 저 작은 것들을 무너지지 않게 쌓았는지, 직각댁 마님과 명주 어머니의 솜씨가 놀라웠다.

음식의 재료는 대부분 직각댁 마님이 집에서 가지고 온 것들이었다. 직각댁 마님은 죽은 동생을 그리워하는 마음을 담아 정성껏 음식을 준비했다.

아이가 앉을 자리 앞에는 책, 연필, 공책, 활이 놓였다. 쌀이 가득 담긴 놋주발 위에는 흰 무명실 타래를 걸쳐놓았다. 어디에서 구해왔는지 청진기도 한 개 놓여 있었다. 그것들 사이사이에는 지폐가 흩뿌려져 있었다.

명주는 목욕을 마친 희식에게 옥색바지와 색동저고리를 입혀주었다. 그 위에 초립동을 입히고 머리에는 복건을 씌웠다. 희식은 복건이 싫은지 계속 벗으려고 쥐어뜯다가 기어이 벗어버렸다. 명주는 복건 씌우기는 포기하고 상이 차려져 있는 마루로 희식을 데리고 나갔다. 마루에 있던 직각댁 마님이 희식을 반기며 말했다.

"어이구, 우리 희식이 이제 걷기도 하네. 어찌 저리도 잘생겼을꼬. 자, 외할머니한테 가보거라."

직각댁 마님은 희식을 명주의 어머니에게 안겨주었다. 아이는 낯가림도 하지 않고 잘 안겼다. 아이를 안은 어머니의 눈이 글썽거렸다. 그녀는 간신히 한 마디만 뱉었다.

"아가."

그녀는 그 이상은 말을 잇지 못했다.

돌상 앞에 앉은 희식은 호기심 어린 눈으로 이것저것을 바라보았다. 점순이 호들갑을 떨며 말했다.

"도련님, 돈 집으세요. 돈. 부자가 제일 좋아요."

그러나 희식은 점순을 한 번 힐끗 바라볼 뿐 여전히 눈을 굴리기만 했다. 행랑어멈이 손뼉을 치면서 말했다.

"도련님, 실 집으세요. 뭐니 뭐니 해도 명이 길어야 해요."

그 말과 거의 동시에 희식은 번쩍번쩍 윤이 나는 청진기를 집어들고 요리조리 살펴보았다. 모두가 말을 잃고 한동안 아이를 바라보기만 했다. 명주는 온몸에 소름이 돋았다. 가슴이 벅차면서도 너무나 쓰려 두 손을 모아 가슴을 꼭 누르고 있었다.

8

희식의 돌이 지나고 얼마 지나지 않아 영익의 처는 두 번째 아이를 가졌다. 그리고 영익이 전근 발령을 받아 부산으로 갔다.

희식도 이제 많이 자랐다. 점순의 손이 없어도 큰 무리는 없을 것 같았다. 명주는 점순을 시집보내기로 마음먹었다. 그녀는 민겸호에게 말했다.

"아버님, 점순이가 혼기를 벌써 넘겼는데 이제 결혼을 시키는 것이 어떨까요."

"그래, 나도 생각은 하고 있었다만 경성에는 마땅한 사람이 없어서. 그렇다고 산청으로 내려보내면 네가 불편하지 않겠느냐?"

"그런 대로 견뎌내야지요. 평생 잡고 있을 수도 없지 않습니까."

"그럼 경이는 어떻겠느냐? 경이도 아직 혼인 전인데."

"경이라면 좋을 것 같아요."

"그럼 내가 경호 형님에게 편지를 넣어보마. 아직 점순이에게는 아무 말도 하지 마라."

"네, 아버님. 감사합니다."

민겸호는 곧장 편지를 써서 보냈고, 며칠 뒤 답장이 왔다. 경은 결혼할 마음이 없고, 경보다 한 살 어린 머슴 석이는 점순이라면 좋다고 했다. 사랑으로 불려 나간 점순에게 민겸호가 말을 꺼냈다.

"점순아. 이제 너도 혼인해야지."

"영감마님, 혼인이라니요. 전 그런 거 안 해요. 아씨를 두고 어떻게 혼인을 해요. 말도 안 돼요."

"아씨는 아씨고 너는 너다. 아씨 때문에 평생 혼자 살 것이냐? 혼기를 놓쳐서는 안 된다. 지금도 이미 늦은 나이니라."

"저는 평생 혼인 안 해요. 평생 아씨 모시고 같이 살 거예요."

점순은 눈물까지 흘려가며 거절했다. 하지만 민겸호와 경호가 상의한 끝에 석이 경성으로 올라와 점순을 데리고 내려가는 것으로 결정되었다.

점순은 왜 하필 석이냐며 더더욱 안 따라간다고 발악했다. 명주는 점순이 경을 마음에 품고 있으리라 짐작은 하고 있었다. 하지만 혼인이 마음대로 되는 일이 아님을 알고 있었기에 안타까운 마음뿐이었다.

민겸호는 경호에게 보내는 편지를 석이에게 들려 보냈다. 석이와 점순을 혼인시켜 행랑채를 쓰게 하고, 점순에게 안살림을 맡기고, 논 두 마지기를 석이 몫으로 떼어주라고 했다. 혼인비용으로 쓸 돈 50원도 편지 봉투 속에 넣어 보냈다.

명주는 점순에게 무엇이든 다 해주고 싶은 마음이었다. 시어머니가 돌아가신 후 전부 명주의 것이 된 물건들을 처음으로 꺼내보았다. 비단 옷감과 패물들이 많았다. 함부로 건드릴 수 없는 물건이라 생각해서 사랑으로 찾아갔다.

"점순이가 시집가는데 뭔가 좀 해주고 싶어서요."

"아, 그래. 내가 미처 생각을 못 했구나. 네게 미리 돈을 좀 주었어야 했는데."

"아닙니다, 아버님……. 돈은 제게도 있긴 한데 어머님 물건을 조금 썼으면 해서요."

"그것은 이미 다 네 것이 아니더냐? 네 것이니 네 마음 내키는 대로 하거라."

"감사합니다."

명주는 옷감 두 벌과 금비녀와 금가락지 하나씩을 골라 점순에게 주었다.

"아씨, 안 돼요. 이런 물건은 저희 같은 것들이 가지는 게 아니에요. 들키면 훔쳤다고 붙들려 가요. 싫어요."

점순은 아무것도 받지 않겠다고, 시집도 가지 않겠다고 악을 썼지만 결국 석과 산청으로 내려갔다. 명주는 한동안 울적했지만 그래도 시간은 흘러갔다.

명주에게 항상 친절했던 둘째 시동생 영택은 중학을 졸업하고 동경으로 유학을 떠났다. 그는 동경으로 떠나기 전에 결혼했다. 그의 결혼으로 식구들의 거처에 변동이 생겼다. 행랑사람들이 쓰던 아랫집에 영택이 신혼살림을 차렸다. 희식은 영택이 쓰던 작은사랑으로 내려갔고, 희식이 쓰던 건넌방에는 아랫집에 있던 찬모와 심부름하는 계집아이 모임이가 들어왔다. 아랫집 59번지에는 행랑어멈 내외와 신혼부부가 살게 되었다.

영택은 방학에만 집으로 돌아왔다. 그래서 영택의 처는 눈만 뜨면 윗집으로 올라와 명주를 도왔다. 영익의 처는 왠지 어렵기만 한데, 새댁은 싹싹하고 온순해서 무엇이나 시키는 일에 열성을 다하는 것이 명주를 편하게 해주었다. 새댁은 결혼 후 아들 윤식을 낳았고, 삼년 뒤 딸 정아를 낳았다.

일본에서 대학을 졸업한 영택은 조선일보사에 기자로 입사했다.

영택이 동경에서 돌아오기 며칠 전부터 온 집안이 들썩거렸다. 행랑 아범은 낙원시장과 배오개시장을 오갔고, 행랑어멈은 떡을 찐다고 절구질을 해댔다.

새댁은 신랑을 맞이할 준비에 아랫집 도배를 새로 했다. 거기에 아이들 머리 손질이며 자신의 모양새까지 신경 쓰느라 정신이 없었 다. 집안이 흥겹게 들썩거렸다. 게다가 함양에서 직각댁 내외까지 오기로 해 경사가 더 커졌다. 직각댁 마님은 영택의 졸업과 취직을 축하할 겸 동생의 아이들을 보고 싶어 겸사겸사 경성 나들이에 나선 것이었다.

이제 열 살인 희식과, 다섯 살인 윤식, 그리고 두 살짜리 정아는 대청 한쪽에 모여 키득대며 잘 놀고 있었다.

민겸호는 손자를 둘이나 보고도 첫 손녀 정아가 태어났을 때 적잖 이 섭섭해했다. 그러다 기어이 새댁을 울린 적도 있었다. 새댁은 아 들 욕심이 과한 시아버지를 보고 다음 아이 낳는 것이 두려워지기까 지 했다. 하지만 사실 민겸호는 남편과 떨어져 혼자 아이를 키우는 셋째 며느리에 대한 사랑이 극진했다. 나들이 다녀올 때면 꼭 그녀 가 좋아하는 생과자를 한 상자씩 사다 방에 들여주곤 했다.

민겸호는 정아가 백일도 되지 않았을 때 인사동에 가서 도장을 만 들어 왔다. 그리고 정아의 이름으로 유가증권을 사고, 그 증권에 정 아의 도장을 꾹 눌러 찍었다. 그는 집으로 돌아와 정아를 무릎에 앉히고 말했다.

"정아가 계집아이이기는 하지만 이다음에 꼭 한자리할 것이니 두고 보아라. 이 눈깔딱지하고 위로 솟구친 머리하고 예사 인물이 아니다. 안 그러냐. 정아 어미야?"

민겸호는 정아에게 미안한 마음이 있었는지 그렇게 손녀를 치켜세워주었다. 윤식엄마는 뽀얀 피부에 살이 포동포동 오른 정아를 보며 공손히 말했다.

"네, 아버님 말씀대로 될 거예요."

9

누군가 대문으로 들어섰다. 대청에 있던 아이들, 부엌에서 바삐 일손을 놀리던 일꾼들, 마당을 서성이던 사람들 모두 대문 쪽을 바라보았다.

대문 안에 들어선 사람은 분명 영택이었다. 그런데 영택의 옆에 묘령의 양장 미인이 서 있었다. 모자를 쓰고 얼굴 앞에 까만 베일을 늘어뜨린 여인은 돌이 됨직한 아기까지 안고 있었다. 반가운 사람이 왔건만 모두 벙어리처럼 바라보고만 있었다. 영택이 침묵을 깨며 사랑으로 들어갔다.

"아버님, 저 왔습니다."

민겸호는 영택의 목소리를 듣고 방문을 열었다.

"오냐, 어서 들어오너라. 먼 길 오느라 고생이 많았지?"

상황을 알지 못하는 민겸호의 음성에는 반가움이 묻어났다. 오랜만에 활기까지 느껴졌다. 그러나 그것도 잠시, 영택의 뒤를 따라온 여인과 아이를 뒤늦게 발견한 민겸호는 말을 잃었다. 그는 놀란 눈으로 망사를 드리운 여인과 아이를 번갈아 바라보다가 고개를 내저었다.

"너, 지금 이게 무슨 상황인지 내가 알아듣게 설명을 해보아라."

추상같은 호령에 아이가 울음을 터트렸다. 여자는 우는 아이를 안고 밖으로 나갔다. 영택은 주눅이 들어 제대로 입을 떼지 못했다. 사랑으로 들어온 직각댁 마님이 말했다.

"아버지, 고정하세요. 무슨 사정이 있었겠지요. 영택아, 어서 아버지께 말씀 여쭤어."

"죄송합니다. 그만 아이가 생기는 바람에……."

"네 이놈! 공부하라고 논밭 팔아서 학비 보내주었더니 겨우 한다는 짓이 주색잡기더냐? 꼴도 보기 싫으니 어서 나가! 썩 나가지 못할까?"

민겸호는 손이 닿는 대로 재떨이를 집어 영택에게 던졌다. 영택은 재빠르게 재떨이를 피하고 도망치듯 방을 빠져나갔다. 그는 허겁지겁 신발을 찾아 신다가 부엌 앞에 망연히 서 있는 윤식엄마와 눈이 마주쳤다. 그는 암담했다. 저 여인과의 전쟁은 또 어떻게 치러야 할까.

직각댁 마님은 우는 아이를 안고 나온 여자를 어디로 데려갈지 고민하다가 우선 건넌방으로 데려갔다. 우는 아이의 기저귀를 갈아준 여자가 말했다.

"네상, 미안합니다만 물 조금만……. 아이가 배가 고픈 것 같스므니다."

직각댁 마님은 모임을 불러 물을 가져다주라고 일렀다. 그다음 윤식엄마에게 갔다. 윤식엄마는 아무 일도 없었던 것처럼 조용히 자기 일에 집중하고 있었다.

"올케."

윤식엄마는 서글픈 표정으로 아무런 대꾸도 없이 직각댁 마님을 바라보기만 했다. 직각댁 마님은 더는 무슨 말을 해야 할지 입이 떨어지지 않았다. 그저 아직도 앳되고 아름다운 올케를 바라볼 뿐이었다. 윤식엄마는 시선을 거두고 다시금 하던 일에 몰두했다. 직각댁 마님은 그 자리를 떠나 명주를 끌고 안방으로 들어갔다.

"큰올케, 이 일을 어쩌면 좋은가? 그 모지란 녀석은 어쩌자고 이런 짓을……. 작은올케를 어찌하면 좋아. 큰일 났어."

명주는 무슨 말을 해야 할지 몰랐다. 직각댁 마님이 머리를 싸맸다.

"당장 오늘 밤에는 저 여자를 어디서 재운단 말인가?"

몇 날 며칠을 준비한 잔치였지만 모두가 손을 놓아버리고 말았다. 윤식엄마만 조용히 자기 할 일을 했다. 보통 영익이나 말주네 식구가 경성에 올라오면 큰 잔치가 벌어졌다. 큰 교자상을 몇 개씩 마루에 펴놓고 식구가 둘러앉아 식사를 하면서 그간의 이야기들을 나눴다. 하지만 오늘은 직각나리와 민겸호의 겸상이 사랑으로 나갔고, 여자들과 아이들 상은 안방으로 들어갔고, 영택이 데려온 여자와 아이의 상은 건넌방으로 들어갔다.

영택은 그 길로 나가버린 뒤 아직도 돌아오지 않았다. 조용한 저녁 식사가 끝났고, 뒷마무리를 마친 윤식엄마가 안방 앞에 서서 말했다.

"형님, 저 이만 내려가보겠습니다. 안녕히 주무세요. 윤식이, 정아, 인사해야지."

윤식엄마는 아이 둘을 앞세우고 사랑 앞으로 가서 똑같이 인사했다.

"아버님, 저 이만 내려가보겠습니다. 안녕히 주무십시오. 윤식이, 정아, 인사해야지."

윤식엄마가 물러가자 집안은 적막에 빠졌다. 직각댁 마님과 명주는 아직도 불청객의 거취를 고민하는 중이었다. 밤은 깊어갔고, 영택은 돌아오지 않았다. 일본 여자와 아이가 있는 건넌방은 쥐 죽은 듯이 고요했다. 직각댁 마님은 해답이 나오지 않을 것을 뻔히 알면서도 다시 말을 꺼냈다.

"올케, 어떡하지? 저 두 사람."

명주는 여전히 아무 말도 할 수 없었다. 결국 직각댁 마님이 혼자 결심을 하고 행랑어멈을 불렀다.

"자네, 아랫집 건넌방을 청소해놓고 거기에 이부자리를 하나 가져다 놓게나."

"예, 마님."

직각댁 마님은 아랫집으로 내려가 방 안의 동정을 살폈다. 흐느끼
는 소리가 들리는 것 같아 방으로 들어가지 못하고 문 앞에 서 있었
다. 그때 행랑어멈이 이부자리를 들고 내려왔다. 건넌방 문이 열리
는 소리에 윤식엄마가 안방에서 나왔다.

"형님, 어쩐 일이세요? 어서 들어오세요."

윤식엄마는 아랫목에 방석을 깔아 직각댁 마님이 앉도록 해주었
다. 윤식엄마는 윗목에 무릎을 세우고 다소곳이 앉았다. 직각댁 마
님은 저 얌전하고 아리따운 여인을 두고 바람이 난 동생이 정신 나
간 사람이라고 생각했다. 그녀는 차마 입이 떨어지지 않았다. 윤식
엄마도 아무런 말이 없이 앉아 있었다.

"저, 자네에게는 할 말이 없네. 그런데 저 두 모자 거처 때문
에……."

"이 집에 빈방이라고는 아랫집 건넌방밖에 없지 않습니까."

"그래도 되겠는가?"

"어른들 하시는 대로 따르겠습니다."

"고맙네. 우리 참고 기다리면 좋은 날이 올 것이라 생각하세. 그럼
나는 올라가보겠네."

윗집으로 올라온 직각댁 마님은 명주에게 여자와 아이를 아랫집
으로 데려다주라고 일렀다. 명주는 건넌방으로 들어가 말했다.

"이제 앞으로 지낼 방으로 옮겨야 하니까 아이와 짐을 챙기도록

하세요."

넋이 나간 듯 앉아 있던 일본 여인이 물었다.

"그이는 어디 있스므니까?"

"아까 나가서는 돌아오지 않고 있네요."

여인은 울기 시작했다. 명주는 대청으로 나와 한동안 기다렸다. 잠시 뒤 다시 방으로 들어가자 울음을 그친 여자가 소지품과 아기를 싸안고 기다리고 있었다. 명주는 여자를 데리고 아랫집으로 내려갔다. 행랑어멈 내외가 여러 가지 짐을 들고 뒤따랐다. 문을 열고 마당으로 들어서니 윤식엄마가 마루에 나와 있었다.

"어서 오세요."

윤식엄마는 태연하게 아기를 받아 안았다. 명주는 기가 막혀서 동서를 바라보았다. 동서의 얼굴빛은 하얗다 못해 창백해 곧 쓰러질 것처럼 보였다. 명주는 건넌방 문을 열어주고 짐이 다 옮겨지기를 기다렸다.

정리가 끝나자 명주는 윤식엄마와 함께 안방으로 들어갔다.

"자네를 어쩌면 좋은가?"

"그러게 말입니다. 형님, 저 어쩌죠?"

윤식엄마는 그제야 흐느끼며 울었다. 명주는 보는 사람의 애간장도 녹아내릴 만큼 슬프게 우는 동서를 껴안아주었다. 명주는 그녀의 등을 토닥여주는 일 외에는 아무것도 해줄 수 없다는 것이 안타까웠다.

밤이 이슥해져서야 집으로 돌아온 명주는 잠을 이룰 수가 없었다. 그동안 동서지간이 아니라 친자매처럼 정을 나누며 살아왔다. 그 사랑하는 동서가 가슴 아파하는 것이 너무나 안쓰러웠다.

다음날 명주는 달그락거리는 소리에 잠이 깨어 대청으로 나갔다. 윤식엄마는 평소처럼 제일 먼저 마당에 나와 있었다. 명주는 어이가 없어 아무 소리도 못 하고 멀거니 그녀를 보다가 소리쳤다.

"자네, 사람인가? 왜 그리 멍청한가? 하루쯤은 아프다고 엄살을 부려도 될 일 아닌가. 왜 보는 사람 마음을 그리 아프게 하는가. 참 딱하네, 딱해."

"그럼 어찌하나요. 아이들 밥은 먹여야 하는데……."

"자네 말고 일할 사람이 없는가? 왜 그리 미련을 떠나? 얼굴 꼴은 또 그게 뭔가? 꼭 산송장처럼."

윤식엄마는 명주의 말에 아랑곳 않고 말했다.

"형님, 오늘 아침은 북엇국을 끓일까요?"

명주는 동서의 얼굴을 유심히 살피며 물었다.

"서방님은 들어왔는가?"

"네, 술이 많이 취해서 새벽에 들어왔어요."

윤식엄마의 얼굴이 발갛게 물들었다.

아침식사는 어제저녁과 똑같이 진행되었다. 그 여자의 밥은 모임이를 시켜 건넌방에 놓아주었다.

아침식사가 끝나자 일본 여인이 빨랫감을 한 아름 안고 나왔다. 그녀는 아이 기저귀와 옷을 빨아 마당에 한 줄 가득 널어놓았다. 민겸호는 마당에 널려 있는 빨래를 한동안 바라보다가 깊은 시름에 잠겨 사랑으로 들어갔다.

평소와 다름없는 일과가 시작되었다. 윤식엄마는 여전한 모습으로 곰살맞게 일을 했다. 마당에서는 아이들이 천진하게 뛰어놀았다. 겉보기에는 아무 문제도 없는 평화로운 풍경이었다. 하지만 제각기 머릿속에는 격렬한 고민이 휘몰아치고 있었다.

윤식엄마는 어제저녁의 일을 떠올렸다. 제정신이 아닐 정도로 취한 영택은 안방 문을 열고 들어와 그녀를 끌어안았다. 끓어오르는 분노로 치가 떨렸지만 그 힘에 굴복하고 말았다. 그녀는 잠들어 있는 그와 도저히 같이 있을 수 없어 마루로 나왔다. 수치심에 눈물이 났다. 그런데 건넌방에 있는 여자의 울음소리가 들렸다. 그녀는 온몸에 소름이 끼쳐 소리가 들리지 않는 부엌에서 밤새도록 쪼그려 앉아 있었다.

민겸호도 밤새 이 문제를 고민했다. 하지만 마땅한 답이 나오지 않았다. 영택을 강제로 집에서 쫓아낸다고 해도 겁낼 나이가 아니었다. 제 밥벌이를 하고 있으니 쫓겨난들 걱정이 없었다. 억지로 갈라놓아 여자를 일본으로 쫓아 보내는 것도 해결책이 아니었다. 순순히 쫓겨날 여자라면 조선까지 따라오지도 않았을 것이고, 만약 쫓아낸다 해도 그 자식이 문제였다. 민겸호는 어찌 저런 망나니를 낳아 착

하고 가녀린 막내며느리를 힘들게 하는 것인지 자책했다. 그는 마당
에 펄럭이는 기저귀가 영택이 흔드는 반항의 깃발 같이 느껴져 꼴도
보기 싫었다.

민겸호는 점심때쯤 두 며느리를 사랑으로 불렀다. 두 며느리는 시
아버지 앞에 나란히 앉아 말씀을 기다렸다.

"음…… 작은 아이 너에게는 내가 면목이 없구나. 자식 겉 낳지 속
못 낳는다는 말이 뼈저리게 느껴진다."

윤식엄마는 고개를 푹 숙인 채 듣고만 있었다.

"그러나 이미 벌어진 일을 어쩌겠느냐. 일단은 그 여자를 아랫집
건넌방에 살게 하거라. 그리고 내일부터는 숙식을 아랫집에서 다 해
결하고 윗집에는 얼씬 못하게 해라. 내 인내력은 거기까지다. 더는
보기가 싫다."

두 며느리 모두 고개를 들지 못했다.

"큰 아가, 너는 작은 애가 살림하는 데 불편함이 없도록 준비를 완
벽하게 해주도록 해라. 그리들 알고 나가보도록 해라."

영택은 또다시 만취한 상태로 새벽에 들어왔다. 윤식엄마는 가만
히 누워서 숨죽여 귀를 기울였다. 영택이 비틀거리는지, 온갖 소음
을 내며 건넌방 쪽으로 향하는 소리가 들렸다. 건넌방 문을 여닫는
소리가 났다. 윤식엄마는 물속 같은 고요함 속에서 긴긴밤을 홀로
보냈다.

아침이 되자 윤식엄마는 아랫집 부엌으로 나갔다. 어제 명주와 행

랑어멈 내외가 준비해놓은 것들은 아침상을 차리기에 부족함이 없었다. 설강 위에는 주발대접과 보시기와 접시들과 종지들이 나란히 줄지어 반짝반짝 빛을 냈다. 한 칸 밑에는 크고 작은 양푼과 냄비들이 층층이 쌓여 있었다. 설강 밑 한 자 넓이쯤의 공간에는 불 때기에 맞춤인 크기의 장작이 쌓여 있었다. 출입구 쪽 벽에 붙어 있는 찬장 위에는 백항아리 세 개가 나란히 놓여 있었다.

찬장을 열어보니 크고 작은 항아리들과 병들이 제각기 다른 양념들을 가득 담고 있었다. 부뚜막에는 커다란 가마솥과 자그마한 가마솥이 나란히 걸려 있었다. 하나는 물을 데우고 하나는 밥을 짓는 솥이었다. 그리고 작은 솥을 걸기에 적당한 아궁이도 하나 뚫려 있었다. 아마 물을 데우거나 밥 짓고 남은 숯불로 찌개를 끓이는 용도인 것 같았다. 지금까지 이 부엌은 행랑아범의 몫이었기 때문에 드나들 일이 없었다.

윤식엄마는 이렇게 앙증맞고 예쁜 부엌은 처음 보았다. 친정집도 잘 살아 부엌이 컸고, 윗집은 말할 것도 없이 넓었다. 건넌방의 여자만 없었다면 어땠을까. 이 아담한 부엌에서 정성껏 밥을 해 매일 남편과 아이들에게 먹인다면 정말 행복할 것 같았다.

그녀는 쌀을 찾아 마당으로 나갔다. 마당 한쪽에는 이제까지 보지 못했던 장독 몇 개가 놓여 있었다. 그 장독을 보는 순간 이제 큰집에서 떨어져 나왔다는 것이 실감 났다. 장독대 앞에 서서 다시 마루로 시선을 돌리니 뒤주와 찬장이 보였다. 어제저녁에는 정신이 없어 보지 못했다. 언제 저런 것까지 다 마련해주었는지. 그녀는 형님에게 다시 한번 고마움을 느꼈다. 뒤주를 열어보니 쌀이 가득했다. 찬장에는 반찬과 건어물들이 가득했다. 잠자는 사이에 도깨비가 선물하고 간 것은 아닐까 하는 황당한 생각이 들 정도였다. 하지만 이런 것들이 다 무슨 소용이란 말인가. 정작 이 집의 안주인인 그녀는 허깨비였다.

북어 한 마리를 꺼내 부엌으로 들어서긴 했는데 막막하기만 했다. 이제까지 혼자 불 때고 밥해본 적이 없었던 것이다. 그때 모임이가 부엌으로 들어왔다.

"새아씨, 저는 오늘부터 아랫집에서 새아씨를 도우라고 하셨어요. 뭐 할까요?"

윤식엄마는 모임이 너무도 반가웠다.

"그래 잘 왔다. 안 그래도 내가 좀 서툴구나. 불을 지피고 밥을 하거라. 반찬은 내가 하마."

손발이 척척 맞아 아침밥은 잘 준비가 되었다. 윤식엄마는 허리를 펴다가 부엌 앞에 서 있는 여자를 보았다. 깜짝 놀라는 윤식엄마를 보고 여자가 말했다.

"네상, 스미마셍. 가쓰에예요."

윤식엄마는 말문이 막혀 우두커니 서 있었다. 가쓰에는 살금살금 부엌으로 들어왔다. 윤식엄마는 겨우 정신을 가다듬고 말했다.

"밥, 다 했어요. 아무것도 할 일 없으니 나가 있어도 돼요."

그렇게 말을 해도 가쓰에는 부엌 한구석에 두 손을 마주 잡고 서 있었다.

상을 방으로 들였다. 영택과 윤식이 겸상했고, 여자들과 아이들이 함께 밥을 먹었다. 어색한 식사시간이 끝나자 영택은 출근 준비를 서둘렀다.

"나 오늘부터 출근이야. 한복 좀 꺼내주지."

윤식엄마는 말없이 장문을 열고 명주로 된 회색 바지와 옥색 저고리를 꺼냈다. 양단 조끼와 마고자도 내놓았다. 마지막으로 두루마기까지 꺼내 놓고 밖으로 나가려는데 영택이 불러 세웠다.

"나 대님 못 매잖아. 매주어야 할 거 아냐?"

윤식엄마는 비위가 상했지만 꾹꾹 눌러 참고 대님과 옷고름을 매어주었다. 상을 거두던 가쓰에는 곤혹스러움을 겨우 참는 듯 얼굴이 붉으락푸르락했다. 윤식엄마 역시 입술을 깨물며 영택에 대한 욕을 참았다.

가쓰에는 두 번째 아이를 가졌다. 입덧이 심한 그녀는 외모에 전혀 신경 쓰지 않았다. 후줄근한 블라우스와 스커트를 입고 늘어져 있는 그녀를 보는 영택의 시선은 나날이 싸늘해졌다. 원래 한복을 즐겨 입는 영택은 여자들의 한복 입은 모습도 좋아했다. 한복을 맵시 있게 차려입고 하얀 행주치마로 허리를 잘록하게 조여 맨 윤식엄마를 보는 시선은 나날이 따스해졌다. 그는 공평하게 드나들던 안방 건넌방의 순서를 점점 잊었다. 갈수록 건넌방으로 가는 일이

뜸해졌다.

가쓰에는 일본 귀족의 딸이었고 영택이 다니던 대학의 음대생이었다. 두 사람은 교정에서 만나 사랑하는 사이가 되었다. 영택이 결혼했으리라고는 상상도 못 했던 가쓰에는 동거생활에 들어갔다. 그녀는 졸업 후에 조선에 가서 결혼식을 할 생각이었다. 가쓰에의 부모도 딸이 워낙 강하게 밀어붙여 허락할 수밖에 없었다.

어느 날 가쓰에는 세탁소에 옷을 맡기려고 영택의 옷 주머니를 뒤지던 중 사진 한 장을 발견했다.

"영택씨, 이 사진 누구예요?"

"응, 여동생이랑 여동생 아들."

가쓰에는 해맑은 미소를 지으며 사진을 유심히 들여다보다가 말했다.

"동생 참 미인이에요."

그 어여쁜 동생이 바로 영택의 아내였다는 것을 가쓰에는 아이를 낳고 난 뒤에야 알았다. 아내와 아들을 여동생과 조카라고, 얼굴색 하나 바뀌지 않고 거짓말할 수 있는 사람이 바로 가쓰에가 낳은 아이의 아빠였던 것이다.

한복을 좋아하는 영택은 매일 한복을 잘 차려입고 출근했다. 그러나 저녁이면 술에 취해 입고 나간 한복을 엉망으로 만들어오기가 일쑤였다. 그럴 때마다 윤식엄마는 말없이 그 옷을 벗기고 아침이면 새로 지은 옷을 입혀 보냈다.

가쓰에는 속수무책이었다. 한복을 짓기는커녕 바늘 한 번 쥐어본 적이 없었다. 그녀로서는 도리 없이 두 사람을 바라봐야만 했다. 매일 아침 새 옷을 입히고, 대님을 묶어주고, 옷고름을 매어주는 윤식 엄마를 보는 것도 고역이었지만, 흐뭇하게 윤식엄마를 내려다보는 영택의 모습은 더욱 견딜 수 없는 고통이었다. 게다가 가쓰에는 조선음식을 하나도 만들 수 없었다. 반면 윤식엄마의 음식 솜씨는 큰집에서도 인정하는 솜씨였다. 조선음식을 그다지 좋아하지 않던 가쓰에도 윤식엄마가 만든 반찬을 좋아하게 되었다. 입에 착 달라붙는 맛에 밥이 저절로 넘어갔다. 밥상을 받아 맛있게 밥을 먹는 영택의 모습은 행복해 보였다.

가쓰에는 쓸모없는 여자가 되었다는 자책에 빠져 건넌방에서 나오지 않았다. 아들 대식은 그녀보다 윤식엄마를 더 잘 따랐다. 심지어 건넌방으로 들어가려 하지도 않았다.

가쓰에만이 아니라 대식이까지 못마땅하던 민겸호는 동소문 밖 돈암동에 조그만 집을 사서 영택의 가족을 분가시켜 버렸다.

민겸호는 영택의 식구들이 사랑 앞에 와서 간다는 인사를 해도 못 들은 양 눈을 감고 앉아 분을 삭이고 있다. 한참을 기다리고 있던 영택의 식구들은 하는 수 없이 그냥 떠났다. 민겸호는 자신의 지나간 반평생을 머릿속에 그려보았다.

민겸호 일가의 불행은 장남의 요절이 시초였고, 다음은 삼남 영택의 탈선이었다. 민겸호는 영휘의 죽음이라는 큰 시련을 겪으면서 자신을 돌아볼 기회를 얻었고 자신의 거취를 결정했었다. 도지사 발령을 거부하고 임지로는 가보지도 않았다. 그것이 자신의 소극적인 애국이라고 자위하며 자신의 지난 친일 행위를 만회할 요량으로 고향의 학생들을 돕기도 하고, 정주 군수로 재임하던 시절 동아일보 정주 지국장을 지낸 정주 태생 방응모와 의기투합하여 독립 자금을 내기도 했다. 그리고 이십여 년을 은둔하며 지냈다. 그런 민겸호에게 영택의 이번 행위는 용서할 수 없는 일이 되고 말았다. 어떻게 왜놈들과 피를 섞는 일을 하고서 내로라하고 돌아왔는지, 자신의 일도 부끄러운데 자식 놈의 일은 더더욱 부끄러운 일이라 생각되어 밥도 넘길 수가 없고 잠도 잘 수가 없었다. 민겸호는 훅, 하고 숨을 몰아쉬었다. 눈가에 맺힌 눈물은 볼을 타 내렸다.

10

　명주가 팔판동 집으로 들어온 지 어느덧 스무 해가 지났다. 민겸호의 온화한 성품 덕분인지 집안은 별다른 사건 사고 없이 평화로웠다. 그동안 맏주도 출가했다.
　희식이 열네 살이 되던 해, 노씨 부인이 죽은 지는 십구 년 만에, 과수댁이 막주기로 들어왔다. 아내를 잃은 지 얼마 되지 않았을 때부터 재취하라고 아무리 권해도 들은 척도 않던 민겸호였다. 그런 그가 자식들이 다 출가하고, 직장 따라 지방으로 가버리고 젊은 며느리와 희식만 데리고 사는 것이 불편했던지 호적에는 올라가지 않은 여인을 들였다.

과수댁은 천성이 느슨하고, 옷매무새도 느슨했다. 원래부터 살피듬이 좋은 데다 가슴이 풍만해 저고리 앞섶이 항상 헤벌어져 있었다. 거기에 치맛말기를 느슨하게 묶어 곧장 치마가 흘러내릴 것처럼 보였다. 피부는 거무스름해서 티베트나 몽골 쪽 사람이 아닐까 싶을 정도로 이국적인 분위기를 풍겼다. 저고리 앞섶 틈으로 가슴을 드러낼 듯 말 듯, 펑퍼짐하게 퍼질러 앉아 긴 담뱃대를 입에 문 채 게슴츠레한 눈빛으로 민겸호를 바라보면, 민겸호 역시 흐뭇한 표정으로 그녀를 마주 보았다. 명주는 놀랐다. 그녀가 산청 시댁에 발을 들여놓은 이래 시아버지의 저런 모습은 처음 보았다. 희식을 볼 때 외에는 웃는 모습을 보기 힘들었던 그에게 저런 면도 있구나 하고 감탄이 나올 지경이었다. 삼십 대 후반인 과수댁은 민겸호와는 이십 년이 넘게 나이가 차이 났다.

그녀가 오기 전까지 민겸호의 일과는 서안에 앉아 글을 읽고 글씨를 쓰거나 난초의 잎을 닦아주는 것이 전부였는데, 요즘은 거의 그녀의 곁에 누워 있는 것으로 시간을 보냈다.

과수댁이 들어온 며칠 후 민겸호는 명주를 사랑으로 불렀다.

"아가, 이제 새 식구가 생겼으니 서로 호칭이 있어야 하지 않겠느냐? 오늘부터는 서로의 택호를 사용하도록 하고, 또 서로 경어를 쓰도록 해라. 특히 유평댁은 며느리에게 깍듯하게 대하도록 하시오."

유평댁은 그 이후로 묘하게 시어머니 티를 냈다. 부엌 근처에는 얼씬도 하지 않았고, 빨랫거리며 바느질거리도 척척 내놓기만 했다. 손을 움직여 일을 하는 법이라고는 없었다. 오로지 퍼질러 앉아 있는 것만이 그녀의 일과였다.

그런 유평댁이 임신을 했다. 노산인 데다 자신의 체중을 못 이겨 노상 드러누워 토악질을 해댔다. 토악질이 멈추면 갖가지 진기한 음식들을 청했다. 늦겨울이라 밭에 얼음이 깔린 철에 열무비빔밥을, 거기에 메뚜기 볶은 것과 풋고추까지 찾았다. 도무지 구할 수 없는 것만을 골라서 요구하는 듯했다.

명주는 행랑아범을 장에 보내 가능한 한 원하는 대로 구해오라 했지만 없는 것은 없는 것이었다. 민겸호는 며느리 눈치를 살피면서 사랑으로 마당으로 들락거렸지만 별다른 말은 하지 않았다. 입덧이 줄어들자 유평댁의 배가 차츰 불러왔다. 치마폭으로도 잘 감싸지지 않아 노상 뒷자락이 펄럭거렸다.

부산에서 근무하던 영익 내외는 둘째 아들을 낳고 다시 대구로 전근 갔다. 그들은 명절에나 겨우 한 번씩 들를 뿐 본가에는 잘 오지 않았다. 집에 와서도 희식과 마주치는 것은 피했고 희식도 남처럼 대했다. 영익 부부와 희식의 서먹한 관계를 보면서 명주는 죄책감에 시달렸다.

여름도 막바지에 접어든 어느 날, 유평댁은 내리쬐는 더위 속에 숨을 할딱이며 누워 있었다. 민겸호는 그런 마나님을 보는 것만으로도 더위가 치솟는지 대청으로 나갔다. 그런데 학교에 갔던 희식이 땀을 뻘뻘 흘리며 대문으로 들어섰다. 아직 돌아올 시간이 아니었다. 명주는 아이에게 무슨 일이 생겼나 싶어 얼른 달려나갔다.

"애야, 어쩐 일이냐? 어디 아픈 거냐? 왜 조퇴를 했어?"

"아니에요. 조퇴가 아니라 집으로 가라고 해서 왔어요."

"뭐 잘못한 일이라도 있느냐?"

"그런 게 아니에요, 어머니. 조선이 해방되었대요. 일본 천황이 조금 전에 미국에 항복했대요. 지금 일본 천황이 대국민 사과 방송을 하고 있대요. 할아버지, 라디오 좀 켜보세요."

희식은 사랑으로 가서 할아버지가 라디오 켜기를 기다렸다. 희식의 말에 민겸호는 벌떡 일어났지만 라디오는 켜지 않았다. 명주는 그의 눈빛에서 허망함과 두려움을 읽을 수 있었다. 길고 긴 수탈을 벗어난 것은 당연히 기쁜 일이었지만 민겸호는 마냥 기쁠 수 없었던 것이다.

전쟁이 막바지에 다다른 지난 일 년, 일본은 갖은 악행으로 조선 사람들을 괴롭혔다. 힘들게 농사를 지어놓으면 낱알까지 다 세어 공출해갔다. 그렇게 해놓고는 식구 수에 따라 쌀을 배급했는데, 그것도 죽지 않을 만큼만 주었다. 담 밑이나 뒷동산에 숨겨둔 곡식이 발각되면 그 자리에서 모조리 압수했다.

경성에서도 마찬가지였다. 돈을 주고도 쌀을 살 수가 없었고, 배급으로는 턱도 없이 모자랐다. 굶어 죽지 않기 위해 집집마다 유령 인구를 만들었고, 밤에 인구조사를 한다고 연락이 오면 자다가도 그 집으로 가서 머릿수를 채워주었다. 그래도 양식이 모자라 삼시 세끼를 죽으로만 연명해야 했다. 가을이 가까워지면 희망도 커져야 하건만, 어차피 모두 수탈당하고 기부금이라는 명목으로 또다시 돈을 뺏기니 백성들의 삶은 암담할 뿐이었다.

그뿐만 아니라 놋쇠로 된 것은 숟가락 하나 남기지 않고 모조리 공출해갔다. 놋대야, 놋주발, 놋대접, 놋요강은 물론이고 조상을 모시는 제기만은 절대 안 된다고 땅 밑에 숨겨놓은 것까지 귀신같이 알아내서 모조리 가져갔다.

직각댁의 아들은 학병으로 끌려가 남지나로 갔다는데 소식이 없었고, 점순이 남편 석이는 징용으로 끌려가 일본 어딘가에 있는 탄광에 있다고 들었다. 처녀들은 정신대로 끌려갔다. 부모들은 딸이 정신대로 끌려갈까 봐 혼기도 안 찬 처녀들을 결혼시켰다. 이런 압박과 설움에서 드디어 해방된 것이었다.

아버님도 기쁘지 않을 리가 없었다. 하지만 왜 저런 표정을 지을 수밖에 없는 것일까. 명주는 영휘가 했던 말들이 떠올랐다. 그는 아직도 스스로 친일파라고 자책하고 있는 것이 틀림없었다.

민겸호는 여전히 허공에 시선을 둔 채 망연히 서 있었다. 명주는 그 모습이 너무나 애처로워 마음이 아팠다. 그녀는 희식의 손을 끌고 안채로 들어갔다.

"어머니, 할아버지 왜 저러셔요? 좀 이상하세요."

"이제 할아버지 앞에서는 해방 이야기를 하지 마라."

"왜요. 이 기쁜 일을 왜 말하지 말아요."

"그럴 만한 사정이 있다. 네가 이 일을 이해할 수 있을 때가 되면 다 말해줄 것이니 지금은 아무것도 묻지 마라."

"어머니, 그런데 미국이 히로시마에 원자폭탄을 투하해서 도시가 다 타버렸고 시민들도 다 타 죽었대요."

"죗값을 톡톡히 치르는구나. 하지만 그곳의 무고한 사람들까지도 다 죽어나갔겠지."

희식과 함께 저녁상을 들고 사랑으로 갔더니 민겸호는 눈을 감은 채 죽은 듯이 누워 있었다. 명주는 눈짓으로 희식에게 식사를 권해보도록 했다. 손자의 말이라면 무엇이건 들어주던 그였지만 눈도 뜨지 않고 못 들은 것처럼 누워 있었다.

영휘가 죽었을 때 이박 삼일을 먹지도 않고 자지도 않던 모습이 떠올랐다. 명주는 상을 그대로 놓아두고 사랑을 나왔다. 명주는 부엌과 마당에서 해방이 된 것을 즐거워하며 떠드는 아랫사람들을 목욕탕 옆 으슥한 곳으로 불러 모았다.

"해방이 되었다. 우리 모두에게 참으로 기쁜 일이다. 하지만 지금부터 집 안에서 해방 이야기는 그만하도록 해라. 영감마님 몸이 편찮으시다. 너무 시끄럽게 하지들 말란 뜻이다. 알아들었느냐?"

명주의 지엄한 태도에 아랫사람들은 단번에 잠잠해졌다. 그녀는 이제 이십 년 전의 어린 새아씨가 아니었다.

골목 밖은 계속해서 소란스러웠다. 독립만세를 외치는 소리와 사람들이 몰려다니는 소리가 쉴 새 없이 들려왔다. 희식을 비롯한 집안사람들도 모두 대문 밖으로 몰려나갔다. 시아버지의 심기가 걱정스러운 명주만이 안방을 지키고 있었다.

이제 해방이 되었다. 모두가 기뻐할 일이었다. 하지만 민겸호는 끊임없이 자기 자신을 부정해야 했다. 그는 분명 군수로 일하며 일본의 하수인 노릇을 했다. 쌀과 놋그릇을 공출하는 일에 앞장섰고 처녀들을 정신대로 끌어내는 일도 했다. 결국 그 일들에 몸서리치며 그만두기는 했지만 일본의 관리였다는 사실은 변하지 않았다. 그도 조국의 해방이 기쁘지 않을 리가 없었다. 그러나 그의 과거가 그를 용납하지 않았다.

민겸호는 사흘 동안 물 한 모금 넘기지 않고 누워 있었다. 명주가 밥상, 죽상, 미음상을 들여 아무리 권해도 못 들은 척 눈을 감고 있었다.

"아버님, 기력이 쇠해지십니다. 미음이라도 조금 드세요."

명주가 간곡하게 몇 번이나 권했지만 소용없었다. 평소에도 말수가 적은 유평댁은 아예 말문을 닫아버렸다. 집안 식구들도 모두 쉬쉬하면서 목소리를 죽였다.

며칠 후, 민겸호는 소장을 받았다. 출두일은 사흘 후였다. 명주는 아침 내내 안절부절못하다가 마음을 다잡고 사랑으로 들어갔다. 소환장을 펼쳐 든 민겸호의 손이 바르르 떨렸다. 출두일 아침 민겸호는 기어이 혼자 대문을 나섰다. 명주는 대문 앞까지 따라 나가 한참 동안 민겸호의 뒷모습을 바라보았다.

명주가 청상으로 이십 년을 견딜 수 있었던 데는 시아버지의 힘이 컸다. 항상 애정 어린 눈빛으로 바라봐주었고, 정이 가득한 말 한마디로 시름을 잊게 해주었다. 시아버지로서만이 아니라 인간적으로 존경하는 분이었다. 다정하고 사려 깊으신 분이 무슨 죄로 이렇게 불려 가야 하는 것일까. 그의 죄는 이 나라에 태어난 것이었다.

삼십육 년 전에는 그도 이십 대 초반의 청년이었다. 독립운동에 뛰어들어 상해와 만주로 가는 청년들이 있었지만, 더 많은 청년이 일본 관청이나 일본 회사에 들어가 일했다. 민겸호도 일본 관청에 들어갔고 정주 군수까지 지냈다. 그렇지만 장남 영휘의 장례를 치른 그는 발령받은 도지사에 취임하지 않았고, 다시는 관직에 나가지 않았다. 군수 시절 한 일이 부끄럽긴 했지만 일본이 망하던 마지막 날까지 날뛰었던 수많은 친일파에 비할 잘못은 아니란 생각도 들었다.

종로경찰서로 향하던 민겸호는 걸음을 멈추고 집 앞 개천에서 물놀이를 하는 벌거숭이 아이들을 바라보았다. 이 아이들은 해방된 나라에서 하고 싶은 공부 마음껏 하고, 누구나 능력을 발휘하며 어디에서 일하더라도 매국의 죄가 되지 아니하고 애국이 되는 세상에서 살 것이라고 생각하니 마음이 편안해졌다. 그런 세상을 살지 못했던 그가 처벌을 받아 이 아이들이 그런 세상에서 살 수 있다면 억울하게 여기지 말아야 했다. 민겸호는 입가에 미소를 지으며 다시 천천히 발걸음을 옮겼다.

팔월의 햇볕이 정수리를 뜨겁게 달구고 있었다. 한동안 먹지 못해 기운이 없는데도 마음껏 뛰노는 아이들을 보니 힘이 솟는 듯했다.

광화문에서 남산 신궁으로 이어지는 길가에는 일본 제국주의의 상징인 은행나무가 도열해 있었다. 해방 전까지는 한창 신록이 우거져 일본 제국주의의 위상을 한껏 떨치는 듯 보였지만 지금은 제 주인의 쇠락을 알아차리기라도 한 듯 불볕에 달아 후줄근해 보였다.

민겸호는 광화문을 둘러보았다. 약관의 나이에 첫 직장이라고 설레며 찾아왔던 경성부 청사도 살펴보았다. 빨간 이 층 건물의 중간에 하얀 화강암 띠가 들어가 있고 방마다 경계도 하얀 화강암으로 나눈 단정한 건물이었다.

그는 감회가 새로워 건물 앞으로 다가갔다. 정문에 붙어 있던 경성부 청사라는 간판이 없어졌고, 현관 양옆에서 바람에 펄럭이며 사람들의 간담을 서늘하게 하던 일장기도 없어졌다. 바로 그 자리에 펄럭이는 태극기를 보는 민겸호는 만감이 교차했다.

그가 경성부에 취직이 되었을 때는 온 집안이 잔치를 벌이며 기뻐했다. 오늘 같은 날이 다가올 줄을 그 누가 알았을까. 새 시대를 축하하고 기뻐해야 하는 마당에 어쩌다 자신은 죄인이 되어 취조를 받으러 가는 신세인가. 그는 자신의 신세가 서글프고도 한심했다.

그는 천천히 경찰서로 향했다. 낙원시장 쪽을 지날 때는 어찌 사람이 그리도 많은지 발걸음을 옮기기가 어려웠다. 이리저리로 떠밀리다 정신을 차려보니 경찰서와는 오히려 멀어지고 있었다. 그는 이대로 떠밀려 아무도 없는 곳까지 다다랐으면 좋겠다는 생각이 들었다. 그렇게 한참을 인파에 몸을 맡기다 퍼뜩 큰 며느리와 희식의 얼굴이 떠올랐다. 이대로 도피하는 것은 그들에게 더욱 부끄러운 일이었다. 그는 다시 정신을 가다듬고 군중들을 헤치며 경찰서로 향했다.

경찰서 앞은 더 많은 인파로 붐볐다. 경찰서 마당에도 수많은 사람이 줄을 서 있거나 무리 지어 앉아 있었다. 민겸호는 이리저리 틈을 찾아 경찰서 건물로 들어섰다. 사무실 안은 아예 발 디딜 틈도 없었다. 사람들의 엉덩이 사이로 발을 들이밀어 가며 간신히 책상 앞까지 갔다.

"소환장 받고 왔는데…… 민겸호요."

경찰인지 민간인인지 구별이 가지 않는 복장을 한 남자가 그를 한번 힐끗 쳐다보더니 말했다.

"기다리시오. 저기 먼저 온 사람들 안 보이시오?"

그때 여기저기서 볼멘소리가 터져 나왔다.

"이게 벌써 몇 시간째요! 이러다가 밤이 새도 못 가겠소. 고작 반장질 한 게 무슨 죄라고 오라 가라 한담. 해방됐으니 다 같이 춤을 취야 할 판에 무슨 죄인 취급이오."

"그러게나 말일세. 누가 삼십육 년이나 나라를 뺏기랬나? 새 주인이 시키는 대로 했지, 우리가 무얼 잘못했다고."

민겸호는 몸을 비집어 넣을 만한 구석 자리를 찾아냈다. 그는 그곳에 틀어박혀 눈을 감았다. 이 혼란은 언제까지 계속될까. 밤이 깊도록 일은 진전을 보이지 않았고 모기떼만 극성을 부렸다. 저녁도 먹지 못한 채 종일을 기다린 사람들의 신경이 날카로워져 금방이라도 폭발할 것 같았다.

문득 고개를 든 민겸호는 입구 쪽에서 두리번거리는 명주와 행랑어멈을 발견했다. 깜짝 놀란 그는 인파를 헤치며 다가갔다. 그는 어느 때보다도 엄한 눈빛으로 그녀를 꾸짖었다.

"아니, 이 밤중에 여기가 어디라고 온 것이냐! 빨리 돌아가거라! 끝나려면 아직도 멀었다."

"아버님, 괜찮으신가요? 너무 걱정이 되어서 그냥 앉아 있을 수가 없었어요."

"나는 괜찮으니 얼른 돌아가거라. 아이가 혼자 있지 않느냐? 자다가 깨면 놀라겠구나."

"예, 아버님… 그런데 이 미음은 좀 드시지요. 며칠이나 식사를 하지 않으셔서……."

민겸호는 며느리의 정성이 갸륵해 마음이 누그러지고 말았다.

"오냐, 안 그래도 몹시 시장기가 드는구나."

민겸호는 미음을 씹듯이 마셨다. 명주는 얼굴이 반쪽이 된 시아버지를 애처로운 눈길로 바라보았다. 관공서 관리였던 것을 쉽게 짐작할 수 있을 만큼 짧고 단정하게 자른 머리는 그의 곧은 성품을 보여주는 것 같았다. 늘 존경했던 시아버지의 초췌한 모습이 애처로웠다. 명주는 눈물이 흐를 것 같아 고개를 숙였다.

"아가, 잘 먹었다. 이제 기운이 좀 나는 듯하구나. 빨리 집으로 가거라."

"네, 아버님. 그러면……."

명주는 발길이 떨어지지 않아 몇 번이고 뒤를 돌아보았다.

민겸호는 새벽이 다 되어서야 호명되었다. 그는 차분하게 경찰 앞으로 나갔다.

"당신 도지사 지냈어?"

새파랗게 어린 경찰이 위아래를 훑어보며 반말로 물었다. 민겸호는 기가 막혔지만 심호흡을 하고 바르게 대답했다.

"도지사 발령은 받았지만 하지 않았소."

"그게 무슨 소리야? 도지사로 발령을 받는데 하지 않았다니 말이 되는 소리를 해."

"정말이오. 조사해보면 알 것 아니오."

"왜 안 했어? 그 좋은 벼슬을."

"하기 싫어서 안 했소."

"별 미친 사람 다 보겠네. 조사하면 다 밝혀질 거야. 그때 거짓말이라는 것이 들통나면 몇 배는 더 큰 벌을 받게 될 테니 그리 알아."

11

민겸호는 사실을 있는 그대로 진술하고 경찰서를 나섰다.

한적한 밤길을 걸으니 지난날들이 주마등처럼 스쳐 지나갔다. 그는 경성부에 취직한 지 5년 만에 과장이 되었다. 누구보다 빠른 승진이었다. 그 후 부산부와 대구부를 거쳐 평안도 정주군수로 발령받았다. 경남 태생인 민겸호는 한 번도 북쪽으로 가본 적이 없었다. 한 기관의 장이라는 막중한 책임감이 있었지만 북쪽에 대한 기대와 호기심도 컸다.

북쪽 사람들은 남쪽 사람들보다 화끈하고 쾌활했다. 그중에서도 동아일보 정주지국장을 지낸 광산업자 방응모는 남자 중의 남자였다. 광산업으로 많은 돈을 벌면서 친일활동도 했지만 독립운동가들을 후원하기도 했다. 새 정부에서는 방응모를 어떻게 평가할까. 친일파로 처벌을 받지는 않을지, 민겸호는 오래 만나지 못한 그의 앞날이 궁금했다.

민겸호는 발밑으로 조그맣게 줄어든 자신의 그림자를 바라보았다. 사람의 일생도 그림자가 잦아드는 일처럼 잦아들어 아무것도 아닌 것이 될 것이다. 푸르스름한 빛이 감도는 새벽하늘은 슬프도록 아름다웠다. 빛을 잃어가는 새벽별이 까무룩하게 사라져갔다.

민겸호는 개천을 따라 걸었다. 새벽공기를 울리는 맑은 물소리에 머리가 조금은 개운해졌다. 명주가 기다릴 것이라는 생각이 들어 발걸음을 재촉했다. 대문을 두드리니 기다렸다는 듯 명주가 문을 열고 나왔다. 그녀는 민겸호를 부축하며 울음 섞인 목소리로 말했다.

"아버님 얼마나 고생하셨어요? 얼른 안으로 들어오세요. 유평댁. 아버님 오셨어요."

유평댁은 무거운 몸을 뒤뚱거리며 마루로 나왔다.

"유평댁, 아버님 자리 봐드리세요. 아버님, 밥을 지을까요, 죽을 좀 끓일까요."

"밥을 무르게 해다오."

명주는 곧장 부엌으로 들어갔다. 이른 시간이라 아랫사람들은 아직 일어나지 않았다. 명주는 손수 밥을 안치고 시아버지가 즐겨 드시는 북엇국을 끓였다. 청어도 한 마리 구웠다. 위장이 좋지 않아 매운 것을 피하는 시아버지를 위해 항시 준비해두는 물김치도 한 보시기 올렸다.

"아버님, 진지 드시지요. 급히 하느라 간단히 준비했습니다."

"오냐, 잘 먹으마."

명주는 민겸호에게 물어볼 말이 태산 같았지만 묵묵히 앉아 있었다. 그는 그녀의 마음을 짐작한 듯 입을 열었다.

"경찰이 도지사를 했느냐고 묻기에 발령만 받고 안 했다고 말하니까 날더러 미친 거 아니냐고 그러더구나. 조사해서 사실이 아니면 더 큰 벌을 받을 줄 알라고 하고. 허허."

그는 소탈하게 웃었다.

"나중에 자세히 조사해서 부르지 잘 알지도 못하면서 사람을 오라 가라 합니까."

명주는 속이 상했다. 그 고생을 하고서도 자신에게 미소를 지어주는 시아버지가 안쓰럽고 고마워서 눈물이 날 것 같았다.

"이제 해방된 지 며칠이나 지났느냐. 아직 질서가 잡히지 않아서 그런 것이다. 상해임시정부에서는 독립이 된 후의 일도 다 구상을 해놓았을 것이다. 새 정부가 들어서면 다 좋아질 게다."

민겸호는 오랜만에 밥 한 그릇을 다 비웠다. 명주는 상을 들고 나가다 왠지 섬뜩한 느낌이 들어 뒤를 돌아보았다. 멍하니 앉아 있는 민겸호의 모습이 너무나 쓸쓸해 보였다. 마치 외양만 갖춘 빈껍데기 같았다.

명주는 상을 마루에 내려놓고 다시 들어가 물었다.

"아버님, 어디 편찮으신 거 아니세요?"

민겸호는 힘없이 고개를 저었다.

"그럼 편히 쉬세요. 저는 이만 물러가보겠습니다."

뒷걸음으로 물러서는 명주를 민겸호가 불렀다.

"아가야."

"필요한 것이 있으세요?"

"아니다······. 혹시 내가 없을 때 아주 어려운 처지에 놓이면 직지사 주지스님을 찾아가거라."

직지사는 시집오기 전부터 친정어머니를 따라다녔던 절이었다.

"아버님이 없을 때라니요······. 그게 무슨 말씀이세요?"

"혹시, 혹시나 해서 하는 말이니, 잊지 말아라. 모른 체하지 않으실 것이다."

다음날, 명주는 평소처럼 아침상을 들고 사랑 앞에 서서 말했다.

"아버님, 진지 드시지요."

"아직 안 일어나셨는데요."

유평댁이 대답했다. 여간해서는 조반시간을 어기지 않는 민겸호였다. 뭔가 이상한 직감에 사로잡힌 명주는 상을 내려놓고 급히 방으로 뛰어 들어갔다. 민겸호의 얼굴이 노랗게 변해 있었다. 코앞에 손을 대보니 숨결이 느껴지지 않았다. 손목에서도 맥이 잡히지 않았다. 명주는 마당으로 뛰쳐나가 소리쳤다.

"희식아! 빨리 마당으로 나오너라!"

"어머니, 학교 시간 늦었는데요."

"오늘은 학교 못 간다. 얼른 행랑아범 내외와 모임이를 불러와라."

희식은 잽싸게 움직여 사람들을 데려왔다.

"할아버지가 쓰러지신 것 같다. 희식이 너는 김근배 의원님을 모셔 오고, 행랑아범은 돈암동 작은 서방님께 연락을 해야 하는데 돈암동으로 가야 할지 신문사로 가야 할지…….”

명주는 머릿속이 새하얘졌다. 그때 희식이 앞장서서 말했다.

“신문사가 가까우니 먼저 그쪽으로 가요. 만약 출근 전이면 동료들에게 전해놓으세요. 그다음 우체국으로 가서 함양 큰고모, 대구 큰아버지와 산청 막내 고모님께 전보를 치세요. 산청 경호 할아버지께도 전보를 쳐야겠네. 그 일을 다 끝내고 돈암동으로 가세요.”

명주는 처음으로 아들이 듬직하게 느껴졌다.

급히 달려온 김근배 의원이 사랑으로 들어갔다. 명주와 희식이 뒤를 따랐다. 그는 민겸호의 가슴을 열고 이리저리 청진기를 대보았다. 그는 차분하게 맥을 짚어본 뒤에 말했다.

“운명하셨습니다. 꽤 시간이 지난 것 같은데, 언제 발견하셨습니까.”

“아침상을 올렸는데 기척이 없으셔서…… 선생님께 제일 먼저 아이를 보냈습니다.”

희식이 유평댁에게 소리쳤다.

“할머니는 할아버지 돌아가신 것도 모르고 잠만 잤어요?”

유평댁은 벽에 머리를 박으며 울었다.

명주는 의사가 돌아가고 나서야 비로소 시아버지의 죽음이 실감 났다. 지금까지 살아오면서 가장 존경하고 의지했던 사람이었다. 그가 없는 세상을 살아갈 생각을 하니 하늘이 무너지는 것 같고 혼자 남겨진 느낌이었다. 온몸의 감각이 마비된 것 같았다. 목구멍이 꽉 막혀 울음도 터져 나오지 않았다.

얼마 뒤 영택이 허겁지겁 달려왔다.

"형수님! 이게 대체 어찌 된 일입니까? 언제 돌아가신 거예요?"

"밤에요."

"그게 몇 시쯤이란 말입니까?"

"아침상을 들고 와서야 알았어요."

"그럼 유평댁은 한방에 자면서도 몰랐단 말이요?"

유평댁은 한쪽 구석에 앉아 고개를 푹 숙이고 있었다.

"그런데 왜 갑자기 돌아가신 겁니까? 그동안 지병도 없이 건강하셨잖아요."

"어제 경찰서에 다녀오시고 나서도 진지를 잘 드셨어요. 그런데 오늘 아침에……."

"경찰서에는 왜 가셨습니까?"

"옛날에 일본 관리를 했다고……."

"이 개새끼들! 이십 년이나 지난 것을 왜 들춰내는 게야? 나한테 연락을 하시지 왜 혼자 가시게 했어요."

"나도 따라가고 싶었는데… 전부 제가 잘못했어요."

명주는 더 이상 무엇을 어찌해야 할지 알 수 없어서 하염없이 눈물만 흘렸다. 영택은 그제야 아버지 옆에 고꾸라져 오열했다.

"아버지! 이 불효자식을 용서해주시지도 않고 가버리시면 저는 어찌합니까. 이제야 정신 차리고 늦게나마 효도하려 했는데. 아버지, 어찌 이럽니까, 아버지!"

뒤늦게 영택의 처와 가쓰에가 도착했다. 윤식엄마는 마당으로 들어올 때부터 이미 눈물범벅이 되어 있었다. 그녀는 미친 사람처럼 사랑으로 뛰어 들어가 흰 천으로 덮인 민겸호의 가슴팍에 엎드려 흐느꼈다. 이제 보통학교 2학년인 윤식과 일곱 살 된 정아는 할아버지의 팔다리를 부여잡고 같이 울었다. 죽음을 알아 우는 것인지 제 엄마를 따라 우는 것인지 알 수 없었지만 그들의 애절한 울음소리에 온 집안이 울음바다가 되었다.

태어났을 때 잠시 미움받았지만 자라면서 누구보다 많은 사랑을 받았던 정아는 숨이 넘어갈 듯 자지러지게 울었다. 윤식엄마는 그간의 설움을 다 토해내듯이 통곡을 했다. 가쓰에는 먼발치에 서서 가만히 그 모습을 바라보았다. 대식이는 제 엄마 가쓰에의 곁에서 주변을 두리번거리기만 했다.

먼 곳에서 오는 가족들은 시간이 많이 걸렸다. 그들은 저녁때나 되어야 도착할 것이었다. 영택과 명주가 장례준비를 도맡았다.

출근 전이었던 영택 대신 부음을 전해 들었던 동료들의 입을 타고 방응모 사장의 귀에까지 소식이 들어갔다. 민겸호가 이렇게 빨리 세상을 뜨리라고는 생각지도 못했던 방응모는 그 길로 문상을 왔다. 민겸호는 해방된 이 낯선 땅에서 그가 터놓고 이야기할 몇 안 되는 사람이었다. 방응모는 허망한 얼굴로 상청에 들어가 민겸호의 영정 사진 앞에 한참을 서 있었다. 얼마의 시간이 지났을까 그는 영택에게 말을 걸었다.

"무어라 상사의 말을 해야 할지 모르겠네. 무슨 지병이라도 있었는가."

"건강하셨습니다."

"그러면 왜."

"어제 경찰서에 다녀오시고 나서 갑자기……."

방응모는 그의 죽음에 대해서 더 묻지 않았다. 자신의 앞일을 보는 듯해서 침묵하고 말았다. 이어 방응모가 말했다.

"정주 군청에는 알릴 것인가?"

"해방이 된 이 마당에 일제강점기 군수의 죽음이 별일이겠습니까. 친일파라고 단죄당하는 이 마당에 알리고 싶지 않습니다."

"그래도 군청에서 장례를 치러주는 관례가 있는데."

"아버지께서 원하시지 않을 겁니다."

영택은 단호하게 말했다.

해가 지고 나서야 영익의 가족이 도착했다. 영익은 아버지의 영정 앞에 반듯하게 절을 한 다음 일어나지 않았다. 영익은 그 자세로 한참을 미동조차 하지 않았다.

직각댁 마님 내외와 말주 내외도 연이어 도착했다. 말주는 대문을 들어서기 전부터 통곡을 멈추지 않았다. 그녀는 곧장 병풍 뒤로 달려가 아버지를 끌어안고 울부짖었다.

"아버지, 이런 법이 어디 있어. 나를 보지도 않고 어떻게 가버려요. 안 돼요, 안 돼. 일어나, 아버지……."

직각댁 마님은 막냇동생의 뒤에서 소리 없이 눈물을 흘렸다.

한 차례 통곡의 소용돌이가 지난 후 민겸호의 자식들은 장례절차를 의논했다. 직각댁 마님이 먼저 입을 열었다.

"그래도 칠일장은 해야 하지 않을까?"

"오일장으로 합시다. 그리고 정주 군청장으로 하는 것은 어떨지."

영익의 말에 영택이 발끈하고 나섰다.

"해방이 된 이 마당에 일제강점기 군수가 무슨 자랑이라고 그걸 해요. 그건 안 될 말이에요."

직각댁 마님과 말주는 별다른 의견이 없었지만 영익과 영택이 팽팽하게 맞서는 바람에 계속 이야기가 길어졌다. 결국 오일장으로 하되 정주 군청장은 하지 않는 것으로 결론이 났다.

산청 선산으로 가려면 일정이 빠듯했다. 장남격인 영익이 상청(喪廳)을 지키기로 하고, 영택이 바깥일을 보기로 정했다.

장례식 전날 밤, 장례차가 팔판동을 떠났다. 김근배 원장, 방응모 사장, 정주 군수를 비롯한 정주 군청 직원들, 서울에 있는 친척들, 거기에 수많은 동리 사람들이 장례차를 배웅했다. 민겸호의 장례차는 천변을 한 바퀴 돌아보고 산청으로 향했다.

산청에서는 이번에도 경호가 장례를 도맡았다. 경호는 온갖 호사를 다 부려 꽃상여를 꾸몄다. 그 어느 때보다 화려한 장례식이었다. 선산에 웅장한 유택이 자리 잡았다.

민겸호는 이렇게 갔지만 그의 남은 자식이 얼마나 쓰린 인생을 살아내야 할지를 알았다면 그는 편히 눈을 감지 못했으리라. 그러나 그 누가 인생의 한 치 앞을 알 수 있을까.

12

민겸호의 장례가 끝난 뒤 명주는 다시 팔판동으로 돌아왔다. 그동안 시아버지가 자신에게 얼마나 큰 버팀목이었는지 그녀는 새삼 절감했다. 이제는 누구를 믿고 살아야 하나. 희식은 아직 어렸다. 세상에 기댈 곳이라고는 없는 것 같았다.

아침에 부랴부랴 희식을 등교시키고 나면 명주는 멍하니 하늘을 바라보며 해가 지기만을 기다렸다. 세상만사에 마음 가는 일이라고는 없었다. 이렇게 살다 죽으면 무엇이 남을까. 그런 생각을 하다 보면 먼저 간 영휘가 부러워지기도 했다. 앞으로 또 어떤 불행이 닥칠지 모른다고 생각하면 더 살아가기가 두려웠다.

돈암동으로 이사한 윤식엄마가 자주 음식을 해왔다. 식욕은 없었지만 시어머니가 음식을 먹지 않아 애태웠던 지난날을 떠올리며 명주는 억지로 먹는 시늉이라도 했다.

갑자기 사랑에서 우레 같은 비명소리가 났다. 명주는 깜짝 놀라 얼른 달려가보았다. 유평댁이 바닥을 구르며 고래고래 소리를 지르고 있었다. 얼마 전부터 산기가 보이더니 때가 된 모양이었다. 노산인 탓인지 유평댁은 극심한 산고를 치렀지만 다행히 아이는 무사히 태어났다. 원래부터 살이 많았던 유평댁은 더더욱 몸이 불어 얼굴이 터져나갈 것 같았다.

명주는 남편도 없이 혼자 아이를 낳은 유평댁이 측은해 정성껏 산바라지를 해주었다. 시아버지는 어찌해서 유복녀를 남기고 떠난 것일까. 명주는 퍼질러 누워 있기만 하는 유평댁을 보고 있자니 불청객으로 태어난 아이의 앞날이 걱정스러웠다.

신기하게도 새로 탄생한 생명은 그늘져 있던 집안에 햇살을 끌어왔다. 명주도 조금은 기운을 내고 유평댁을 도와 아이를 키웠다. 사실은 명주가 도맡아 키우는 것이나 다름없었다. 하지만 암만 무능력한 사람이라도 제 엄마가 더 좋은지 아이는 유평댁을 더 잘 따랐다. 혜자라고 이름 지은 아이는 포동포동하게 살이 올랐다. 모처럼 평온한 나날들이었다.

'금일 오후 도착. 서울 전근.'

영익에게서 온 전보였다. 갑작스러운 영익 식구들의 상경 소식에 모처럼 집안이 들썩거렸다. 초상을 치른 지 겨우 한 달이 지났을 뿐이었지만 식구가 모이니 집안에 활기가 돌았다. 대청에 큰 교자상이 펼쳐졌다. 연락을 받은 영택의 식구까지 모처럼 식구가 다 모였다. 명주는 학교에서 돌아온 희식을 불렀다.

"희식아, 이제 너는 작은사랑에서 네 동생 용식이와 함께 살아야 한다."

"남하고 한방 쓰는 거 싫어요. 그냥 건넛방 쓸래요."

"희식아, 그래도 네 친동생인데……."

희식은 명주의 말이 끝나기도 전에 방 밖으로 나가버렸다. 영익이 소리쳤다.

"이놈! 네 동생이 남이란 말이냐? 이런 후레자식 같으니라고. 동생 이 남이냐? 대답해보거라!"

영익은 온 집안에 다 들릴 만한 목소리로 호통쳤다. 집안이 쥐죽은 듯 조용해졌다. 손까지 올라가려 하는 것을 영택이 나서서 말렸다.

"한창 그럴 나이 아닙니까. 모처럼 만났는데 별것도 아닌 일로 얼굴 붉히지 맙시다. 이제 밥 먹읍시다. 희식아, 들어와서 얼른 밥 먹자."

영익은 명주를 흘깃 바라보며 온 식구가 다 들으라는 듯이 말했다.

"애를 어떻게 키웠기에 저리도 버르장머리가 없는지."

사람들은 무심결에 명주를 쳐다보았다가 흠칫 놀라 시선을 돌렸 다. 조금 전의 화기애애하던 분위기는 사라지고 싸늘한 기류가 흐르 는 속에 식사가 시작되었다. 배고픈 것을 참지 못하는 희식은 밥상 에 앉자마자 고개를 숙이고 밥을 퍼먹었다. 영익은 숟가락을 세게 내려놓았다.

"너는 어른들 먼저 수저를 드는 게 예의인 것을 알고도 그러는 것 이냐, 모르는 것이냐. 알면 그 모양으로 행동할 일은 없을 테니 모르는 것이겠지. 아이를 대체 어찌 가르쳤는지……."

명주는 두 번이나 대놓고 자신을 겨냥하는 말이라는 것을 알았다. 이전까지는 가끔 경성에 출장을 왔을 때만 하룻밤을 묵었기에 큰 마찰이 없었다. 하지만 민겸호가 세상을 뜨고 영익이 이 집에 살게 된 지금은 상황이 달랐다. 영익은 초장부터 기싸움을 할 생각인 듯했다.

"아, 형님. 자꾸 왜 그러세요. 형님 때문에 지금 아무도 밥 못 먹고 있잖아요. 아이 배고플 텐데 어서 드십시다."

영택이 계속 희식의 편을 들어주었지만 집안 분위기는 걷잡을 수 없이 가라앉았다. 희식은 숟가락을 놓고 일어나 부엌에 있는 명주에게로 갔다. 명주는 아이를 품에 안았다. 명주는 아랫입술을 꼭 물고 눈물을 참고 있었다. 이제 이 집을 떠나야 할 때가 온 것이 아닐까. 명주는 이미 너무 지쳐 있어 집안에서의 세력 다툼을 감당할 자신이 없었다.

명주는 그날 밤 꿈에 영휘를 보았다. 그는 아무 말도 하지 않고 명주를 물끄러미 바라보기만 했다. 무슨 말이라도 좀 해주면 좋으련만 꿈결에서도 그는 대답이 없었다. 명주는 그날 밤을 눈물로 지새웠다.

명주는 희식의 학교 앞에서 희식과 만나기로 했다.

"우리 희식이, 뭐 먹을까?"

"엄마, 우리 청요리 먹어요."

"그럴까? 그럼 잘하는 집으로 네가 안내해보렴."

"친구들하고 가는 집이 있어요."

명주는 희식이 탕수육과 자장면을 다 먹을 때까지 가만히 지켜보다가 말을 꺼냈다.

"희식아."

"엄마가 무슨 말씀 하시려는지 다 알고 있어요."

명주는 흠칫 놀라 말문이 막혔다.

"아니에요. 엄마 말씀하세요."

"내가 잠시 산청에 내려가 살면 어떨까 해서……."

"잘 생각하셨어요. 앞으로 작은아버지의 횡포에서 벗어나려면 그 길밖에 없어요."

"희식아, 그런 말 하면 못써, 작은아버지도 부모님인데……."

"네. 잘못했어요."

명주는 더 이상 아무 말도 할 수 없었다. 철없고 자기밖에 모르던 이기적인 아이가 언제 이렇게 자라버렸을까. 이제 중학교 일학년인데 키도 벌써 어른 키만 했다. 조금 창백한 피부에 오뚝한 코와 짙은 눈썹은 이지적인 인상의 영휘를 꼭 닮았다. 친부모를 거의 닮지 않은 희식은 정말 영휘와 자신의 아이가 아닐까 혼동할 지경이었다. 명주는 새삼 가슴이 벅찼다.

"넌 엄마 없어도 괜찮겠니?"

"엄마를 위해서 참을 수 있어요. 방학이 있잖아요. 방학에 내려가면 우리 둘만 살아요."

집으로 돌아오는 길 명주의 가슴은 두방망이질을 쳐댔다. 집에 도착해보니 다행히 영익은 아직 돌아오지 않았다. 그녀는 일요일에 떠난다고 말하기로 마음먹었다.

먼 친척이라는 사람 대여섯이 산청에서 올라왔다. 친척이라고는 하지만 영익도 영택도 생면부지인 사람들이었다. 모른다 할 수는 없어 일단 아랫집에 방을 내주었다. 영택이 그 사람들을 만나 차근차근 사정을 물어보았다.

"아저씨, 그런데 경성에는 무슨 볼일로 오셨습니까?"

그 남자는 그게 무슨 소리냐는 표정이었다.

"이 사람아, 왜 오기는. 해방된 개명 천지에서 벼슬하려고 왔지."

"네? 무슨 벼슬을요?"

"일본사람 다 물러가서 경성에 벼슬자리가 널렸다는데 우리라고 못 할 거 있겠나?"

영택은 기가 막혀 더 이상 아무것도 묻지 않았다. 그들의 행색을 보면 타고난 농사꾼들일 뿐이었다. 경성에서 그들이 할 일이라고는 아무것도 없었다. 영택은 윗집으로 돌아와 영익에게 자초지종을 말했다.

"형님, 하는 수 없습니다. 우선은 저분들을 그냥 머물러 있게 해줘야 할 것 같습니다. 그러지 않으면 지금까지 아버지가 고향 사람들에게 해오신 일들에 누가 될 것 같아요."

말을 마친 영택은 곧바로 일어났다. 두 형제는 꼭 의논해야 되는 일이 아니면 마주 앉아 있지 않았다. 영택은 명주가 있는 안방으로 들어갔다.

"형수님, 어찌 지내셨습니까. 이제부터는 아버님 대신 제가 많이 도와드릴게요. 저를 의지하시고 힘내세요."

명주는 그동안의 마음고생이 고스란히 떠올라 설움이 북받쳤다.

"서방님, 고맙습니다. 이것저것 잘 챙겨주셔서……."

"아참, 저번에 갖다 드린 전쟁과 평화는 다 읽으셨어요? 이번에는 무슨 책을 사다 드릴까요?"

"제가 뭘 아나요. 제가 본 책들은 전부 서방님이 구해다 주신 것이 잖아요."

"그럼 제가 알아서 구해드리겠습니다. 그런데 형수님 힘드시겠지 만 아랫집 손님들 밥은 해줘야 할 것 같은데요."

"네, 그래야죠. 그분들은 왜 서울로 올라왔나요?"

"뭐, 일자리를 구하러 왔답니다. 저러고 올라왔지만 곧 내려가지 않겠어요. 조금만 참아주세요. 그럼 오늘은 이만 가봐야 할 것 같네요. 아이들이 창경원에 데려가달라고 해서요. 독후감은 다음에 들려주세요."

저렇게 사근사근하고 다정한 사람이 변함없이 윤식엄마와 잘 지냈다면 얼마나 좋았을까. 명주는 영택을 씁쓸한 표정으로 바라보았다.

용식엄마는 몸이 약해서 험한 일을 하지 못했다. 대구에서도 식모와 아이보개를 두고 살면서도 병원 출입이 잦았다고 했다. 장정 대여섯 사람의 삼시 세끼 수발은 보통 일이 아닌데 몸이 약한 동서에게 다 맡겨두고 산청으로 돌아갈 수는 없었다. 명주는 친척이라는 사람들이 제풀에 지쳐 돌아가는 날만을 손꼽아 기다렸다. 하지만 그들을 선두로 하루가 멀다고 새 손님들이 들이닥쳤다. 친척들은 말할 것도 없고, 산청이 고향이라는 사람들까지 모여들었다.

명주는 군말 없이 밥을 하고 옷을 빨아주기는 했지만 그들에게서 좋은 느낌을 받지는 못했다. 그들은 아침밥을 먹고 어디론가 나갔다가 저녁이면 돌아왔다. 무언가 쑥덕거리다가 언성을 높여 다투기도 했다. 한 사람이 지쳐서 고향으로 돌아가면 다른 한 사람이 꼬리를 물고 들어오곤 했다.

그 많았던 사람들이 하나둘 어딘가로 떠나가자 명주는 이제 자신이 할 일은 끝났다는 생각이 들었다.

"서방님, 저 잠시 드릴 말씀이 있는데요."

사랑에서 용식엄마가 문을 열고 반겼다.

"형님이 무슨 일로 사랑에 나오셨어요? 어서 들어오세요."

방으로 들어간 명주는 영익에게 말했다.

"이제 경성 살림은 동서가 해도 될 것 같으니 저는 산청으로 내려가려고 해요."

"아, 그러세요? 잘 생각하셨어요. 언제라도 내려가고 싶을 때 내려가세요."

영익은 기다렸다는 듯 대답했다.

"네, 그럼 그리 알고 나가보겠습니다."

그럴 것이라 예상은 하고 있었지만 섭섭한 마음이 드는 것은 어쩔 수 없었다. 평생을 헌신한 집에서 쫓겨나듯이 나가는 셈이었다. 그녀는 그날로 떠날 준비를 했다.

막 마당으로 내려서는데 낯익은 얼굴이 허둥지둥 달려왔다. 함양에 있어야 할 직각댁 마님이었다.

"올케, 지금 내 아들 병열이 다 죽어간단 말이네. 이 일을 어쩌면 좋은가? 멀쩡하던 아이가 학병에 끌려간 지 일 년 만에 송장이 다 되어서 돌아왔으니. 지금 서울대학병원에 입원해 있어."

"병열이가 돌아왔어요? 그런데 어디가 어떻게 아파서요? 동생들한테 연락은 하셨나요?"

"아직은 아무것도 몰라. 아이 몰골을 보고는 일 초도 지체할 수가 없어서 그길로 경성으로 왔어."

아들이 얼마나 위중하기에 저렇게 경황이 없을까. 명주는 행랑아범을 시켜 영익과 영택의 회사에 연락하라고 일렀다. 행랑어멈에게 이부자리를 준비해두라고 말하려다가 빈방이 아랫집 건넌방밖에 없다는 것이 떠올랐다. 직각댁 나리를 그곳에 재울 수는 없었다. 명주는 용식엄마와 상의하기 위해 사랑으로 갔다.

"병원에 가신 함양 형님이 밤에 와서 주무셔야 하는데 방이 마땅치가 않네."

"함양 형님이 아프신가요?"

"아니, 학병 갔던 병열이가."

용식엄마는 더 이상 관심을 갖지 않았다. 그녀는 남의 일을 깊게 알려고 들지 않는다. 인정이 없기 때문은 아닌 듯했다. 그녀와 말을 섞다 보면 어느새 마음이 편안해졌다. 먼저 말하지 않는 것을 굳이 캐묻지 않는 것이 그녀의 깊은 사려가 아닐까. 명주는 그것이 용식엄마의 장점이라고 생각했다.

늦은 밤 영익과 직각댁 내외가 집에 도착했다. 명주가 미리 준비해놓은 상을 내왔지만 직각댁 내외는 먹어볼 생각도 하지 못하고 자리에 누웠다.

다음날, 명주는 용식엄마와 함께 직각댁 내외를 위해 준비한 도시락을 들고 병원으로 갔다. 병열이가 입원한 특실은 병실이라기보다는 호텔방 같았다. 응접을 위한 시설까지 잘 갖추어져 있어 가지고 간 음식들을 탁자 위에 펼쳐놓을 수 있었다.

어제는 식음을 거부하던 두 내외가 오늘은 권하지 않아도 먼저 수저를 들었다. 이제야 마음이 좀 진정된 모양이었다. 사람은 아무리 슬프고 힘든 일이 있어도 먹어야 살 수 있다.

명주는 사람이 참 별것도 아니라는 생각이 들었다. 그런데 그 별것도 아닌 사람이 살아가는 삶은 왜 그렇게 힘들까. 살아가는 일도 별것 아니면 안 될까. 명주가 이런저런 생각을 하는 동안에도 부부는 정신없이 밥을 먹었다. 지난 며칠간 이리저리 다니느라 물 한 모금도 제대로 마시지 못했을 것이 분명했다. 명주는 정성스레 밥을 한 보람을 느꼈다. 저녁에는 무슨 반찬을 할까 궁리하는 중에 직각댁 나리가 말했다.

"명주야, 밥 잘 먹었다."

직각 마님이 깜짝 놀라 말했다.

"당신, 처남댁한테 명주가 뭐예요?"

"아, 내가 정신이 없었네. 그래도 아무렴 어때. 난 항상 내 동생 명주라고 생각하고 있는데. 그게 더 좋지? 명주야."

방 안에 잠시 숙연한 침묵이 흘렀다. 명주의 눈에 눈물이 고였다.

주치의가 병실로 찾아왔다.

"지금까지로 보았을 때는 다른 병은 없는 것 같고 급성 결핵인 것 같은데 염려는 하지 않으셔도 될 것 같습니다. 한 일 년 치료하면 됩니다."

의사의 말에 한시름을 놓은 직각댁 내외는 긴장이 풀렸는지 의자에 앉은 채로 잠들었다.

갖가지 일로 복잡했던 집안이 차츰 원래의 모습으로 돌아왔다. 병열이 퇴원했고, 그 식구들도 떠났다. 명주는 이제 정말로 떠나고 싶었다. 그녀는 막 출근하려는 영익을 붙잡고 말했다.

"서방님, 저 오늘 산청으로 내려가려고요."

명주의 이 한마디에 부엌에 있던 행랑어멈과 모임이 마당으로 뛰어나오고 마당을 쓸고 있던 행랑아범도 명주 곁으로 머뭇머뭇 다가섰다. 그와 동시에 건넛방 문이 후다닥 열리더니 유평댁이 마당으로 뛰어나왔다. 그 육중한 몸이 구르듯이 명주 곁으로 와 눈물이 글썽한 눈으로 명주를 바라보았다.

"이게 무슨 말이에요. 개평댁이 가긴 어딜 간다고 그래요."

명주의 택호를 처음 입에 올린 유평댁도 스스로 깜짝 놀라고 명주 또한 유평댁의 입에서 흘러나온 개평댁이라는 칭호에 놀랐다. 명주의 친정이 개평이기는 하나 아직까지 명주를 그렇게 불러준 사람이 없었기 때문에 귀에 설어 얼떨떨해하면서 대답했다.

"네. 제가 산청으로 가려고요."

"안 돼요. 가면 안 돼요. 희식은 누가 키우라고……."

"형수님 그러십니까? 그럼 그렇게 하세요. 저 출근합니다."

영익의 목소리는 감정이 없었다. 유평댁이 사나운 눈빛으로 영익을 일별했다.

"지금 강릉양반이 무슨 말을 하는 거예요. 개평댁이 어린 나이에 시집와서 20년 동안 안주인 없는 이 집 살림을 어떻게 건사해왔는지는 강릉양반이 더 잘 알고 있지 않습니까? 그리고 희식을 누가 이만큼 키워놓았습니까? 아버님 돌아가신 지 얼마나 됐다고 이리 횡포를 부리십니까? 개평댁이 간다고 해도 붙잡고 희식을 마저 키워 달라고 부탁을 해야지, 지금 무슨 망발을 하고 그러십니까?"

영익은 기가 막히는지 아무 소리도 못 하고 예의 그 싸늘한 눈빛으로 유평댁을 쏘아보더니 일갈했다.

"이것은 유평댁이 끼어들 문제가 아니요. 상관 마시오."

영익은 유평댁을 무시하고 대문께로 나가고 유평댁은 그 뒤통수에 대고 소리쳤다.

"보아하니 그간 희식을 공연히 구박하고 개평댁에게 심하게 굴었던 것이 다 이유가 있었던 거구만. 기어이 쫓아내려는 수작이구만."

뒤돌아선 영익이 다시 한번 유평댁을 쏘아보고 대문을 나서려는데 명주가 영익의 옷깃을 붙잡았다.

"형님 영정사진 제가 모시고 가도 괜찮을까요?"

"가지고 가십시오. 그럼 이만 출근하겠습니다."

어렵게 말을 꺼낸 것이 무색하게 영익은 너무도 쉽게 대답해버렸다. 아무리 불편한 사이라 해도 미운 정조차 들지 못한 것일까. 이 집안에 헌신한 길고 긴 시간이 허망했다. 아예 영정사진까지 들고 나가서 영영 돌아오지 말라는 뜻일까. 명주는 맥이 탁 풀려 다리가 후들거렸다.

유평댁은 민겸호가 살아 있었을 때에도 방 밖으로 잘 나오지 않았었다. 그런 그녀였기에 민겸호가 죽은 후에는 아예 두문불출했다. 특히 영익이 집에 있을 때는 더더욱 영익의 눈에 띄지 않게 조심했다. 그런 유평댁이 그렇게 거침없이 영익에게 소리치다니, 정말 천지개벽할 일이었다. 무심하고 천하태평인 유평댁의 마음속에도 사리분별력은 있었나 보다. 명주는 유평댁의 손을 꼭 쥐었다. 새삼 정감 어린 눈빛으로 바라보며 진정을 담아 말했다.

"유평댁, 아기 잘 키우고 건강하게 잘 사세요."

명주는 그동안 속에만 담아두고 하지 못했던 말들을 대신 해준 유평댁이 고마웠다. 명주는 방으로 들어가 짐을 챙겨 들고나왔다.

마당에 서 있던 집안사람들이 앞을 가로막고 섰다.

"아씨, 저희들은 어찌하라고 떠나려 하십니까?"

행랑아범이 울먹이며 말했다. 행랑어멈은 아예 목을 놓아 울고 있었다. 모임이는 명주의 치맛자락이라도 잡을 기세였다.

"아씨, 저도 따라가면 안 될까요? 점순이는 제 식구들 돌보느라 아씨 시중을 어찌 들겠어요. 제가 가서 아씨 잘 모실게요. 그러니까 절 데려가세요."

"모임아, 고맙다. 하지만 넌 작은아씨 말 잘 듣고 여기 있거라. 동서, 그럼 가보겠네."

"형님, 그럼 몸 건강하게 잘 지내세요. 조심히 가세요."

명주는 마침내 대문을 나섰다. 택시를 타고 팔판동에서 경성역으로 갔다. 지난 20년이 주마등처럼 머릿속을 스쳐갔다. 경성역까지 배웅하러 온 행랑어멈은 끝까지 명주의 손을 잡고 놓지 않았다. 만약 민겸호가 보았다면 어디서 감히 아씨 손을 잡느냐고 불호령이 떨어졌을 것이었다. 시아버지를 떠올린 명주는 이내 눈시울을 붉혔다.

13

기차가 김천에 도착했다. 명주는 지난날이 떠올랐다. 오래전 남편의 장례를 치르고 처음 경성으로 올라갈 때도 김천에서 기차를 탔었다. 다음 두 번은 시부모님 두 분의 초상 때였다. 아무 일도 없이 이곳에 내려오기는 이번이 처음이었다.

명주는 김천에서 버스를 타고 산청 읍내에서 내렸다. 읍내에서 다시 택시를 타고 십 리 길을 더 가야 했다. 경성에서 첫차를 타고 출발했는데도 벌써 해가 저물고 있었다. 서편 능선으로 기우는 해의 잔광이 온 천지를 붉게 물들였다. 그 눈부신 빛 속에 경호강의 거대한 물결이 쉼 없이 꿈틀대며 흘러갔다. 이곳을 몇 번이나 지나다녔어도 한 번도 눈에 담은 적이 없었던 황홀한 장관이었다.

명주는 택시기사에게 강이 보이는 동네 어귀 정자나무 밑에 내려달라고 했다. 차에서 내린 명주는 정자나무 밑의 반듯한 돌 위에 앉아 시선이 닿는 가장 먼 곳까지 둘러보았다. 높은 산을 줄줄이 거느린 경호강이 아름다운 빛을 흩뿌리며 유유히 흘러갔다. 산자락 속에 안긴 산청의 마을은 세상 어느 곳보다도 아늑하고 평온해 보였다.

어떻게 멀쩡히 눈을 뜨고 다녔으면서도 이런 광경을 보지 않고 지나칠 수 있었을까. 일부러 외면해왔던 것일까? 어쩌면 매 순간 보고 싶은 것을 보지 않으려 애쓰며 살아왔는지도 몰랐다. 마치 남의 생을 바라보듯이 수많은 순간을 별것 아닌 척 넘기며 살아온 것이다.

이제는 더 이상 그럴 필요가 없다. 아무것도 이룰 것이 없는 삶만 남았다. 그렇다면 모든 게 다 무슨 소용이 있을까. 무언가 거창한 것을 이룰 것이라 생각해본 적은 없었지만 이렇게나 아무런 흔적도 없이 살고 말 것이라고 생각한 적도 없었다. 그녀는 다만 암담할 뿐이었다.

명주는 발길을 재촉해 마을로 들어섰다. 밤기운이 싸늘했다. 한기가 드는 계절이 다가오면 남편의 기일도 돌아온다. 단풍이 온 산을 뒤덮을 때가 되려면 아직은 조금 더 있어야 할 것 같지만. 그녀는 달력을 짚어보아야겠다고 생각했다. 그때 별빛 아래로 사람의 그림자가 나타났다.

"아씨? 아씨 맞죠? 아씨! 아니 왜 이제야 오시는 거예요! 분명 6시 도착이라고 전보가 왔는데! 어디서 뭘 하시다가 이제야 오시는 거예요. 한 시간도 넘게 길에 나와 기다렸다고요."

점순은 마치 어제 본 사람처럼 살갑게 명주를 맞이했다.

"다리가 아파서 좀 쉬었다 오는 길이다. 그래 식구들은 다들 잘 있고?"

"잘 있기는요? 동주애비는 아직 소식도 모르고. 죽었는가 봐요."

"그런 입방정 떠는 거 아니다. 살아서 돌아올 거라 생각해야지."

점순은 배시시 웃으며 명주의 옷깃을 잡아끌었다.

"얼른 들어오세요. 시장하시죠?"

집은 예전과 다를 바 없어 보였다. 점순이 어찌나 알뜰하게 살림을 꾸렸는지 온 집안이 반질반질 윤이 났다. 어느 한 곳 허술한 데가 없었다. 명주가 온다는 전갈을 받고 정성을 다해 청소했을 것이 분명했다.

소식을 들은 사촌 시동생 내외와 육촌들도 왔다. 시할아버지의 형제들의 자손들이었다. 타지로 나가지 않고 고향에 남은 친척들이 다 모인 셈이었다. 고향으로 돌아온 명주를 환영하는 자리였다. 경성에서는 이웃끼리도 서먹하게 지내던 명주로서는 오랜만에 사람 사는 것 같은 정을 느꼈다. 사촌 시동생 회가 말했다.

"형수님 정말 잘 오셨어요. 진즉에 오셔서 저희하고 같이 사시지. 경성에는 뭐 하러 여태 계셨어요. 이제 올라가지 마세요."

"내가 있으면 서방님 짐만 되지……."

동서가 나서서 말을 보탰다.

"짐이 될 게 뭐 있겠어요? 서로 의지 되고 좋지요. 전부 타지로 나가 이제 사람도 없어요. 잘 오셨어요. 형님, 저희들이 잘 모실게요."

"고맙네, 그리 말해주니."

사촌 시동생 회는 말뿐만이 아니었다. 진정으로 명주를 위해 갖은 일을 다 처리해주었다. 객지에 나가 직장생활을 하는 영익이나 영택으로서는 해주고 싶어도 할 수 없는 자질구레한 신변상의 일들을 알아서 맡아준 것이었다. 게다가 매일 찾아와 말 상대도 되어 주었다. 회는 형수를 찾아뵙는 일이 일과가 되었다.

"형수님, 아침 잡수셨어요?"

회가 문 앞에 와서 기척을 했다.

"저 좀 들어갈게요. 드릴 말씀도 있고 해서요."

"네 들어오세요."

"저기 군에서 형수님께 효부비를 세워준다고 연락이 왔어요. 그래서 제가 경성으로 올라가려던 참입니다."

"효부비라니, 그게 뭔데요? 내게 그런 것을 왜?"

"홀로된 며느리가 홀시아버지 모시느라 고생했다고 주는 상이랍니다."

"당치도 않아요. 제가 뭘 했다고……."

"산청군에서는 오래전부터 효부에게 상을 주는 제도가 있는데 여러 면을 돌아가며 차례로 준답니다. 마침 올해가 우리 면 차례라 잘된 거지요. 만약에 면내에 그럴 만한 효부가 없으면 다른 면에 기회가 주어지는데, 그곳에도 효부가 없으면 몇 년 동안 수상자가 없을 수도 있답니다."

"얼마든지 효부가 많을 텐데 그런 큰 상을 나한테……."

"작은아버님이 이 고을에서는 명사시잖아요. 일제의 도지사 자리도 마다하신 숨은 애국자시고, 또 어려운 고향 사람들을 잘 돌봐주셨잖아요. 이제 해방도 된 마당에 그분을 기리는 의미도 있고, 또 해방을 경축하는 의미로 올해는 상뿐만 아니라 비까지 세워준다고 하네요."

명주는 한사코 상 받는 걸 꺼렸지만 회는 그러한 명주를 보며 꼭 상을 받게 하리라 마음먹었다.

"이 상은 작은아버지가 친일파가 아니었다는 걸 산청군이 인정한다는 뜻이기도 해요. 그러니 받아야 합니다."

명주도 더는 거절할 수 없었다.

점순이 행랑채에 살면서 안살림까지 도맡아주었고, 사촌 시동생 회가 매일 아침 출근하듯이 살펴주었다. 명주는 아무런 불편함 없이 잘 지낼 수 있었지만 단 한 가지, 희식이 보고 싶어 견딜 수가 없었다. 그런 날이면 희식에게 편지를 썼지만 차마 부치지는 못했다. 보고 싶다는 절절한 편지를 읽고 아이가 마음이 심란할까 염려되었고 영익이 어떻게 생각할지 두렵기도 했다.

명주가 살고 있는 산청의 집을 사람들은 '정주댁'이라 불렀다. 민겸호가 정주 군수를 역임했기 때문이었다. 명주가 산청으로 내려온 뒤 정주댁은 동리의 사랑방이 되었다. 친척들은 물론이고 타성바지들까지도 정주댁을 수시로 드나들었다. 그러다 때가 되면 스스럼없이 밥상에 둘러앉아 밥을 먹고 놀다 가곤 했다. 점순이 혼자 살림하기에 벅찰 것 같아 명주는 청소도 하고 찬도 만들며 행복한 날들을 보냈다.

명주의 막내 시누이인 말주는 산청 근동에 있는 단성으로 출가했다. 말주는 경성에서 고등교육을 받았고, 그녀의 신랑 또한 일본에서 유학하고 돌아온 지식인이었다. 그녀는 경성에서 신혼살림을 하고 싶어했지만 신랑은 농촌운동에 뜻이 있어 고향에 머무르고 싶어했다. 그것에 항상 불만을 품어 부부 싸움이 잦았지만 강경한 신랑의 뜻을 꺾을 수는 없었다. 대신 그녀는 호사스런 생활을 하는 것으로 그 불만을 풀었다. 단성 삼천석꾼의 가세는 그녀의 사치스러운 소비 생활을 만족시켜주기에 부족함이 없었다. 그것이 농촌 생활을 참아내게 했다. 그녀는 주로 진주나 부산 등지로 나가 양장을 맞추고 화장품을 사들였다.

말주는 윤식엄마와 동갑이었다. 자식으로 아들만 넷을 두었다. 첫째가 열 살이었고 막내는 이제 겨우 돌을 지냈다. 그녀는 아이 넷을 일하는 이들에게 맡겨놓고 도시로 나가 백화점이나 극장에서 종일 놀다가 늦은 밤에 막차를 타고 돌아오곤 했다. 부잣집 막내딸인 데다 부잣집 막내며느리인 그녀는 세상을 어렵게 산 적이 없었다. 무엇이나 자기 마음 내키는 대로 하면서 살아도 괜찮았다.

아버지의 극진한 사랑을 받고 자란 그녀는 타인을 사랑하는 법도 알았다. 말주는 세상에서 가장 좋아하는 사람이 명주라고 입버릇처럼 말하곤 했다. 그런 그녀에게는 혼인한 뒤 천 리를 떨어져 사느라 명주를 볼 수 없다는 것이 가장 슬픈 일이었다.

그러던 어느 날 말주는 명주가 산청에 와 있다는 소식을 들었다. 이미 해가 뉘엿뉘엿 기울어가는 시간이었지만 그녀는 당장 단성에서 산청까지 십 리 길을 가기로 마음먹었다. 그녀는 신랑에게 일방적인 통보나 다름없는 말을 꺼냈다.

"나 산청에 가야 해요. 밤에는 당신이 아이들 잘 챙겨주세요."

"그 빈집에는 왜 간다고 이리 소란이요."

신랑은 그녀를 바라보았다. 그의 눈빛에는 사랑이 묻어 있었다.

"빈집은요, 큰 셍이가 와 있대요."

"큰처남댁이? 언제, 왜?"

"나도 몰라요. 아까 칠성이가 산청 장에 갔다가 들었대요. 정주댁 큰며느리가 왔다고. 장바닥에 소문이 자자하드래요."

"그래도 곧 저녁인데 어디를 간다고. 내일 가지."

"안 돼요. 내일이라니. 오늘 밤에 셍이 보고 싶어서 어찌 자요."

"그러다 밤에 어머니라도 오시면 뭐라고 해."

"뭘 뭐라고 해요. 산청 가서 자고 온다고 하지."

"정말 못 말려. 당신을 누가 당하겠어."

이서방은 직접 차부까지 가서 말주를 택시에 태워주었다. 말주는 겨우 십 리 길을 참지 못해 택시기사를 닦달했다.

"아저씨, 좀 더 빨리 갈 수는 없나요?"

기사는 말주를 흘깃 돌아보며 물었다.

"누가 아픕니까? 최대한 빨리 갈 테니 눈 딱 감고 잠시만 기다리세요."

말주는 속으로 픽 웃었다. 아프기는 누가 아파! 큰 셍이 빨리 보고 싶어서 그게 병이지.

명주는 그 넓은 대청마루를 다 비워두고 마루 끝에 쪼그려 앉아 지는 해를 바라보았다. 그녀는 꿈을 꾸는 듯한 몽롱한 시선을 앞산 쪽에 두고 있었다. 하지만 그녀가 앞산을 보고 있는 것은 아니었다. 그녀의 동공에는 아무것도 담겨 있지 않았다. 점순은 아무것도 못 본 시늉을 하며 높은 소리로 아씨를 불렀다.

"아씨, 저녁 진지 드세요! 오늘은 장에 다녀와서 상감마마 수라상 보다 더 대단해요. 어서 오세요."

점순의 너스레에 명주는 살풋 미소 지었다. 그녀는 천천히 일어나 상에 앉았다. 그때 말주가 대문을 박차고 들어왔다.

"형님아, 내가 왔다. 말주가 왔다!"

"아니, 이서방댁이 어쩐 일로. 내가 온 줄 어찌 알고 이리 오셨어 요? 어서 들어오세요."

"내가 얼마나 형님이 보고 싶었는지 알기나 해? 어차피 아버지는 볼 수 없는 사람이라고 단념해버렸지만 형님은 같은 하늘 아래 살면 서도 못 본다고 생각하니까 더 못 참겠는 거야."

말주는 명주를 끌어안고 엉엉 소리 내어 울었다.

"저번 아버지 장례 때 봤잖아요. 그게 얼마나 됐다고 이리 응석이 에요."

명주는 말주를 안고 등을 다독여주었다. 말주는 여전히 입을 비죽 거리며 어리광이 잔뜩 묻어나는 코맹맹이 소리를 냈다.

"그때는 경황이 없어서 말도 몇 마디 못했잖아요."

"아무튼 어서 저녁이나 먹어요. 오늘 장날이라 저녁상이 푸짐하대요. 안 그래도 내일쯤 전갈을 보내려고 했는데, 어떻게 알았어요?"

"산청 장에 소문이 파다하게 났으니 내 귀에까지 들려왔죠."

"시어른들은 잘 계시죠? 이서방님도 잘 지내시고?"

"모르겠어요. 그 사람이 잘 있는 건지 못 있는 건지⋯⋯."

"왜요? 그게 무슨 소리예요. 직장은 구했나요?"

"그렇기나 하면 무슨 걱정이겠어요. 수상쩍은 사람들과 우르르 몰려다니며 쑥덕거리는 게 도무지 마음에 안 들어요."

"어떤 부류의 사람들인데요?"

"재산의 공유를 실현시킨다나, 계급 없는 평등 사회를 이룩시킨다나, 뭐라나, 하더라고요."

"그게 다 무슨 소리예요?"

"나도 모르겠어요. 앞으로 유토피아를 건설하는 데 자신의 한목숨 바치겠대요. 그 말을 할 때, 그의 눈을 보면 광기가 번득여서 소름이 끼쳐요."

"공산주의 사상을 받아들인 거 아닐까요?"

"공산주의가 뭔데요?"

"이북의 김일성이 주창하는 국가 이야기일 거예요. 재산의 공유를 실현시켜 계급 없는 평등사회를 이룩한다는 그 사상에 동조하는 것이겠죠."

"다 같이 나누어 먹자는 소리는 없는 사람들이 해야 하는 거 아닌가? 왜 배 터지게 먹고 놀아도 될 삼천석꾼의 막내아들이 그런 소릴 하는 거예요? 알다가도 모를 일이에요."

"있고 없고가 문제가 아니라 심오한 뜻이 있겠지요."

"나는 도대체 무슨 소린지 한마디도 못 알아듣겠다. 형님은 그 유식한 말을 어디서 다 배운 거예요?"

"어디서 배우긴요. 신문에서 읽었을 뿐이지요."

"신문을 무슨 재미로 읽어요? 그 시간에 재미있는 소설책이나 읽지."

"세상 돌아가는 모양도 좀 알아야죠. 하기야 이서방댁같이 팔자 좋은 사람은 몰라도 괜찮겠어요."

명주가 웃자 말주도 따라 웃었다. 두 여자는 안방에 나란히 누워 밤이 깊어가는 줄도 모르고 이야기를 주고받았다.

14

마당이 유난히 소란스러웠다. 평소 점순이네 아이들이 떠들고 노는 소리와는 뭔가 달랐다. 남자의 낮고 굵은 목소리가 섞여 들렸다. 명주는 우체부가 왔을 것이라 짐작하며 보던 책에 다시 집중했다. 그때 점순이 큰소리로 외쳤다.

"아씨, 나와 보세요. 경이, 아니 박서방이 돌아왔어요."

점순의 호들갑에 방문을 열고 나온 명주는 깜짝 놀라 그 자리에 서버렸다. 경이라면 20년 전 이 집에 있던 머슴이었다. 경성에도 가끔 올라왔던 기억이 났다. 머슴이긴 하지만 용모가 수려했던 것도 떠올랐다. 남편이 죽던 날, 변소를 가다가 마주쳐 깜짝 놀라기도 했던 경이 저 사람이란 말인가. 잘생겼던 청년은 어디로 가고 망가질 대로 망가진 한 남자가 서 있었다.

"아씨……."

경은 더 이상 말을 잇지 못하고 그 자리에 엎드려 어깨를 들먹거렸다.

"그만 일어나 마루로 올라오세요."

명주의 말에 경은 마루로 올라왔다. 경은 호되게 혼이 나는 어린 아이처럼 벌벌 떨고 있었다.

"아씨, 절 받으세요. 그간 별고 없으셨죠?"

"절은 무슨, 그냥 앉으세요."

명주가 만류해도 그는 기어이 절을 했다. 경은 몸을 일으키고 앉아 그윽한 눈길로 그녀를 바라보았다. 명주는 그 시선이 너무나 당혹스러웠다. 경이 자리를 뜬 후 그녀는 다급하게 점순을 불렀다.

"동주네야."

"아씨 부르셨어요?"

점순이 얼른 명주 앞으로 왔다.

"동주네야. 오늘 저녁은 경이, 아니 박서방네 식구들 다 건너와서

산청 155

같이 먹자고 이르고 준비해라."

명주의 말에 점순은 깔깔대며 웃었다.

"아씨, 경이는 장가도 안 갔는데 식구가 어디 있어요. 딱히 부를 말이 없어서 저도 자꾸만 박서방이라 부르는 거예요."

"경이는 왜 저리 거지꼴이 되어서 돌아온 것이냐?"

"아씨, 동주애비하고 같이 징용에 끌려갔었잖아요. 아씨는 모르셨어요? 그런데 경이만 돌아오고 왜 동주애비는 여태 소식이 없을까요. 영 못 돌아오는 건 아니겠죠?"

"천천히 돌아오겠지. 마음 느긋하게 먹고 기다려보자. 그런데 경이는 어디서 살아야 하나?"

"이전에는 행랑채에서 우리와 같이 살았어요. 저희 부부가 애들이 늘어나서 비좁다고 개천 건너로 가라고 해도 말을 안 듣고 여기서 지냈어요. 원래 자기가 먼저 살고 있었다고요. 자기가 주인이래요."

말을 마친 점순은 석이의 생사가 걱정되는지 잠잠했다. 명주도 더는 아무 말도 하지 않고 점순의 침묵에 동참했다.

명주는 경성으로 올라간 후 경에 대해서는 까맣게 잊고 살았다. 그가 결혼을 한다는 말도, 하지 않았다는 말도 듣지 못했다. 오래전 시어머니의 초상 때 잠시 지나치며 보았던 기억만 있었다. 그때도 그의 집요한 시선 때문에 멈칫했던 기억은 났다.

몇 년에 한 번 경성에 올라오기는 했지만 그다지 관심을 가지지 않아 흐릿하게만 떠올랐다. 시아버지의 초상 때는 그를 보지 못했던 것 같았다. 그도 그럴 것이 경은 징용에 가고 없었으니까. 경은 왜 중년이 다 되어가도록 홀로 지내는 것일까. 계속해서 그의 여러 모습이 머릿속을 떠나지 않았다. 명주는 그만 머리를 흔들어버리고 말았다.

경은 방망이질하는 가슴을 어쩔 수 없었다. 얼마나 오랜만에 만난 아씨이던가. 얼마나 이 순간을 기다려왔던가. 그녀가 모르는 사이에 먼발치에서 바라보았을 뿐 이렇게 가까이 다가간 것은 참으로 오랜만이었다. 하지만 그녀는 조금도 반가운 기색이 없었다. 오히려 당황하는 기색이 역력했다. 당연히 그럴 것이라 생각은 했었지만 막상 겪어보니 마음이 그렇지가 않았다. 그는 차분히 마음을 다스리려 노력했지만 차오르는 서러움을 막을 수는 없었다. 자신의 마음을 몰라주는 아씨에게 섭섭하기도 했고, 아씨에게 섭섭함을 느끼는 자신이 경멸스럽기도 했다. 그는 길가의 고목에 머리를 박고 한참을 울었다.

경이 며칠째 보이지 않았다. 명주는 더 이상 그에게 관심을 갖지 않았다. 점순이 점심상을 들이며 말했다.
"아씨, 경이 어디가 아픈지 며칠째 꼼짝을 않고 있는데 의원에게 보여봐야 할까요?"
"어디가 아프다고 하더냐?"

"그런 것은 아니고 꼼짝을 하지 않네요. 밥도 먹지 않고 누워만 있어요. 걱정이 되어 문을 열고 들여다보아도 괜찮으니 문 닫으라고만 하는데 몰골이 말이 아니에요. 어쩌죠?"

"노독이 풀리느라 그런 것일 터이니 먹을 것이나 잘 챙겨 들여 보내주고, 한 이틀 더 기다려보자꾸나."

"예, 아씨. 저녁 찬은 무엇으로 할까요? 아씨 뭐가 드시고 싶으세요?"

"가만, 경이 좋아하는 것이 무엇이냐? 경이 입맛 당겨하는 것으로 마련해보렴."

점순이 나간 뒤 명주는 학병을 갔다가 병이 들어 돌아온 병열을 떠올렸다. 경도 골병이 들었을지 모르는 일이니 의원을 불러 보여야 할 것 같았다. 그녀는 다시 읽던 책을 뒤적였다.

아침이 밝아오자 대숲에서 참새 떼가 요란하게 재잘댔다. 그런데 이 시간에 낯선 마당 비질 소리가 들렸다. 점순은 아침에는 식사를 준비하고 아이들을 등교시키느라 마당 비질을 하지 않는다. 명주는 안방 문을 열어보았다. 비질을 하는 사람은 점순이 아니라 경이었다.

"아프다더니 괜찮은가요? 내일쯤 의원을 모시려고 했는데."

"괜찮습니다. 우리 같은 사람이 아프면 어쩝니까? 몸뚱이 하나로 먹고살아야 하는 인생인데요."

명주는 조금 무안해져 다시 방으로 들어와버렸다. 왜 저 사람을 대할 때면 불편한 느낌이 들까. 부리는 아랫사람 중의 한 명일 뿐인데. 명주는 욕실에도 가지 못하고 방에 앉아 있었다. 잠시 뒤 점순이 아침상을 들고 들어왔다.

"아씨, 소세는 하신 거예요? 나오시는 기척이 안 난 것 같은데."

"그럼, 했지. 일일이 너한테 보고해야 하니?"

점순은 무안해져 얼른 방에서 나갔다. 명주는 공연히 거짓말을 해버리고 얼굴을 붉혔다.

여느 때처럼 사촌 시동생 회가 찾아왔다.

"경이를 좀 들어오라고 해도 될까요? 여러 가지 물어볼 것도 있고 해서."

"그렇게 하세요."

회는 경을 데리고 들어왔다. 회는 경이 앉기를 기다렸다가 말을 꺼냈다.

"그래 이제 몸은 괜찮은 거냐?"

"네."

회의 물음에 경이 짧게 대답했다. 회를 바라보는 경의 시선은 불손하다고 말할 수 있을 정도로 사나웠다. 경과 회는 나이가 비슷한 또래였다. 그래서 어린 시절에는 함께 뛰놀며 친구로 지냈다. 하지만 지금 경에게 회는 친구이자 상전이었다. 직속 상전은 아니었지만 주인이 타지로 떠난 자리에서 그들의 전답을 관리해주는 간접 상전이었다. 경으로서는 이래라저래라 간섭하는 회가 여러모로 달갑지 않았다.

경은 부모를 잃고 뜨내기로 동네에 흘러 들어온 아이였다. 그런 그를 민겸호가 거두어 길러 머슴이 된 것이었다. 두 사람 사이가 매끄럽지 못하다는 것을 알아챈 명주는 입장이 난감해져 침묵을 지켰다. 한동안 침묵 속에 있다가 결국 회가 먼저 입을 열었다.

"석이랑 같은 곳으로 갔었느냐?"

"아닙니다. 군청까지만 같이 갔고 그곳에서 헤어졌습니다."

"그럼 너는 어디 있었느냐?"

"모릅니다. 그곳이 어딘지 아무도 말해주지 않았어요. 그리고 제가 일본 글을 압니까? 한문을 읽을 줄 압니까? 기차 타고 배 타고 몇 날 며칠을 가서 바로 갱 안으로 들어가 석탄 캐고 쇳덩이 파냈지요. 온종일 일하고 캄캄한 새벽에 숙소로 돌아가 막사에서 잠들만 하면 또 아침이랍디다. 식사라고는 주먹밥 한 덩이, 그것도 많이만 주었으면 얼마나 좋았겠습니까? 어린애 주먹만 한 것을 주고, 갱 안에서 먹는 점심이 어느 때는 한 개밖에 나오지 않아서 이게 점심이구나 하면서 저녁밥을 기다리면 그날은 그것으로 끝이랍니다. 한 끼는 걸러뛴 거죠. 서방님, 배고파보신 적 있으세요? 허기가 지면 흙이라도 퍼먹고 싶어져요. 그럴 때면 그리운 얼굴을 떠올리며 참곤 했지요."

"네가 그리워할 얼굴이나 있느냐."

끔찍했던 기억을 그리던 경의 큰 눈이 명주를 일별했다가, 적의를 가득 품은 시선이 되어 회를 노려보았다. 회는 섬뜩하여 얼른 다른 말을 꺼냈다.

"너 거처를 개천 건너로 옮겨야 하지 않겠느냐? 점순네 살기가 옹색한 것 같던데."

"아닙니다. 점순네를 옮기라고 하세요. 행랑채는 제가 주인인데요. 제가 행랑채에서 아씨를 모시겠습니다."

"아니 네가 아씨 식사 수발을 어찌한다고."

"점순이 드난살이를 하면서 안살림만 해주면 이 일은 제가 다 알아서 하겠습니다."

"너 장가는 안 갈 것이냐? 이제 사십이 가까운 나이인데."

"저는 장가 안 갑니다. 제 걱정은 하지 마세요."

회는 더 이상 아무 말도 하지 않고 경을 내보냈다.

"형수님, 그럼 경성 다녀와서 뵙겠습니다."

회가 나가자 명주는 알 수 없이 마음이 흔들려 책 읽는 것도, 바느질거리도 손에 잡히지 않았다. 그녀는 멍하게 앉아 있다가 이 층으로 올라갔다.

이 층의 전면은 외짝 창호로 되어 있고 대나무가 창호를 지지해주고 있었다. 허리 높이로 나 있는 창문은 밖으로 열 수 있었다. 창호를 슬며시 밀어 열어보니 창문 밖은 불붙는 듯 붉은 단풍으로 현란했다. 한동안 앞산의 단풍에 취해 있던 명주의 시선은 한쪽 벽면으로 옮겨갔다. 대원군이 직접 그려 참의어른께 하사했다는 난초 그림

액자였다. 한 번의 붓놀림으로 매력적인 선을 이루며 뻗어 나간 난의 잎사귀. 명주는 그 가늘게 휘어진 선에 혼을 빼앗겨 넋을 놓고 바라보았다. 끊어질 듯 끊어질 듯, 붓놀림은 마지막 순간까지 파르르 떨며 이어졌다.

그 아래쪽에는 대원군의 글씨가 걸려 있었다. 대원군은 그림 솜씨만 좋은 게 아니라 달필이기도 했다. 자신만만하게 휘갈긴 글씨는 살아 있는 듯 꿈틀댔다. 참의어른을 자기 아들이라고 생각했던 대원군이 보낸 편지였다. 서두에 '산청兒'로 시작된 편지는 두루마리 두 뼘이 족히 넘었다. 산청 '兒'의 의미는 산청의 내 아이라는 뜻이라고 들었다. 그만큼 두 사람은 각별했다고 한다.

그 그림과 글이 왜 조카인 민겸호에게 주어졌는지를 알고 있는 명주는 눈물이 핑 돌았다. 더 이상은 그림을 바라보기가 힘들어 창문 밑 서가에 가지런히 진열된 책들로 시선을 옮겼다. 명주도 천자문을 떼고 명심보감까지 읽었지만 무슨 책들인지 거의 알아볼 수 없었다. 대부분 일본어로 된 책들 사이에 소설책도 더러 있었다. 민겸호는 여름에 산청에 내려와 두어 달씩 머물다가 가을걷이가 끝나면 경성으로 돌아오곤 했는데 그때 보았던 책들인 것 같았다. 명주는 코끝이 찡했다. 아버님이 보고 싶었다.

서가 밑은 빙 둘러 조각된 문짝이 달려 있고 그 문 안에는 활이며 칼 같은 사냥 도구들이 들어 있었다. 그 옆쪽 문을 여니 고려청자 주병과 이조백자 항아리, 또 자잘한 도자기 소품들이 들어 있었다. 다른 쪽에는 놋 제기가 곧 제사를 드리는 것같이 층층으로 진열되어 있고, 그 옆에는 산제를 드릴 때 쓰는 나무 제기들도 함께 진열되어 있었다. 마지막 면에는 화구며 벼루 등 문방구들과 함께, 손님 접대용 접시와 찻잔 등등이 아름다운 빛깔을 내고 있었다.

시어머니는 이렇게 알뜰하게 살림을 꾸려놓고는 왜 그리 일찍 세상을 뜨고 말았을까. 아들을 잃은 상심이 그리도 컸을까. 명주는 마음이 아파 더는 머물지 못하고 층계를 내려왔다. 이 집에는 시부모님의 물건들이 아직도 많았다. 명주는 자꾸 떠오르는 떠난 사람들과의 추억에 지쳐 넓은 방 한 귀퉁이에 오그리고 누워 눈을 감았다.

15

명주는 남편의 제사 준비로 분주해졌다. 경성에서는 필요할 때마다 시장에 갈 수 있었지만 농촌에서는 오 일에 한 번씩만 장이 서니 보름 동안 잘해야 두세 번밖에 장에 갈 수 없었다.

제일 먼저 탕을 끓일 북어, 문어, 홍합을 사야 하고, 거기 들어갈 무와 쇠고기는 맨 마지막 장에서 사야 될 것이다. 곶감과 대추는 햇것이 아직 나오지 않았으니 작년 것을 쓰고, 엿은 며칠 있다가 고고, 두부와 묵은 이틀 전에 쑤면 될 것이다. 야채와 생선과 쇠고기는 바로 전날 사야 하니 장날을 잘 맞춰야 할 것이다. 맞지 않으면 함양

장이나 거창 장에 가야 한다. 명주는 차근차근 계획을 세워보았다.

"동주네야, 이제 서방님 제사가 보름밖에 남지 않았구나. 내가 대충 계획을 세워보았는데 한번 보렴. 산청 장이 2일이라고 했느냐?"

"네, 2일이요. 아이고, 큰일 날 뻔했네요. 내일이 장날이에요. 아씨, 다 적어주세요."

"나랑 같이 갈까?"

"네! 같이 가요. 아이고, 좋네."

명주는 오랜만에 바깥나들이를 할 생각에 잠도 잘 수 없을 정도로 들떴다. 경성에서는 행랑아범이 장에 다녔고, 방문해야 할 일가친척도 없는 터여서 나들이를 갈 일이 좀처럼 없었다. 직각댁 마님이 경성에 왔을 때 같이 화신백화점에 가서 화장품이나 옷가지를 골라본 것 외에는 외출을 해본 기억이 거의 없는 명주로서는 장에 가는 것조차도 마음이 설레는 일이었다. 얼마 뒤 경성에 갔던 회가 돌아왔다.

"형수님, 저 다녀왔습니다. 제사에 경성 형님 내외분이랑 영택이 내외가 내려온대요. 그리고 그날에 맞춰서 효부비 제막식도 함께 할 수 있도록 군청에 청을 넣어보라고 하시네요. 그날 군청 직원들이랑 친척들 다 불러서 선산에서 점심을 먹자고 말씀하셨어요. 아, 참. 효부비는 선산에 작은아버님 산소 올라가는 길목에, 그러니까 산소 초입에 세우자고 하십니다."

회의 주도하에 제사와 제막식 준비는 착실하게 진행되었다. 바깥

일은 회가 맡고 집안일은 회의 아내가 맡아 순조롭게 일이 풀렸다.

제사 전날 밤차로 내려온 두 형제는 아침에 산청에 도착했다. 윤식엄마는 몇 년은 못 보고 지낸 사람처럼 명주를 끌어안고 눈물을 흘렸고, 용식엄마는 멀뚱멀뚱 바라보고 서 있기만 했다.

"형수님께 인사는 드리고 울든지 웃든지 하자고."

영택이 너스레를 떨며 명주에게 넙죽 절을 했다. 다른 사람들도 서둘러 맞절을 했다. 영택이 싱글싱글 웃으며 말했다.

"오늘은 우리 형수님이 해주는 밥 먹을 수 있어 좋네요."

제삿날은 성대했다. 머슴들이 지게에 음식을 지고 앞장서고, 그 뒤로 집성촌인 마을의 친척들이 모두 따라나섰다. 줄의 끝이 보이지 않을 정도로 많은 사람이 모였다. 산으로 오르는 길목에는 소나무와 밤나무들이 울창했다. 사람들의 발소리에 놀란 다람쥐들이 숨을 곳을 찾아 달아났다. 일행들은 먼저 민겸호의 무덤으로 갔다.

민겸호의 무덤 앞 상석 위에 주과포를 차려놓고, 평소에 그가 즐겨 마시던 국화주 한잔을 올리고 모두 절을 했다. 가을 하늘은 맑고 바람은 소슬했다. 영택은 아버지 묘 앞에 엎드려 오열했다.

"아버지! 이 불효자를 용서도 않으시고 가버리시면 저는 어쩌라고……. 아버지, 아버지!"

영택의 통곡에 하나둘씩 울음을 터트렸다.

아버지의 발치에 잠들어 있는 남편 영휘의 무덤 앞, 상석 위에 술

잔을 놓고 절을 한 뒤 명주는 망연히 앉아 있었다. 혼이 다 빠져나간 듯한 명주의 모습은 처연해서 모두의 눈시울을 적시게 했다. 그녀는 금방이라도 땅 밑으로 꺼져버릴 것처럼 너무나 연약해 보였다.

얼마 뒤 군청 직원들이 도착했다. 그들이 어제 미리 안착시켜 놓은 효부비는 민겸호와 영휘의 묘가 올려다보이는 자리에 흰 보가 씌워진 채 서 있었다. 높이가 1.5m, 너비가 60㎝인 오석 돌비석이었다. 제막식이 시작되었고, 비석의 흰 보가 스르르 벗겨졌다. 비석은 이십여 년을 시아버지만 바라보고 살아온 명주의 외로움을 대신 말해주는 듯 깊은 청색이었다.

제막식은 인사말에 이어 효부 표창장 수여식으로 이어졌다. 상을 받기 위해 앞으로 조용히 나아가는 하얀 소복의 명주는 이 땅에 발을 딛고 선 사람 같지가 않았다. 저 높은 가을 하늘의 한 조각 뜬구름 같았다. 소리 없이 다소곳이 선 명주를 바라보던 군수는 말문이 막혀 한동안 아무 말도 하지 못했다.

"여러분, 우리 군에서 민씨 가문은 명문 중의 명문입니다. 대대로 조정에 충성을 다한 조상들에 이어 여기 잠들어 계신 민겸호 선생 또한 여러분도 이미 다 아시는 바와 같이 정주 군수를 역임하셨고, 그 후 평안도 도지사로 발탁되셨습니다. 그러나 일제의 하수인 노릇은 하지 않겠다고 평안도로 가지도 않고 사임해버리신 분이십니다. 민겸호 선생의 며느님이신, 오늘 표창을 받으시는 정명주 씨로 말할 것 같으면, 열네 살에 민씨 댁으로 출가해서 사십구일 만에 남편을 여의시고 반평생을 홀로 지내신 분이십니다. 홀로되신 홀시아버지를 극진히 모시고, 시어머니 안 계시는 큰살림을 홀로 해나가신 효부이십니다. 이제 우리 군이 배출한 효부에게 상을 내립니다. 후손들에게 큰 본이 되신 우리 고을의 효부를 표창하고자 하니 여러분들도 축하해주시기를 바랍니다."

군수의 인사말에 이어 축사가 있었고, 가족 대표로 영익이 감사의 인사를 했다.

"우리 가문에 이렇게 큰 상을 주시니 무어라 감사의 말씀을 드려야 할지 모르겠습니다. 저희 가족 모두 머리 숙여 감사를 드립니다. 오늘 점심은 산에 오신 김에 산 밥 한 번 드셔 보시도록 하십시오. 그리고 오늘은 마침 우리 형님, 정명주 씨의 남편 민영휘 씨의 이십주년 기일입니다. 군청에서 오신 분들 바쁘신 줄 알지만 이곳에서 식이 끝난 후 집으로 모시고 싶습니다. 저녁 일곱 시부터 시작이니 시간을 좀 내주시길 부탁드립니다. 감사합니다."

군청에서 주는 금일봉과 금서면에서 주는 상품과 꽃다발 증정식을 끝으로 식을 마쳤다.

정성 들인 여러 가지 음식과 솥을 걸어놓고 펄펄 끓인 따듯한 국까지 갖춘 오찬은 산에서의 식사치고는 아주 훌륭했다.

산에 올라갔던 사람들이 모두 집으로 찾아왔다. 처음 정주댁을 방문한 사람들은 농촌에서는 보기 힘든 집의 구조에 놀라 집 구경을 하느라 분주했다. 집 구경을 끝낸 이들은 섬돌에 올라서자마자 엄청나게 큰 대청에 또 한 번 놀랐다. 안방과 건넛방 사이의 대청은 한눈에 다 보기가 어려울 만큼 넓었다. 대청의 구조가 안방 앞에서부터 건넌방에 이르기까지 툇마루가 이어져 있어 더욱 넓어 보였다. 그 대청에 교자상이 펼쳐지고, 머슴과 소작인의 아낙들과 친척의 안사람들까지 모두 출동해 며칠 전부터 준비한 음식을 차렸다.

가을 해가 어둑해서야 산에서 내려온 손님들은 밤이 늦도록 술상 앞에 앉아 회고담에 밤이 깊어가는 줄 몰랐다. 그들 중에는 영휘의 친구들도 있었고, 영익의 친구들도 있었다.

"영휘는 아까운 사람이 너무 일찍 갔어. 지금 살아 있다면 산청의 자랑이었을 텐데."

읍내에서 병원을 하는 한 남자의 말에 모두가 숙연해졌다. 잠시의 침묵을 깨고 영익의 친구 한 명이 말을 꺼냈다.

"너희는 어떠냐? 경성도 난리판이라는 소리를 듣기는 했는데. 이곳은 완전히 난장판이야."

"경성도 똑같지 뭐."

"그렇겠구나."

"그런데 환장할 노릇은 일제 때 열성분자였던 사람들이 또 새 조국에서는 열렬한 애국자로 둔갑해 있다는 사실이야."

"앞으로 이 나라가 어디로 갈지."

"그래, 참 앞날이 걱정이다. 넌 언제 올라갈 거냐? 술 한잔 더 해야지."

"나도 그러고 싶지만 오늘 밤 영휘 형님 제사 지내고 새벽에 바로 올라가야 해. 요즈음 때가 때인지라 오래 자리를 비울 수 없어서."

영휘의 친구들 몇 명은 밤중의 제사까지 모두 참석했다. 서울 식구들은 새벽에 경성으로 떠났다.

모두가 떠나고 난 뒤 명주는 다시 홀로 남았다. 명주는 이제 곧 돌아올 겨울방학을 생각하며 희식이 오면 덮을 이불을 새로 손질하고 아이가 먹을 간식거리들을 챙겼다. 겨울방학이 다가오는 날짜도 헤아려보았다. 금방 자라는 아이들이니 희식은 그동안 얼마나 더 컸을까? 치수를 가늠해보려고 뜨고 있던 스웨터를 눈높이쯤에 들어 올리고 짐작해봤다. 그 너머에 희식의 해맑은 얼굴이 웃고 있는 것 같았다. 명주는 그리움에 가슴이 아려왔다.

며칠 동안 소식이 없던 회의 목소리가 문밖에서 들렸다.

"형수님, 들어갑니다."

기척을 하고 들어오는 회는 장부 같은 것을 잔뜩 들고 있었다.

"앉으세요. 그런데 그게 다 뭐예요?"

회는 장부를 명주 앞으로 내밀며 말했다.

"형수님, 며칠 못 들렀어요. 별고 없으셨죠. 그동안 추곡수매에 장부 정리에 눈코 뜰 사이가 없었습니다."

"고생하셨네요. 벌써 추수가 끝났나요?"

"예, 홍시만 갈무리하면 다 끝납니다."

명주는 남편이 죽던 그날 변소 창문으로 바라보던 홍시를 떠올렸다. 열네 살이던 자신이 벌써 중년의 나이가 된 것이 믿어지지 않았다. 명주와 또래인 회는 산청에 왔을 때마다 영휘의 사촌이라며 각별했는데 이제는 자신의 팔다리같이 모든 일을 돌봐주고 있다.

"저, 올해 추곡 수매한 내용입니다. 작년까지는 작은아버님이 내려오셔서 직접 하셨는데, 이제는 제가 한 일들을 형수님께 보고드리려구요."

명주는 조금 어리둥절했지만 보고할 일이 많을 것이라 생각했다.

"서방님, 그런 건 경성 형님이 하시는 게 나을 것 같아요. 저는 아무것도 모를뿐더러 또 이 집의 가장은 형님이잖아요."

"그렇기는 하지만 형수님도 아셔야 하지 않을까 해서요."

"아니에요. 저는 그런 거 몰라도 돼요."

"그럼, 형수님 일 년 잡수시고 쓰실 것만 곡간에 쟁여놓겠습니다. 그리고 조만간 경성에 다녀오겠습니다."

회는 분주하게 머슴들을 지휘해 곳간에 쌀을 차곡차곡 쌓고, 찹쌀이며 잡곡들도 꺼내 먹기 편하게 분류하여 쟁여놓았다. 과수원에서 수확한 사과와 배도 그득하게 쌓았다. 이만하면 형수님이 집에 놀러 오는 사람들과 넉넉히 잡수시고도 남으리라 생각하며 곳간 문을 닫고 뒤돌아서다가 회는 마루 끝에 서 있는 유평댁을 보고 놀랐다.

"아니, 유평 아지매 아닙니까? 언제 내려오셨습니까? 그동안 안녕하셨습니까?"

회는 반갑게 인사를 했다. 하지만 유평댁은 어물어물 인사를 대충 하고는 방으로 들어가버렸다.

"유평 아지매, 언제 내려오셨나요. 이제 형수님이 심심찮으셔서 다행이네요."

"네, 그래요."

"그런데 왜 내려오셨나요."

"글쎄요. 유평댁도 농촌 출신이라 서울 생활이 싫증났었나 보죠."

명주는 더 이상 아무 말도 하지 않았다. 한동안 생각에 잠겨 있던 그녀가 회에게 물었다.

"혹시, 희식이 언제 온다는 말 못 들으셨나요. 방학은 벌써 한 것 같은데."

"곧 내려오겠지요."

회는 말을 얼버무리며 급히 자리를 떴다. 명주는 하루하루가 일 년 같이 길어 목이 빠질 것 같았다. 회도 매일 그런 그녀를 바라보는 것이 괴로웠다. 사실 회는 경성에 갔을 때 희식에게 물어보았다.

"희식아, 곧 방학인데 산청에는 언제 내려오느냐?"

그때 희식 옆에 있던 영익이 퉁명스럽게 말했다.

"거길 뭐 하러 가. 방학 동안 밀린 공부나 해야지."

영익이 단칼에 잘라버리자 희식은 아무 말도 하지 못했다. 예상은 하고 있었지만 회로서도 입맛이 씁쓸했다. 희식을 애타게 기다리는 명주를 더 이상 두고 볼 수는 없는 노릇이었다. 하는 수 없이 회가 입을 열었다.

"희식은 보충수업을 해야 하기 때문에 못 온다고 하던데요"

회의 말을 듣고 있던 유평댁이 바르르 떨며 한마디 했다.

"아니, 어린것이 공부를 하면 얼마나 한다고, 학교 공부만 해도 노상 일등만 하는 아이를 방학 동안에나 좀 쉬게 하지, 엄마 떨어져 있는 아이가 안쓰럽지도 않나. 도척이 같은 인간, 천벌을……."

어떤 말에도, 누구의 말에도, 어떤 사람에게도 별로 관심을 보이지 않는 유평댁이지만 오직 영익에 대해서만은 과잉 반응을 보였다. 유평댁은 명주가 경성을 떠난 후 영익의 등쌀에 더는 견디지 못하고 산청으로 내려와 명주와 같이 지내고 있다. 명주가 떠난 후 유평댁에게만 지청구를 하는 것이 아니라 어린 혜자까지 들볶으니 더는 견디지 못하고 산청행을 결심했던 것이다. 자신의 형편까지를 곁들여서 더 분한지 다시 한마디 했다.

"어린것이 얼마나 엄마가 보고 싶을꼬? 우리 혜자는 강릉 양반 무서워서 마루로도 못 나가 놀고 방 안에만 갇혀 있었어요. 마루에 있다가도 강릉 양반 소리만 나면 기겁을 하고 방으로 뛰어 들어오곤 했어요."

유평댁은 분을 참지 못하는지 몸을 부르르 떨었다. 이번에도 명주의 속마음을 읽기라도 한 듯 대변해주는 유평댁을 명주는 물끄러미 바라보았다. 산청의 쓸쓸한 생활이 유평댁과 혜자로 하여 조금은 위로가 되었다.

하지만 산청에서의 생활도 유평댁에게는 수월한 것이 아니었다. 영익의 멸시 못지않은 구박을 점순이로부터 받는 것도 녹록하지 않았던 것이다. 혜자까지 점순의 일거리인데 게으른 유평댁이 두 손 꼼짝을 하지 않으니 점순은 눈만 뜨면 유평댁과 싸웠다. 빨랫거리를 챙겨 개울에 나가면서 꼭 한마디를 잊지 않았다.

"할매, 할매 빨래는 할매가 좀 해요. 우리 빨래만도 한 다라인데, 이지도 못하겠구만!"

그러나 유평댁은 들은 척도 하지 않았다. 담뱃대만 물고 앉아 눈을 게슴츠레하게 뜨고 그 영혼은 어느 곳을 떠도는지 만족스러운 표정이었다.

희식이 방학에도 못 온다는 말에 명주의 실망은 이만저만이 아니었다. 한동안 완전히 삶의 의욕을 잃고 무기력한 생활을 했다. 희식은 방학 때도 내려갈 수 없음을 깨닫고 자주 편지를 써주었다. 명주는 아들 편지를 기다리는 낙으로 하루하루를 버텼다. 결국 겨울방학은 지나갔고 명주는 다음 해 여름방학을 기다렸다. 하지만 그 여름에도, 또다시 돌아온 겨울방학에도 희식은 오지 않았다. 결국 명주는 몇 년 동안 아들을 보지 못했다. 그래도 그 시간을 견뎌낼 수 있었던 것은 친척들과 마을 사람들의 따뜻한 배려 덕분이었다.

16

회가 얼굴이 새파랗게 질려서 명주를 찾았다.

"형수님, 큰일 났습니다! 큰일이 났어요!"

회가 너무 다급하게 말하는 바람에 명주도 깜짝 놀라 물었다.

"서방님, 왜 그러세요? 무슨 일이세요?"

"이제 남쪽도 토지개혁을 한답니다. 지주들의 토지를 빼앗아 가난한 사람들에게 나누어 준답니다. 이게 말이나 됩니까?

"나라에서 그런 공문이 나왔나요?"

"아직 공문이 나온 것은 아닙니다."

"그럼 어디서 들으셨나요?"

"군청에 다니는 친구한테서 들었습니다."

"그럼 정확한 것은 아니네요. 그렇게 하지는 않을 거예요. 민주주의 국가에서……."

"그래도 뭔가 수상쩍기는 해요."

회는 수심이 가득한 얼굴로 한동안 말없이 앉아 있다가 돌아갔다.

회는 중학교를 졸업한 뒤 대학 가는 것을 포기했다. 이후 고향에 머물면서 대대로 내려오는 논밭을 지키며 열심히 농사일을 했다. 그는 토지를 다 빼앗긴다면 아무것도 할 수 없는, 땅 없는 농사꾼이었다.

명주는 해방 후 팔판동 집으로 몰려 왔던 사람들이 하던 말을 기억해냈다. 아저씨라는 사람이 말했다.

"북쪽은 토지개혁을 했다는구만. 지주들의 땅을 무상몰수해서 가난한 소작인들에게 무상분배했다는데."

빨래한 그들의 옷을 가져다주려고 대문으로 들어서던 명주는 그 자리에 멈추어 서고 말았다. 아저씨 맞은편에 비스듬히 누운 사람이 말을 이었다.

"무상몰수는 맞는데 무상분배는 아니라던데. 주인이 지주에서 나라로 바뀌었을 뿐이라는 거야."

"자네들은 그런 말을 어디에서 다 들었나."

"배오개시장에 나가봐요. 온통 피난민 천지야. 친일파라는 사람들은 농지뿐이 아니고 과수원이며 집이며 자동차며 다 빼앗기고 홀랑 빈 몸으로 쫓겨났다는데요."

"토지개혁으로 몰수한 땅은?"

"농지에 한해서만 개인 소유가 아니라 국가 소유가 되는 거죠. 친일파 재산 몰수는 해방되고 즉시 이루어졌고. 토지개혁도 그 뒤 곧 시행했다고 들었어요."

"남쪽은 토지개혁 안 하나?"

명주는 너무 놀란 나머지 옷도 넘겨주지 못한 채 되돌아왔다.

처음 소문이 떠돌 때는 대단한 화젯거리였지만 어느 순간부터는 설마 공산주의식으로 되지는 않을 것이라는 생각에 사람들의 근심 걱정은 흐릿해졌다.

그렇게 시끌시끌하던 소문이 잦아들어 잠잠해졌을 때쯤 말주가 찾아왔다. 명랑하고 거칠 것이 없던 그녀는 풀이 죽어 기운이 없었다.

"아니, 이서방댁. 어디 아파요? 얼굴이 왜 그래요?"

말주는 아무 말도 없이 얼굴을 무릎에 묻고 울기만 했다.

"형님, 이 일을 어떡하면 좋아요! 이서방이 산으로 가버렸어요."

"산으로? 등산을요?"

"등산을 갔으면 오죽이나 좋겠어요. 지리산으로 들어가버렸다니까요. 빨치산이 되었단 말이에요. 빨치산이."

명주는 올 것이 왔구나 싶었다. 귀공자 같은 이서방이 왜 그런 사상을 접하게 되었는지 알다가도 모를 일이었다.

"들어간 지 얼마나 되었어요? 무슨 말을 들은 것은 없나요?"

"한 두어 달 됐어요. 해방된 조국을 친일파를 앞세운 미 제국주의자들에게 또다시 빼앗길 수 없다고, 조국을 지켜 진정한 독립 국가를 만들어야 된다고, 바쁘게 뛰어다녔어요. 처음에는 그런가 보다 하고 지켜보고 있었는데 사흘이 멀다 하고 지서에 불려가서 어떤 때는 하룻밤씩 집에 들어오지 않는 때도 있었어요. 그런 날은 몰골이 흉하게 변해서 돌아왔어요."

명주는 듣긴 들어도 믿을 수 없었다. 망연자실한 채 말주를 쳐다보았다.

"대체 무슨 일이람……."

"얼마나 맞았는지 얼굴은 퍼렇게 멍이 들어 있고 다리는 절뚝거리고."

말주는 다시 울음을 터트렸다. 명주는 무어라 할 말이 없어 말주의 등만 다독였다.

"이서방은 반탁 문제로 끌려갔다 나와서는 골병이 들었는지 달포가까이 운신도 못 하고 누워서 지냈어요. 얼마나 심한 고문을 당했는지 차마 눈 뜨고 볼 수가 없었어요. 아쉬울 거 하나 없는 사람이 대체 왜 그러고 다니나 몰라…….."

"이서방은 어쩌다가 그 길로 들어선 거예요?"

"함양 직각댁 경주언니 큰딸, 이현이 있잖아요. 그 애 신랑, 권서방이 골수 좌익이잖아요. 그 이현이 신랑하고는 이서방이 동경 유학 시절 같은 학교를 다녀서 친척이라기보다 친한 친구 같았다네요. 동경을 오가는 연락선에서 의기투합했나 봐요. 권서방은 이원 총책이고 이서방은 단성 총책이라나요."

직각댁 마님은 일찍 결혼을 했고, 곧 딸을 낳았다. 딸 이현은 말주와 나이 차가 크지 않았다. 그래서 남편도 동년배였다. 그 권서방이 좌익이었다니. 충청도 이원으로 출가한 이현은 이원 삼 천석꾼의 맏며느리였다. 그 권서방은 또 무엇이 아쉬워 공산주의자가 된 것일까.

"그런데 산에는 왜 들어가셨대요?"

"지서에 끌려가서 갖은 고문을 다 당하는 꼴을 시아버지가 보시고는 다시는 그러지 못하게 하겠다고 각서 쓰시고, 쌀 열 가마도 내놓으시고 빼내 오셨어요. 지서장이 '이번에 또 끌려오면 경성으로 보내겠다. 그러면 우리는 아무것도 해줄 수 없다'고 못을 박았답니다. 이서방은 한 달쯤 쉬고 나더니 하루는 짐을 챙겨달라고 하더라고요. 어디를 가느냐고 물으니까 산으로 선을 따라 들어가야 한대요. 선이 무엇이냐고 하니까 당신은 몰라도 되니까 아이들이나 잘 키우라고……."

"부모님은요."

"부모님 모르게 한밤중에 몰래 떠나버렸어요."

"그리고 소식이 없었나요?"

"산으로 간 지 한 달쯤 되었을까? 어느 날 밤중에 동지들이라는 사람들과 몰려와서 곡간 문을 열고 쌀이고 잡곡이고 곡식이란 곡식은 모두 져내고, 간장, 된장, 고추장, 모두 지고 갈 수 있는 만큼 다 가져갔어요."

"행색은 어떠하던가요?"

"말도 마세요. 거지도 그런 거지는 없을 거예요. 머리는 길어서 덥수룩하고 얼굴은 씻지도 못했는지 검댕투성이에 옷은 한 번도 안 빨아 입었는지 누더기 같고……."

말주는 눈물범벅이 된 얼굴을 가리고 다시 흐느꼈다.

"여기는 산사람들 오지 않던가요? 단성은 다른 집들도 더러 털렸는데. 어머님은 아무 말씀도 않으시고 광에 곡식을 가득 채워주셨어요."

"사장어른도 상심이 크시겠네요. 그런데 이원 권서방은 어찌 되었답니까?"

"모르겠어요. 그런 말을 할 틈도 없었어요. 그런데 그 사람들은 왜 그런 짓들을 할까요? 네 것 내 것 없이 나누어 먹어야 된다는 소리는 무산계급이 해야 하는 것 아니에요? 왜 먹고도 남을 사람들이 그런 운동에 동참해서 내 것 다 나누어 먹자고 나서는 것일까요? 그리고 계급투쟁은 또 뭐예요. 위아래도 없이 한 타령이면 질서가 어떻게 되는 거예요? 하는 짓들이 정말 하나 같이 마음에 안 들어."

"이서방댁, 지금 소련같이 유럽에서도 사회주의를 지향하는 국가들이 많아요. 사회주의의 이념이 제대로만 실현된다면 지상낙원이지요."

"그럼 형님은 있는 것 다 털어서 없는 사람들 나누어 주고 형님도 먹을 것이 없어서 남의 일 하면서 벌어먹고 살고 싶단 말이에요?"

"그런 말이 아니잖아요. 가난 구제는 나라도 못 한다고 개인을 털어봐야 몇 사람이나 구제하겠어요. 나도 똑같은 신세만 될 뿐이죠. 그러나 나라가 그런 체제를 만든다면 그것은 가능한 일일 거라는 말이에요."

"형님은 그럼 공산주의자세요?"

"그건 아니에요. 하지만 우리 주변에 없는 사람들이 얼마나 많아요. 남의 집 소작 붙이고 살아봐야 겨우 입에 풀칠이나 하고, 아낙이 드난살이까지 해서 보태도 겨우 밥술이나 먹지 자식들 공부나 제대로 시킬 수 있나요? 그 자식들은 못 배웠으니 할 일이란 것이 또 농사밖에 없는데 땅 한 뙤기 없으니, 가난을 대물림할 수밖에요. 우리도 그들을 바라볼 때, 안되었다는 생각은 들잖아요. 이서방 같은 사람들도 아마 그런 생각들일 거예요. 살기 좋은 나라를 꿈꾸는 이상주의."

"나라가 할 일을 왜 자기가 나서서 난리야."

"개개인의 생각과 힘이 합해져서 나라의 근간이 되는 것이니까 개인이 힘을 다하는 것이지요. 아무도 힘쓰지 않으면 나라는 변하지 않아요."

말주는 한참 말없이 앉아 있다가 일어섰다.

"형님, 이제 가야겠어요. 이서방도 없는데 나까지 집을 비우면 안될 것 같아요."

"그러세요. 너무 걱정 말고 신문이나 잘 읽어보세요."

명주는 점순을 회에게 보내 말주를 데려다줘야 할 것 같다고 일렀다. 산청에는 서서히 땅거미가 내려앉고 있었다.

17

말주가 떠나고 나자 명주는 유난스레 허전한 느낌이 들었다. 오늘 따라 점순도 방으로 찾아와 떠들지 않았다. 회는 말주를 데려다주러 갔으니 십 리 길을 되짚어 오려면 두세 시간은 걸릴 것이었다. 명주는 회가 돌아올 때까지 혼자 있을 동서가 떠올랐다. 그녀는 오랜만에 동서와 수다나 떨 생각으로 집을 나섰다.

정주댁 옆집은 참의어른 댁이고, 그 옆집이 회의 집이다. 이 집들 사이에는 작은 샛문이 있어 외출할 때 굳이 대문을 통할 필요가 없다. 그러나 명주는 참의어른 댁 샛문으로 드나드는 것을 꺼려했다. 참의어른 댁은 거의 빈집이나 다름이 없어 마당에 잡풀이 무성하고 대낮에도 어두컴컴했다. 금방이라도 귀신이 튀어나올 것 같은 음산한 분위기였다.

명주는 샛문 앞까지 가보았다. 하지만 달빛 아래 쥐죽은 듯 고요한 참의어른 댁은 멀리서 보고 있어도 두려웠다. 바람에 일렁이는 잡풀들이 내는 소리에 소름이 돋아 단념하고 뒤로 돌아서는데 무언가가 눈앞에 우뚝 서 있었다.

'누구냐!'

겁에 질린 명주의 목소리는 입안을 빠져나오지 못했다. 괴한은 명주를 끌어안고 입술을 덮친 것이었다. 명주는 점순을 부르려고 했지만 괴한의 입술에 눌려 고함이 나오지 않았다. 있는 힘을 다해 밀쳐보아도 더더욱 조여드는 손아귀에 꼼짝달싹도 할 수 없었다. 정신이 아득해지는 순간 괴한이 말했다.

"아씨, 아씨. 죽을죄를 지었습니다. 이놈을 죽여주세요."

명주는 그가 경임을 알아챘다.

"빨리 놓아요. 안 그러면 소리 지를 거예요."

하지만 경은 명주를 쓰러뜨리고 다시 입을 막아버렸다. 명주는 죽을힘을 다해 저항했지만 그의 힘을 당해내기는 역부족이었다. 어느 순간, 아랫배에 찢는 듯한 통증이 느껴졌다. 경이 흐느끼는 소리가 아주 멀리서 들리는 것 같았다.

"아씨, 아씨, 용서해주세요. 아씨를 평생 가슴에 품고 살았습니다. 이놈을 죽여주세요."

경은 계속해서 흐느껴 울었다. 고통과 수치심에 몸부림치던 명주는 점점 정신이 아득해졌다.

"아씨, 아씨! 이놈! 너 경이 아니냐? 이 죽일 놈! 너 지금 뭐 하는 짓이더냐!"

어느 틈엔지 점순이 달려와 미친 듯이 덤벼들어 경의 등짝을 후려팼다. 경은 눈물을 흘리며 어두컴컴한 곳으로 물러갔다.

경은 무엇인지 형태를 알 수 없는 설움이 목울대를 타고 울컥울컥 올라왔다. 이건 아닌데, 이런 일을 저지르려고 마음먹은 것은 절대 아닌데. 어둑한 곳에 선 명주를 발견한 순간, 그 옛날 변소 앞에서 그녀의 앞에 서 있던 자신이 떠올랐다. 그날 그 순간부터 그녀를 마음속 깊이 간직하고 반평생을 살았다. 그토록 동경하던 그녀가 무방비 상태로 그의 눈앞에 있는데, 순간 그는 제정신이 아니었다. 바라보기도 두려운 아씨를 끌어안아 풀 위에 쓰러뜨렸다. 그리고, 차라리 꿈이었다면 좋았을 그 허망한 순간이 지나갔다.

어찌 아씨에게 그런 짓을 저질렀을까. 경은 두려웠고 서럽기도 했다. 그러나 그 두려움보다 더욱 그를 짓누르는 것은 이제까지 마음속에 고이 간직했던 무언가를 한순간에 잃어버렸다는 허망함이었다. 점순에게 등짝을 두들겨 맞았을 때는 오히려 속이 후련할 지경이었다.

점순에게 이끌려 방으로 돌아온 명주는 눈을 감고 숨죽인 채 누워있다가 말했다.

"점순아. 나 혼자 있고 싶구나."

연신 흐느끼던 점순은 자리를 보아주고 조용히 문을 닫았다.

명주는 죽어버릴 작정을 했다. 그런데 어떻게 죽지? 양잿물을 먹을까? 빙초산을 먹을까? 양잿물이나 빙초산을 먹으면 속이 다 타버린다고 하던데. 그러면 자살한 것이 소문 날 것이다. 그러면 흠이 없는 시댁에 며느리가 자살을 했다고 소문이 날 것이다. 명주는 고개를 흔들었다. 그것은 안 될 일이다. 차라리 굶어 죽는 것이 좋겠다. 며칠이나 굶으면 죽는 것일까. 죽어야 해. 정말 죽어야 해. 그런 생각을 하며 몸을 뒤척이다가 그녀는 깜짝 놀라 곧바로 목욕탕으로 달려갔다. 시린 초겨울이었지만 물 데울 여유도 없이 캄캄한 욕실에서 찬물로 몸을 닦고 또 닦아냈다. 명주는 '죽어야 해. 정말 죽어야 해.'를 되풀이 하며 몸을 닦고 또 닦다가 차가운 바닥에 주저앉았다.

어떻게 눈치를 챘는지 점순이 목욕탕 문을 열어젖혔다.

"아씨, 대체 뭐 하시는 거예요? 이러다 감기 드시면 어쩌시려구요. 빨리 일어나세요."

점순은 명주의 겨드랑이를 껴안아 일으키고 옷을 입혔다. 그런 다음 방까지 데려가 눕히고 이불을 꼭 여며 주었다. 그제야 명주의 두 눈에서 눈물이 흐르기 시작했다. 눈물은 걷잡을 수 없이 흘러내렸다. 점순도 옆에서 흐느꼈다. 한참 따라 울던 점순이 고개를 번쩍 들었다.

"아씨. 경이 그놈이 똥을 싸 뭉갰다고 생각하세요. 지금 깨끗이 씻었으니 이제 됐어요. 지놈 혼자 지랄발광한 거지 아씨하고 무슨 상관이에요. 깨끗이 잊고 털어버리세요. 그리고 아무도 눈치 못 채게 하세요. 공연히 소문나면 가문에도 불명예고 영감마님 얼굴에도 똥 칠하는 거예요. 아셨죠?"

"이제 됐으니 가서 자거라. 점순아, 그래도 네가 있어서……."

명주는 더 이상 말을 잇지 못하고 눈물만 흘렸다. 그날 밤 잠을 이루지 못한 명주는 아침까지 일어나지 않았다. 그리고 아침도 점심도 먹지 않았다. 정말 굶어 죽을 작정이었다. 점순이 점심상을 거두려고 들어왔다가 손도 대지 않은 밥그릇을 내려다보더니 말했다.

"아씨, 굶어 돌아가실 생각이신 거죠. 그럼 저 밥 안 하겠어요. 아씨 안 드시는데 밥은 뭐 하러 해요. 저도 같이 굶겠어요."

정말로 점순은 저녁상을 들여오지 않았다. 얼마 뒤 문밖에서 점순의 아이 넷이 앙앙 울어대는 소리가 들렸다.

"엄마 밥 줘요. 배고파요."

아이들은 울며불며 아우성이었다. 명주는 문을 열고 점순을 불렀다.

"동주네야, 넌 아이들 밥 안 주고 무얼 하는 거냐?"

점순은 대청에 벌렁 누워 있다가 몸을 일으켰다.

"아씨가 밥 달라고 하실 때까지 밥은 안 합니다. 애들도 굶기려구요."

"이 못된 것! 어서 밥해서 아이들 먹여라."

"그럼 아씨도 드실 거지요? 그러면 애들도 안방으로 데려와서 먹일게요."

점순이 밥상을 들여왔다. 따라 들어온 아이들은 윗목에 나란히 서 있었다. 아이들은 엄마를 한 번 바라보았다가 명주를 한 번 바라보았다가 다시 엄마를 바라보기를 반복했다.

나란히 서 있는 아이들을 보는 순간 그제야 명주의 머릿속에 희식이 떠올랐다. 화들짝 놀란 명주는 탄식처럼 되뇌었다. 아! 우리 희식이! 엄마가 없어져버린 것을 알면 우리 희식이 얼마나 놀라고 절망할까. 아! 어쩌면 좋아. 그러나 먼 훗날 귓결에 엄마가 훼절했다고 들으면 그때 내 아들의 실망은 또 얼마나 클 것인가. 역시 죽음밖에는 아무 해결책이 없다고 생각했지만, 우선은 아이들 밥은 먹여야 되겠기에 말했다.

"이리들 와서 밥 먹자."

명주의 말에도 아이들은 제 엄마를 바라볼 뿐 자리에 앉으려고 하지 않았다.

"아씨가 먼저 수저를 드셔야 아이들도 먹지요."

명주가 하는 수 없이 수저를 들었다.

명주는 대숲에서 윙윙거리는 찬바람 소리와 참새들이 짹짹거리는 소리가 모두 거슬려 미간을 찡그렸다. 새벽녘까지 이런저런 고민을 하다가 깜빡 잠들어버린 모양이었다. 그녀는 멈춰버린 생각의 실마리를 찾아 다시 깊은 사념에 빠졌다. 더 이상 이 집에 머무를 수는 없다. 이 집을 떠나야 한다. 떠나고 나면 뭐라고 소문이 날까. 갖은 소문이 다 돌 것이다. 그 뒷감당은 어떻게 하나. 그럼 그냥 산에 밤 주우러 간다고 나갔다가 굴러떨어져 죽어버릴까. 만약 떨어져 죽지 않고 병신만 된다면 또 누군가에게 짐이 될 텐데. 그때 점순이 밥상을 들고 들어왔다. 아이들은 또 따라 들어왔다. 아무래도 굶어 죽을 수는 없을 것 같았다.

명주는 점순이 행랑채에 간 틈을 타 부엌으로 갔다. 빙초산이 놓여 있던 자리에는 아무것도 없었다. 두리번거리다가 양잿물을 놓아두는 자리를 보았다. 양잿물도 없었다. 점순이 부엌으로 들어왔다.

"아씨, 뭐 하시는 거예요? 아씨 찾으시는 건 아무 데도 없으니 찾을 생각 하지 마시고 얼른 나가세요."

쫓겨나다시피 방으로 들어온 명주는 누워 천장만 바라보며 눈물을 흘렸다.

경은 안채가 바라보이는 들창을 열어놓고 안방에서 흘러나오는 불빛을 하염없이 바라보고 있었다. 창호 문으로 비치는 아씨의 그림자를 보면서 지금은 무엇을 하시는 것인지 짐작해보며 행복해하던 엊그제까지의 일들이 모두 아득했다.

수틀을 앞에 놓고 바늘 든 손을 공중으로 비스듬히 쭉 뻗을 때, 그 모습은 춤을 추는 듯 하늘하늘했고, 책상 앞에 앉아 책장을 한 장 한 장 넘기는 모습은 너무나 고결해서 마주 바라보기도 송구스러웠다. 세상에 없는 요조숙녀이신 아씨께서 그 흉한 일을 당하셨으니 지금 얼마나 고통스러우실까. 며칠째 창호 문에는 그림자조차 나타나지 않는다. 이 일을 어찌할 것인가. 양반을, 그것도 수절과부를 훼절시켰으니 필시 멍석말이를 면치 못하리라. 아씨께서는 가문의 명예를 중요히 여기시니 비밀에 부치실지도 모를 일이다. 그렇다고 해도 이제 아씨 얼굴을 어떻게 볼까. 점순이 모든 일을 알고 있으니 그녀를 볼 면목도 없다.

점순은 물린 밥상을 가져가려고 경의 방 앞에 갔다. 상을 내어놓지 않아서 방 안을 들여다보니 밥상에는 손도 대지 않은 채였다. 경은 넋을 놓고 창문만 바라보고 있다.

"아니, 누구를 종년으로 아나. 밥상을 차려주면 내어놓기라도 해야지, 눈꼴시어서 못 보겠네."

점순이 지청구를 해도 경은 창문만 바라보고 서 있다. 점순은 경의 시선을 따라가다 깜짝 놀라 소리쳤다.

"아니, 이 인간이 감히 무얼 보는 것이야! 그래도 정신을 못 차리고! 아씨가 지금 어떤 지경인지 알기나 하고 이따위 짓이야? 아씨는 당장이라도 돌아가시고 싶어하시는데, 네놈이 사람이냐?"

"아씨가 돌아가시려고 한다고?"

"그럼, 그 흉측한 일을 당하시고도 살고 싶으시겠냐? 내가 어떻게든 말려는 놓았으나 이제 절로 들어갈까 생각도 하고 계시는데 네놈은 어쩌자고 아직도 그러고 있는 거냐. 못돼 처먹은 놈 같으니라구."

"절? 어느 절?"

"네놈이 그걸 알아 뭘 하려고!"

경은 점순이 가고 난 뒤 마음을 정했다. 이 집을 떠나는 것이 그래도 마지막 도리인 것 같았다. 그는 간단히 짐을 꾸리고 밤이 되기를 기다렸다. 한밤중이 되어 모든 방의 불이 꺼진 후 앞마당으로 나갔다. 그는 안방 앞에 무릎을 꿇고 앉았다.

'아씨, 이놈을 용서해주십시오. 죽을죄를 지었습니다. 그러나 제가 반평생 동안 아씨만을 사모한 것, 그것만은 알아주시기 바랍니다. 그리고 죽는 날까지 아씨만을 사랑할 것입니다. 아씨, 만수무강하시옵소서.'

경은 큰절을 올리고 대문을 나섰다. 하지만 어디로 가야 할지는 그도 알 수 없었다.

명주는 밤을 꼬박 새우며 생각하고 또 생각한 끝에 아침나절 점순을 불렀다. 명주는 점순을 불러 놓고도 쉽게 말을 잇지 못했다. 말할 기력도 없어 쉽게 입이 열리지 않았다.

"아씨, 말씀하세요. 왜 불러놓고 말씀을 않으세요."

"입안이 타는구나. 우선 물 한 잔 주려무나."

점순은 물을 떠 와서 명주의 업에 대주었다. 명주는 목을 축인 뒤 간신히 입을 열었다.

"오늘부터 누가 오면 내가 없다고 해라. 절에 갔다가 함양까지 들른다고 했으니 언제 올지 모른다고 해. 난 아무도 만나기가 싫구나."

"회 서방님도요?"

"그래. 아무도 들이지 마라. 네 아이들도 오늘부터는 네 집에서 먹이거라. 나는 알아서 먹을 것이니 걱정하지 말고. 오늘이라도 당장 직지사로 가고 싶은데 도저히 일어날 수가 없구나."

"정말 절에 가시게요?"

"일어날 수만 있다면 당장이라도 떠나고 싶은데 지금은 어지럽고 힘이 없어서 도저히 설 수가 없구나."

"그러니까 오늘부터는 아무 생각 마시고 잘 잡수셔야 돼요."

점순은 안방을 나오면서 경이 집을 나간 일을 아씨께 말씀드려야 할지 고민했다. 아직은 어떻게 해야 할지 결정을 내리지 못해 아무 일도 없는 척한 것이었다. 그녀는 명주에게 가기 전 경의 방문을 열어보았다. 왠지 모를 느낌에 열어본 것인데 역시나 경은 보이지 않았다. 방은 깔끔하게 정리되어 있었고 경의 흔적은 조금도 남아 있지 않았다. 드디어 마음을 먹고 어디론가 떠나버린 모양이었다.

후련할 줄 알았던 점순은 예상치 못한 슬픔에 당황스러웠다. 조금 전까지만 해도 맞아 죽어 마땅한 놈이라고 생각했었는데, 그가 떠났다는 것을 알게 되니 지난 며칠 동안 너무 심하게 대했던 게 아닌가 하는 생각마저 들었다. 그녀는 이런 생각이 드는 것 자체가 아씨에게 미안해 어쩔 줄을 몰랐다. 하지만 눈에서는 왈칵왈칵 눈물이 쏟아지고 있었다.

어른들의 강요에 못 이겨 석이와 결혼했지만 점순의 마음 한구석에는 항상 첫사랑인 경이 있었다. 점순은 석과 정주댁 행랑채에 살림을 차렸다. 그곳은 원래 경과 석이 같이 지내던 곳이었다. 경에게 행랑채에 신혼살림을 차릴 것이니 개천 건너로 가라고 했지만 그는 그대로 그곳에서 살았다. 방은 세 칸이었으나 경까지 한집에 지내기는 좁았다. 아이들이 어렸을 때는 그나마 견딜 만했지만, 아이들이 커가니 한방에 다 눕지도 못했다. 그래도 경은 행랑채를 떠나지 않았다. 점순은 경에게 삼시 세끼를 해 먹이는 일이 싫지 않아 그냥 참고 지냈다. 오히려 경이 좋아하는 반찬에 신경을 쓰기도 했다.

석은 아직도 징용에서 돌아오지 않았다. 남자가 없는 집에 경이 있어 의지가 되는 것도 사실이었다. 경을 바라보면 왠지 든든하고 뿌듯하고 믿음직스러웠다. 경이 결혼하지 않은 게 천만다행이라고 생각하기도 했다.

점순은 자문해보았다. 이제 와서 경을 위해 흘리는 눈물의 의미는 무엇이란 말인가. 자신은 아직도 경을 사랑하고 있단 말인가. 행여 돌아봐줄까 기대하고 있었던 것일까. 아니면 한집에서 오래 산 정 때문일까. 점순은 자신의 마음을 알 수가 없었다.

그동안 일어난 모든 일을 돌이켜본다면 경이 결혼을 하지 않은 것도, 이 집을 떠나지 못하고 있는 것도 모두 아씨 때문일 터였다. 자신을 향한 마음은 실오라기만큼도 없는 게 분명했다. 안방으로 향한 들창을 열어놓고 아씨만을 바라보는 경의 뒤에 멍하니 서 있는 자신의 모습이 저절로 그려졌다. 점순은 알 수 없는 모멸감과 배신감에 전신이 부르르 떨렸다.

아씨는 경의 마음을 눈치채고 있었을까. 그런 기색은 없었다. 그렇다면 경을 사모하는 자신의 마음은 알고 있었을까. 점순은 괜히 얼굴이 화끈거리고 머리가 어지러웠다. 그때 회가 샛문으로 들어왔다. 점순은 짐짓 태연하게 입을 열었다.

"서방님 오셨어요? 아씨는 절에 가시고 안 계신데요."

"아니, 형수님이 언제 절에⋯⋯."

"아침 일찍 가셨어요. 함양까지 들렀다 오신다고 오래 걸릴 거라 하시던데요."

회가 떠나고 난 뒤에도 점순은 여전히 생각에 빠졌다. 경은 도대체 어디로 가버린 걸까. 이대로 영영 돌아오지 않는다면⋯⋯. 점순은 또다시 훌쩍거렸다.

18

　부모도 형제도 친척도 없는 경은 갈 곳이 없었다. 벌써 아씨 곁을 떠난 것이 후회스러웠다. 그래도 그 집에 붙어 있었다면 하루에 몇 번은 아씨를 볼 수 있었을 텐데. 그때마다 느끼는 충만함만으로도 죽을 때까지 그런대로 행복했을 것인데. 대체 왜 그런 짓을 저질러 이런 꼴을 자초하고 말았을까. 눈물이 두 볼을 타고 흘러내렸다. 캄캄한 밤길은 눈물에 가려져 더욱 어두웠다.

　아씨가 보고 싶어 견딜 수가 없으면 무작정 경성으로 올라가곤 했다. 영감마님은 어이가 없는 표정이었다.

　"경이 네가 무슨 일로 올라왔느냐?"

　그는 눈물이 글썽한 눈으로 민겸호를 바라보며 말했다.

　"영감마님. 저 새경 주시지 않아도 돼요. 그저 일 년에 한 번만이라도 경성 구경시켜 주시면 안 될까요? 그것이 제 소원입니다."

　"아니, 경성에 무어 볼 것이 있다고······. 저번에 올라왔을 때 다 구경시켜주지 않았더냐."

　"아닙니다. 제게는 두고두고 볼 것이 있습니다."

　"그러하더냐. 그럼 가을걷이 해놓고 농한기에 올라오렴. 차비야 몇 푼이나 들겠느냐. 네 소원대로 하려무나."

그렇게 경성 구경을 오면 몇날 며칠이고 마당가에서만 뱅뱅 돌았다. 모임이 구정 물통을 들고 우물가로 나가다가 소리를 질렀다.

"아이고, 걸리적거려서 다닐 수가 없네! 구정물 쏟을 뻔했잖아요. 왜 마당가에서 하루 종일 뱅뱅 돌아요. 저리 비켜요."

경은 모임의 지청구를 듣고도 막무가내였다. 마당을 돌다가 밥때가 끝나 부엌에 있던 사람들이 자기 거처로 들어가고 나면 아랫집으로 내려가 사랑채 뒷마루에 앉아 시간을 보냈다. 그렇게 일주일쯤 지내다가 슬그머니 산청으로 내려가곤 했다. 그래도 그때는 행복했다. 이제는 영영 아씨를 볼 수 없다고 생각하니 살아갈 일이 막막했다.

경은 눈물을 닦고 하늘을 올려다보았다. 광활한 밤하늘에서 별이 쏟아지는 듯했다. 눈이 시리게 한참 하늘을 올려다보고 있으니 이 세상에 오직 혼자만 남았다는 것이 절절하게 느껴졌다.

경은 읍내를 향해 터덜터덜 걸음을 옮겼다. 어디로 갈 것인지, 목적도 방향도 없이 무작정 발길이 닿는 대로 걸어갔다. 희끄무레 날이 밝아왔다. 길가에 있는 주막을 보니 배가 고파졌다. 어제부터 입에 넣은 게 아무것도 없었다.

사립문에 등불이 깜빡이는 주막으로 들어섰다. 경은 뜨거운 국에 밥을 말아 순식간에 한 그릇을 비우고, 막걸리도 한 사발 쭉 들이켰다. 그제야 정신이 또렷해졌다. 우울했던 기분도 한결 나아졌다. 이제 어디로 갈까. 세상천지에 아는 사람 하나 없으니 중년의 나이에 다시 혈혈단신이 되고 말았다.

경은 발길 닿는 대로 걸었다. 김천에서 다시 길을 따라 생각 없이 걸었다. 한참 걷다 보니 사람들이 줄을 서듯 어디론가 가고 있었다. 어느 사찰의 입구였다. 경은 차라리 잘됐다고 생각하며 그들을 따라 절로 갔다. 절에서 머슴이라도 살아 볼 요량이었다. 초입에서 여승을 만났다.

"이 절에서는 사람 안 쓰나요?"

"어떤 사람을요?"

"일할 사람이요. 아무 일이나 합니다. 나무도 하고 물도 긷고 농사일도 하고요."

"나는 잘 모르니 승무원에 가서 물어보세요."

여승은 나물거리를 담은 양푼을 한 아름에 껴안고 모퉁이를 돌아 가버렸다. 경은 물어물어 승무원을 찾아갔다.

"잘됐네요. 일하던 사람들이 취직한다고 다 도시로 떠나버려서 마침 사람을 구하던 참이었어요."

"고맙습니다. 열심히 하겠습니다."

"농사철이 끝나서 들일은 할 것이 없고, 우선은 산에 가서 나무해다가 군불이나 지피세요."

경은 절간의 불목하니가 되었다.

명주는 웅크리고 누워 영휘를 생각했다. 몸을 잘 간수하지 못하고 훼절을 하게 된 것이 너무나 미안했다. 그는 절대 홀로 지내지 말라고 당부했지만 이런 식으로 정조 잃기를 바라지는 않았을 것이었다. 화가 난 영휘의 창백한 얼굴이 머릿속에 그려졌다. 명주는 또 죽을 방도를 생각해봤지만 어떻게 죽어야 할지 도무지 아무 생각도 떠오르지 않았다.

경은 왜 하필 나에게 이런 끔찍한 일을 저질렀단 말인가. 옷깃만 스쳐도 억겁의 인연이라는데 경과 나는 전생에 무슨 악연이었던 것일까. 그는 대체 무슨 생각으로 반평생 동안 혼인도 하지 않고 나만을 사랑했노라고 말하는 것인가. 그 말이 정말 참일까, 명주는 이런저런 생각 속에 머리가 터져버릴 것 같았다.

명주는 이 모든 사태가 자신이 정숙하지 못해 일어난 일이라고 단정했다. 한 인간을 타락하게 만든 데에는 자신의 잘못도 있을 터였다. 이 무거운 죄를 다 감당하려면 부처님 앞에 무릎이 닳도록, 허리가 끊어지도록 자신의 죄를 빌어야 할 것 같았다. 그런데 도무지 몸이 말을 듣지 않았다. 일어날 수가 없었다.

이리저리 뒤척이며 누워 있는 명주의 귓가에 경의 가쁜 숨소리가 들려왔다. 화들짝 놀란 명주는 머리를 세차게 흔들었다. 하지만 한 번도 느껴본 적이 없는 이상한 느낌이 온몸에 감돌았다. 질끈 눈을 감았더니 그 옛날 변소 앞에서 보았던 경의 잘생긴 얼굴이 떠올랐다. 또다시 깜짝 놀란 명주는 벌떡 일어났다.

'대자대비하신 부처님. 이 중생을 다스려주시옵소서.'

그녀는 두 손을 모아 빌고 또 빌었다.

경이 떠난 것이 상당한 상처였는지 점순은 실연당한 사람처럼 명해졌다. 세상만사가 다 시들하고 귀찮았다. 그토록 지극정성으로 모시며 반나절만 못 보아도 애가 타던 아씨도 요즘은 왠지 보고 싶지 않았다. 점심때가 지나도록 밥할 생각도 하지 않고 멍하니 있다가, 대충대충 찬을 모아 밥상을 차렸다. 점순은 밥상을 방에 놓고 나오면서 아씨를 바라보았다. 핼쑥하고 청초한 모습이 오늘따라 더욱 아름답게 보였다. 흑단 같은 땋은 머리가 어깨를 타고 내려오는 모습은 어느 남자라도 혹할 만큼 매혹적이었다. 점순은 자신을 내려다보았다. 물이 다 빠진 검정 치마 아래로 삐죽 나온 발은 솥뚜껑 같고 걷어붙인 팔뚝은 절굿공이 같았다. 벽에 걸린 거울에 두 사람의 모습이 함께 비치자 점순은 부르르 몸이 떨렸다. 어느 남자라도 그녀에게 마음이 가지는 않을 것 같았다. 질투심이 끓어올라 바로 일어나 나가려는데 명주가 그녀를 불러 세웠다.

"점순아. 어디 아프니. 왜 입을 봉하고 있느냐?"

"아프긴요. 그냥 아무 말도 하기 싫어요."

"네가 말하기 싫은 때도 있더냐?"

점순은 평소라면 아무렇지 않게 받아쳤을 말에 공연히 심통이 나서 방을 나오고 말았다. 여태껏 명주의 시중을 들면서 오늘같이 불손한 적은 한 번도 없었다. 금방 죄송한 마음이 들었지만 오늘은 어딘가에 떼를 써보고 싶어서 모른 척하고 행랑채로 들어갔다.

조금 멍해진 명주는 점순의 행동을 다시 되짚어보았다. 점순의 불손한 행동들이 마음에 거슬렸다. 머슴놈에게 훼절을 당했다고 점순조차 자신을 만만히 본다고 생각하니 수치심에 얼굴이 달아올랐다. 앞으로 얼마나 더 이런 꼴을 당해야 할까. 아직은 점순이 한 사람이 아는 것이지만 차츰 아는 사람의 범위가 넓어진다면? 그제서야 명주는 유평댁이 떠올랐다. 친정 나들이를 간 유평댁이 돌아오기 전 모든 일을 정상인 척 되돌려놓아야 한다.

명주는 정신을 가다듬고, 죽을 방법이 없으니 먼저 죽을 생각부터 버리기로 했다. 만약 자신이 죽어버리면 희식의 상처가 얼마나 크겠는가. 처음 그 일 이후 며칠은 희식의 생각조차 할 수 없을 만큼 혼미했었는데 차츰 정신을 차리고 나니 죽는다고 무슨 일이 해결될 일은 아니라는 생각이 들었다. 죽어버려야 되겠다는 생각만으로 골몰해 있던 명주는 경의 문제부터 풀기로 했다. 명주는 우선 점순을 불렀다.

"점순아."

"예, 말씀하세요."

"저, 경이 말인데. 내보내야 하지 않겠니?"

점순이 눈을 내리깔았다.

"경이는 벌써 옛날에 나갔어요."

"아니, 그런데 내게는 왜 아무 말도 안 했니?"

"그까짓 새끼, 나가서 죽거나 말거나 그 말을 아씨께 뭐 하러 해요?"

"그래도, 새경도 챙겨주고 해야 하는 거 아니냐?"

"새경은 뭐 하러 챙겨줘요. 아씨 체면만 아니면 고발을 해도 시원 찮을 놈. 때려죽일 놈을!"

명주는 잠시 정신이 아찔했다. 잠깐 목소리를 가다듬고 침착하게 물었다.

"그래, 그 사람은 어디로 간다고 하든?"

"아씨, 그런 놈 어디를 가든 아씨가 무슨 상관이세요. 혹시 아 씨……."

점순은 말을 끝까지 하지 못하고 입을 다물어버렸다.

"그래도 그 사람 받을 돈은 받아가지고 나가야지. 연고도 없는데 어떻게 살려고. 나한테 말도 없이……."

"저한테도 아무 말도 없었어요. 멍석말이 당할까 봐 야반도주한 게 뻔하죠."

점순은 더 이상 경에 대해 말하고 싶지 않아 도망치듯 방을 빠져 나왔다.

시간이 흘렀고, 명주는 다시 예전의 모습을 되찾았다. 경의 종적 은 알 수 없었다. 희식은 그동안 한 번도 산청에 오지 않았다.

19

돈암동으로 이사 가고 나서 영택과 가쓰에와의 사이는 걷잡을 수 없이 나빠졌다. 가쓰에의 상태는 최악이었다. 우울증에서 헤어나지 못해 모두를 할퀴고 물어뜯을 듯이 앙탈을 부렸다. 영택은 정나미가 떨어져 가쓰에와는 눈도 마주치지 않으려 했다. 해방은 가쓰에에게 나 영택에게나 구원이었다. 가쓰에가 귀환선을 타고 일본으로 돌아간 것이다.

"네상, 그동안 미안하고 고마웠어요. 난 네상 같이 착하고 마음이 예쁜 사람은 처음 보았어요. 대식을 잘 키워주실 거라 믿고 떠나요. 잘 부탁드려요. 대식아, 이리와 봐."

떠나기 전, 가쓰에는 대식을 안으려고 했다. 대식은 슬슬 피하며 윤식엄마의 치마꼬리를 잡고 뒤로 숨어버렸다. 가쓰에는 서글픈 눈빛으로 한동안 아들을 바라보았다.

가쓰에가 떠나자 영택 부부는 신혼처럼 다정해졌다. 결혼하자마자 영택은 유학을 떠났고, 돌아오면서 가쓰에를 데리고 왔기 때문에 윤식엄마는 한 번도 자신을 영택의 아내라고 생각한 적이 없었다. 밥하고 빨래하고 아이들을 돌보는 데에만 힘을 썼으니 식모와 무엇이 다른가. 그런데 지금 영택은 윤식엄마에게 사랑스러운 눈길을 보내고 다정하게 말을 건넨다. 윤식엄마는 영택에게 다시 마음을 열었고, 세상이 살아볼 만한 곳 같았다.

그러던 영택이 어느 때인가부터 다시 늦게 들어오기 시작했다. 윤식엄마가 윤식, 정아, 돈암동 집으로 이사 와서 새로 낳은 윤아, 그리고 가쓰에의 아들 대식까지 고만고만한 아이들 틈바구니에서 살림에 매달려 있는 사이 영택은 또 연애를 하고 있었다.

그때 영택은 신문사를 나와 경성전기로 이직했다. 윤식엄마는 영택이 새 회사에 적응하기 힘들어 늦는 것으로 짐작했다. 가쓰에 때문에 골머리를 앓은 지 얼마나 되었다고 또 딴생각을 할 리 없다고 확신했다.

이상한 조짐이 없는 것은 아니었다. 한복만 고집하던 영택이 말쑥한 양복 차림을 하기 시작한 것이다. 칼날같이 다려진 와이셔츠를 입고 커프스단추를 반짝이며 출근하는 그는 행복해 보였다. 윤식엄마는 남편의 속내를 알 수 없었다. 겉으로는 좋은 척해도 속마음은 따로 있는 것 같았다. 그와 같이 있으면 공허한 기분이 든 적이 한두 번이 아니었다.

하기야 윤식엄마도 영택을 이해 못 하는 것은 아니었다. 인간이 사는 목적이 의식주에만 있는 것은 아니지 않은가. 정신적인 만족도 필요할 것이다. 그러나 자신은 함양 골짜기에서 겨우 보통학교만 나와 아는 것이 아무것도 없었다. 책 한 권을 제대로 읽은 적도, 음악회 한 번 가본 적도 없었다. 반면 영택은 서울에서 나고 자랐으며 동경유학까지 마치고 돌아온 인텔리였다. 그뿐인가. 영택은 문학을 전공한 사람인 데다 그림에도 조예가 깊었다. 그야말로 예술 다방면에 소질과 취미가 있는 사람이었다. 거기다 로맨티스트였다.

윤식엄마의 눈길이 마당으로 향했다.

가을이 깊어 정원수들은 노랗고 빨간 원색으로 물들어 아름다웠다. 거기에 상록수들의 푸른빛도 어우러져 정원은 그림처럼 황홀했다. 그 빛깔들에 매혹되어 윤식엄마는 무심결에 정원으로 발걸음을 옮겼다.

원래 누군가의 별장이었던 이 집은 구조가 여느 집과는 조금 달랐다. 대문을 중심으로 우측에는 화장실이 있고, 좌측에는 부엌이 있다. 부엌 옆이 안방이고, 안방 옆에 조그만 방이 하나 붙어 있다. 그리고 안방 앞에는 꽤 큰 마루가 있고, 그 마루로 난 문을 통해서 들어가면 사랑이다.

집의 중심은 안방도 아니고 부엌도 아니다. 아이들 방은 아예 있지도 않다. 이 집의 중심은 사랑이었다. 마루로 연결된 사랑은 이 집의 거의 반을 차지했다. 거기에 비해 안방의 모양새는 초라하기 그지없다. 옷걸이 놓고 삼층장 놓고 이불장 놓고 경대 놓고 할 수 있는 구조가 아니었다.

방은 직사각형으로 기다란 것이 사람이 누우면 발치로 겨우 사람 하나가 지나다닐 수 있는 공간이 남을 뿐이다. 일렬로 누우면 칠팔 명은 족히 누울 수 있을 것 같은 구조다. 사랑에 오신 손님 거처로 쓰이던 곳을 영택이 안방으로 개조한 것이다. 네 명이나 되는 머리 큰 아이들 방은 있지도 않아서 화장실 옆으로 별채를 두 칸 들여 아이들이 쓰게 했다. 그 별채 옆이 장독간이고, 장독간에 붙어 펌프가 있다.

윤식엄마는 마당을 반 바퀴 돌아 사랑 앞으로 갔다. 조그만 산을 이루는 기암괴석에 둘러싸인 연못에는 관상어들이 유유히 헤엄치고 있었고 단풍잎이 여유롭게 떠다녔다.

윤식엄마는 사랑방으로 들어섰다. 네모반듯한 방은 안방의 두 배였다. 벽에는 영택이 손수 그린 산수화 액자가 걸려 있었다. 산청 경호강을 중심으로 그 주변을 그린 그림이었다. 높고 낮은 산이 하늘에 걸린 듯 아물거렸고 산 밑에 슬쩍 그려 넣은 마을은 형태로만 아스라했다. 넓은 강물은 점점이 흘러가는 듯 마는 듯한데, 돌부리에 걸린 물살이 굽이치는 양으로 물의 흐름을 알 수 있었다.

강변에 짙푸른 소나무는 생목인 듯 꿈틀거렸다. 소나무 녹지 사이에 마을의 상징인 정자나무가 있었다. 그것이 그림에 더욱 정감을 불러일으켰다. 산청 이 층에서 많은 그림을 보았고, 또 친정집 사랑에 걸린 그림들도 보았으나 이렇게 멋진 그림은 처음이었다.

아이들 네 명이 엎드려서 턱 밑에 두 손을 괴고 있는 그림은 정말 사진이 아닌가, 하고 의심할 정도였다. 이렇듯 그림 같은 집에서 사랑하는 아이들과 살면서도 왜 남편은 아직도 정신을 차리지 못하는 것일까.

하지만 자신이 말려서 될 일도 아니었다. 그토록 무서워하던 아버지의 말도 듣지 않았는데 이제 누가 무서워 제 마음대로 못할 것인가. 제풀에 겨워 자신의 의지로 끝장을 내야지 강제로 못 만나게 한다면 더욱 애틋해 못 잊을 것이다. 가쓰에와의 일도 자신이 스스로 결단을 낸 것이지 누구의 말을 들은 것이 아니었다. 한숨을 쉬던 그녀는 남편 걱정을 그만두리라 마음먹었다.

20

겨울이 지나고 봄이 왔다. 그해 6월에 윤식은 중학생이 되었고, 희식은 의과대생이 되었다. 윤식이 중학교에 입학하던 해, 1950년에 개정된 교육법에 따라 학년 초가 4월로 환원되었다. 하지만 1950년도에 한해 잠정적으로 신학기를 6월에 시작했다.

남들보다 작은 체구에 여자같이 예쁘게 생긴 윤식이었지만 다부지고 강단 있고 공부도 잘했다. 학교와 담임선생님의 권유에도 윤식은 제일고보를 포기하고 할아버지 민겸호의 유지대로 제이고보인 경복중학교에 지원했다. 윤식 역시 사촌형들의 뒤를 이어 백선을 두줄 두른 중학교에 입학한 것이다.

청운동 학교까지 가는 길은 멀었다. 돈암동에서 전차를 타고 원남동에서 내려서 걸어가야 했다. 비원을 지나고 경복궁을 지나 경운궁을 돌면 학교가 나왔다. 한 시간 거리였다. 윤식은 거짓말 조금 보태서 제 몸통만 한 가방을 질질 끌듯이 들고, 눈 바로 위까지 푹 덮이는 모자를 쓰고 그 대열에 끼었다.

6월의 날씨는 무더워 윤식은 땀으로 흠뻑 젖었다. 한숨을 돌리고 가방을 정리하고 있는데 공민 선생님인 담임이 들어왔다.

"자, 너희들, 오늘은 다시 집으로 돌아가야겠다. 학교에서 개별 연락이 있을 때까지 등교하지 말고 집에서 공부하도록. 지금 이북이 남침하여 전쟁이 발발했다. 다른 곳으로 가면 절대로 안 되니까 곧바로 집으로 가도록. 알겠느냐."

교실은 벌집을 쑤셔놓은 듯 시끄러워졌다. 아이들은 다시 가방을 싸서 교문을 나섰다. 윤식은 그 먼 길을 어떻게 걸어 내려왔는지 모르게 원남동까지 왔다. 원남동 전찻길은 미아리고개에서부터 역행해 내려오는 군용 차량들로 막혀 있었다. 전차는 불통이었다. 윤식은 원남동에서부터 돈암동까지 걷고 또 걸었다. 윤식엄마는 집에 돌아온 윤식을 끌어안고 울먹였다.

"전차도 끊어졌다는데 우리 윤식이 어찌 그 먼 길을 걸어왔니? 엄마는 너 못 오는 줄 알고 얼마나 걱정했는지! 엄마는 너 없으면 못 사는 거 알지?"

아버지도 일찍 집에 들어왔다. 윤식은 퇴근한 아버지를 본 기억이 별로 없었다. 아버지의 표정으로 보아 큰일이 나기는 난 모양이라고 윤식은 생각했다. 이 전쟁통에, 해방되고 난 뒤 떠나버린 일본 여자처럼 아버지가 만나는 지금 여자도 사라져버렸으면 좋겠다고 생각했다. 그때 갑자기 아버지가 윤식을 불렀다. 속마음을 들킨 것 같아 가슴이 철렁했다.

"윤식아, 학교에서 다 들어 알고 있지? 피난 가야 한다는데 어찌해야 할지 막막하구나. 너희들 짐은 네가 알아서 싸도록 해라. 우선 갈아입을 옷가지 서너 벌하고 먹을 양식 조금씩 꾸려야 하는데, 정아와 대식이 것은 네가 알아서 질 수 있는 만큼만 싸도록 해라."

윤식은 우선 정아, 대식을 데리고 방으로 들어가 갈아입을 옷 서너 벌을 꺼내 보따리에 싸라고 일렀다. 윤아의 것은 정아보고 챙겨주라고 일렀다. 그다음 밥하는 누나 또순을 불렀다.

"누나, 쌀 담을 자루 좀 만들어줘. 제일 작은 것은 쌀 한 되쯤 들어가게 하고 차례로 조금씩 크게 만들어."

윤식은 하나를 말하면 열을 알아듣는 또순이와 함께 척척 일을 진행했다.

저녁이 늦었는데도 부모님은 돌아오지 않자 윤식은 우선 동생들을 불러 저녁을 먹였다. 어머니가 힘없이 들어섰다.

"동네 시장으로, 동대문 시장까지 다 돌아다녀 보아도 먹을 것은 벌써 동이 나고, 겨우 보리쌀 조금하고 좁쌀 조금밖에는 못 샀다. 6월도 끝나갈 때라 양식도 얼마 남지 않았으니 큰일이구나."

윤식은 저녁을 먹고 쌀자루에 쌀을 담았다. 우선 제일 작은 자루를 정아에게 짊어지고 걸어보게 했다. 정아는 거뜬히 걸었다. 윤식은 쌀을 조금 더 넣어서 걸어보라고 했다. 이런 식으로 자루 여섯 개를 다 만들어놓았다. 저녁 늦게 아버지가 집으로 들어왔다. 여자가 떠나버려서 집으로 들어왔나, 하고 생각하니 윤식은 그 와중에도 절로 웃음이 났다.

"윤식아, 이 자루들은 다 어디서 구했느냐? 그리고 왜 여섯 개씩이나 되느냐?"

"또순이 누나가 만들었어요. 아빠 것, 저와 정아랑 대식이 것, 그리고 또순이 누나와 조야 것. 엄마는 아기를 업어야 하잖아요."

"우리 윤식이 다 컸네. 훌륭해."

"아버지 것 짊어져보세요. 우리는 다 무게를 맞추어놓았어요."

영택은 아들이 대견하여 윤식의 말대로 쌀 짐을 져보았다. 그럭저럭 질 만했다.

"그런데 윤식아, 아버지는 내일 아침 회사에 가보아야 하니까 너희들끼리 낙원동으로 가야 할 것 같다. 네가 엄마랑 동생들 잘 챙겨라. 아버지는 밤에 갈 것이다."

"네, 알았어요. 염려하지 마세요."

오랜만에 아버지와 나누는 대화였다. 아버지와는 영원히 가까워질 수 없을 것 같았다. 윤식은 지금의 상황이 신기했다. 아버지와 아들은 원래 이런 것일까.

아침 일찍 직각댁 마님의 집으로 영익이네 식구, 영택이네 식구 모두가 집결했다. 27일은 낙원동 누님의 친척집에서 하룻밤을 보내고, 28일 새벽에 한강을 건너기로 했다. 윤아 밑인 홍식은 아직 어려서 업어야 했다. 윤아 역시 제대로 걷지는 못했다.

대로는 교통통제를 했다. 부상병을 실은 차량들이 미아리 고개를 넘어와서 길이 꽉 막혔다. 결국 사잇길로 동숭동 성곽을 끼고 돌아 식구들은 밤늦게 낙원동에 도착했다.

낙원동에 있는 직각댁 친척집은 부자였다. 그런데 그 친척이라는 사람이 직각댁을 대하는 태도가 석연치 않았다. 몇 년 전 직각댁 마님을 따라 그 집에 한 번 가본 적이 있었던 윤식엄마는 그때 그들의 고분고분하던 모습이 기억났다. 그런데 지금 그 모습은 온데간데없었다. 이제 직각나리도 돌아가고, 재산도 얼마 남지 않았다는 소문을 그들이라고 못 들었을 리가 없었다. 그렇다고 하루아침에 이토록 달라질 수 있는 것인가. 윤식엄마는 그들의 얄팍한 속내에 비위가 상했다.

해방 후 동경에서 돌아온 직각댁 큰아들 병각은 사업을 해보겠다고 아버지를 설득해 전답을 팔았다. 꽤 많은 돈을 쥐고 서울로 간 병각은 두 달이 못 되어 집으로 돌아왔다. 직각댁 나리가 사랑으로 병각을 불렀다.

"그래, 사업은 잘하고 있느냐."

아버지의 말에 병각은 주저 없이 대답했다.

"다 정리하고 돌아왔습니다."

"무어라? 사업을 시작한 지 며칠이나 되었다고 벌써 정리를 해!

네가 정신이 있는 인간이더냐, 없는 인간이더냐?"

"제가 사기를 당해서 두면 둘수록 더 큰 손해를 볼 것 같아 집어치웠습니다. 다른 걸 한번 해볼까 해서요."

"무엇이 어쩌고 어째, 다른 걸 또 해보겠다구?"

"이것저것 시도를 해보아야지, 어찌 첫술에 배부르겠습니까? 이제는 시대가 바뀌어서 농토만 가지고는 오래 못 버팁니다. 사업을 해야 된단 말씀입니다."

"이놈. 사업을 하려거든 네 돈 가지고 하든 말든 해라. 토지에는 손 못 댄다. 썩 나가거라. 꼴도 보기 싫다."

"아버지, 왜 그러십니까? 이 집안 재산, 아버지가 손수 일구신 게 아니잖습니까? 아버지 것도 아닌데 아버지가 못 팔게 하실 일이 아니잖습니까? 저도 집안 번창시키려고 그러는 것인데요."

"아니, 이놈이⋯⋯."

일제강점기에는 공출과 기부금으로 재산이 축났고, 해방 후에는 토지개혁으로 땅이 뭉텅이로 잘려나갔다. 그 후 여러 차례 이어진 병각의 사업 실패로 직각댁 토지는 얼마 남지 않았다.

직각댁 나리는 대대로 내려온 많은 재산을 자신의 대에서 다 말아먹었다고 생각하니 몸이 부들부들 떨렸다. 화를 억누르고 놋재떨이를 담뱃대로 탕탕 두드리며 무어라고 말을 하려 했다. 하지만 입만 움찔거리다가 슬그머니 앞으로 고꾸라졌다. 놀란 병각이 뛰어나가 사람을 불렀다. 양의와 한의가 달려왔지만 직각댁 나리는 다시는 일

어나지 못했다. 아직 생이 한참 남은 중년의 나이에 그는 가버리고
말았다.

상속권은 장남인 병각의 손으로 넘어갔다. 병각은 날개가 달린 듯
이 새 사업을 신나게 추진했다. 그러나 항상 실패로 결론이 나고 말
았다. 이유는 많았다. 친구가 사기를 치고 도주를 했다든가, 친척에
게 사업을 맡겼더니 그 친척이 현명치 못해 망하고 말았다든가, 하
는 변명이었다. 병각 주변에는 병각과 비슷한 사람들이 몰려들었다.
귀가 얇고 판단력이 없는 병각은 누가 무슨 말을 하든 솔깃하게 듣
고 새 사업을 시작했다.

두뇌가 명석해 판단력이 뛰어난 직각댁 마님은 아들이 하는 짓거
리를 보고 집안이 망할 날이 멀지 않았음을 직감했다. 그녀는 날을
잡아 아들을 불러들이기로 했다.

"간난아, 서방님한테 나가서 내가 할 말이 있으니 방으로 들란다
고 전해라."

간난이 사랑으로 나간 지 꽤 시간이 지난 다음에야 병각은 안방으
로 들어왔다.

"어머님, 부르셨습니까. 무슨 하실 말씀이라도 있으십니까?"

병각은 어머니 앞에 서면 왠지 주눅이 들었다. 지금도 서릿발 같
은 눈빛으로 자신을 일별하는 어머니 앞에서 공연히 가슴이 졸아들
었다.

"그래, 사업은 잘 되어가고 있다고 했느냐."

집사에게서 들어 전답을 얼마나 내다 팔았는지 소상히 알고 있는 마님이었다. 그러나 시침 뚝 떼고 말을 건넸다. 불호령이 떨어질 줄 알았던 병각은 어안이 벙벙하여 어머니를 마주 바라보지도 못했다.

"그런데, 이 집 재산이 전부 네 것이라고 생각하지는 않겠지? 네 누이와 여동생은 이미 출가외인이니 제쳐두고라도, 병열, 병해에게도 상속권이 있다는 것, 물론 너도 알고 있으리라고 생각한다."

"어머님, 왜 갑자기 그런 말씀을."

"네가 장남이니 네가 다 알아서 하겠지만, 병열과 병해는 아직 공부가 끝나지 않았다. 네 아버지도 안 계시고, 이제 내가 서울로 올라가서 건사할까 해서."

"어머님, 저희가 섭섭하게 해 드린 거 있습니까? 왜 갑자기?"

"아니다. 이곳 살림은 이제 네가 해라. 난 서울로 올라 갈란다. 병열이 몸도 완쾌되었고, 곧 졸업도 할 것이니 혼인도 시켜야겠다. 그러니 이쯤 해서 동생에게 이제 상속을 해주도록 해라."

병각은 꿀 먹은 벙어리가 되었다.

"토지 보상금 언제 나오느냐? 그 돈으로 나누어 준다면, 전답은 더 팔지 않아도 될 것 같은데."

집사에게서 이삼 일 안에 보상금이 나온다는 말을 듣고 직각댁 마님은 오늘로 날을 잡은 것이었다. 병각은 전답 판 것을 이미 다 알고 있는 어머니가 무섭기까지 했다. 그래서 보상금을 받는 즉시 어머니가 요구한 돈 전부를 드렸다.

그런 곡절로 서울로 올라온 직각댁 마님은 친정동생을 따라 돈암동에 자리를 잡은 것이었다. 수중에 가진 돈은 나날이 줄어들고 형편이 예전과 같을 리 만무했다. 그렇다 해도 조변석개하는 세상의 인심이 야박하기만 했다.

27일은 밤새 비가 내렸다. 아이들과 빗길에 피난 갈 생각을 하니 윤식엄마는 걱정이 되어 밤잠을 설쳤다. 아침이 되자 날은 개어 있었다. 일하는 사람이 많아 아침밥 하는 것은 도울 일도 없을 것 같았다. 윤식엄마는 윤식의 손을 잡고 대문을 나섰다.

"인민공화국 만세! 위대하신 수령님 만세!"

"윤식아, 저게 무슨 소리냐?"

큰길은 수많은 인파로 꽉 차 있었다. 손에 낯선 국기를 든 사람들이 길이 떠나갈 듯이 만세를 외치고, 스크럼을 짜 물결처럼 넘실거렸다.

"인민공화국 만세! 위대하신 김일성 수령님 만만세!"

"어머니, 빨리 집으로 들어가야 해요. 빨리요."

윤식이 엄마의 손을 잡아끌고 집을 향해 뛰었다. 윤식은 밤늦게 돌아와 자고 있는 아버지를 불렀다.

"아버지, 빨리 나와보세요. 인민군이 서울을 점령했나 봐요."

아직 새벽잠에 취해 있던 사람들이 마당으로 뛰쳐나왔다.

"윤식아, 너 그게 무슨 소리냐? 인민군이라니."

"큰길에는 군대가 행진을 하고, 군중들이 몰려나와 만세를 부르고 있다니까요."

어른들은 마루에 모여 앉아 회의를 시작했다. 그중 가장 어른인 영익이 먼저 입을 열었다.

"지금 거리는 인민군과 시민들의 행렬로 가득 차 피란민은 통과시키지도 않을 것 같고, 어찌어찌 뚫고 출발한다고 해도 도강을 하게 내버려둘 리가 없습니다. 그리고 국군이 후퇴하면서 교량을 폭파하지 않았을까 싶은데 어떻게들 생각하십니까?"

희식을 서울에 남긴 채로 떠나고 싶지 않았던 영익의 말이었다. 희식은 월요일인 26일까지도 학교에서 집으로 돌아오지 않았다.

조바심이 난 영익이 학교로 가보았다. 일손이 부족해 의대 일학년 학생도 학교에 남아 밀려오는 부상병들을 돌보아야 한다고 했다. 27일 아침 피난길에 나설 때까지 희식은 돌아오지 않았다. 영익은 '희식아, 우리는 피난을 간다. 돌아오는 즉시 너도 산청으로 오너라.'라는 쪽지를 남기고 어쩔 수 없이 길을 떠났다. 그러나 맏이를 서울에 내버려둔 채 자신들만 피난을 떠나는 게 아무래도 마음에 내키지 않아 결국 다시 집으로 돌아오는 발걸음을 재촉했다.

대문을 여는 순간 희식이 보였다. 희식은 마당에서 서성이고 있었다. 영익의 처가 희식을 끌어안고 오열했다.

"희식아, 네가 살아왔구나. 잘했다, 잘했어."

끌어안고 떨어질 줄을 모르는 두 사람을 바라보던 영익이 물었다.

"그래, 어떻게 빠져나왔느냐?"

"한동안 부상병들이 몰려들어 눈코 뜰 새 없이 바빴어요. 밤을 꼬박 새우고 이리 뛰고 저리 뛰는데, 오늘 새벽에 인민군이 병원을 장악했어요. 그들을 환영했던 직원들이나 의사들은 그대로 병원에 남았고, 나머지는 모두 자기 갈 곳으로 갔어요. 그런데 어디까지 갔다 오신 거예요?"

"응, 낙원동까지 갔다가 한강다리가 끊겼졌다고 해서 그냥 돌아왔다. 그나저나 이제 어떻게 되는 것이냐?"

"단파 방송을 들어봐야 정세를 알 수 있을 것 같은데요. 우선은 피신해야 하지 않을까요? 우리는 저들의 숙청 대상일 텐데요."

"네 말이 맞다. 그런데 어디로 피한단 말이냐? 남쪽으로는 갈 수 없고 북쪽에는 아는 집도 없고."

"저 장독간 밑 창고 안에 문이 있는 거 어머니 알고 계시죠?"

"모르는데? 한번 가보자꾸나."

식구들은 장독간 밑 창고 안으로 들어가 벽에 붙은 문을 열어보았다. 땅속의 냉기와 습기가 훅 밀려왔다. 그들은 전등을 켜고 안을 둘러보았다.

"그런데 무엇에 쓰려고 여기에 이런 공간을 만들었을까?"

"혹시 일제강점기 때 독립운동하던 사람들의 비밀 기지가 아니었을까요?"

식구들은 창고 안에 방을 꾸렸다. 밑이 습할 것 같아 장작을 반듯

하게 깔았다. 그 위에 돗자리를 깔고 다시 그 위에 요 두 개를 깔았
더니 세 사람은 누울 수 있는 공간이 마련되었다. 영익네 가족은 깊
은 한숨을 쉬었다. 대체 언제까지 숨어 있어야 할지 기약이 없었다.

21

　전쟁이 시작된 지 한 달이 지나 7월 말이 되었다. 양식은 동이 났
고, 시장에서는 곡식을 파는 곳이 없고, 판다고 해도 값이 비싸 살
수가 없는 형편이었다. 윤식엄마는 텃밭에 심은 야채를 뜯어와 죽
을 끓였다. 미끈거리는 진을 뺀, 으깬 아욱과 쌀을 조금 넣고 된장
을 푼 죽을 끓이면, 쌀은 희끗희끗 간혹 보이고 아욱만 넝쿨져 있었
다. 그래도 아이들은 후루룩거리며 게 눈 감추듯 먹어버리고 그것
으로는 부족해 엄마를 흘끔거렸다. 며칠 궁리하던 윤식엄마가 영택
을 불렀다.
　"저, 윤식 아버지. 비단 옷감을 가지고 농촌으로 가면 곡식과 바꿀
수 있다는데 나도 한번 나가볼까 해요."
　"어디로? 농촌이라면 몇십 리는 나가야 할 텐데 당신이 할 수 있
겠어? 몸도 약한데."
　"그럼 어떡해요. 이제 쌀은 몇 주먹밖에 안 남았고, 보리쌀도 얼마
남지 않았어요. 아이들은 뼈만 앙상해요. 더는 보고 앉아 있을 수가

없어요."

"그럼 내가 나가볼까?"

"당신이 어떻게 길로 나간다고 그래요. 길에 다니는 남자는 모두 끌고 간다는데요. 집에도 몇 번 찾아왔었어요. 그건 안 돼요."

그때 곁에 앉아 있던 윤식이 말했다.

"어머니, 제가 따라가겠어요. 전 쪼그매서 보통학생 같으니까 붙들려 갈 리도 없고 제가 자전거를 태워드리면 어머니 힘도 덜 들 거예요."

"그러면 되겠네, 윤식을 데리고 가도록 해."

"어른 자전거가 높아서 탈 수나 있겠어요?"

"안장을 최대한으로 낮추면 탈 수 있어요. 문제없어요."

윤식은 마당으로 나가 자전거의 안장을 낮추고 바퀴를 돌려보며 체인을 점검했다. 그리고 그 위에 올라앉아 발걸이에 발을 걸어보았다. 발이 닿을 듯 말 듯 헛바퀴가 돌았다. 그는 다시 내려와 안장을 더 낮췄다. 두 손으로 힘껏 안장을 내리쳤다. 다시 자전거에 올라보니 두 발이 겨우 발걸이에 들어갔다. 윤식은 바퀴를 신나게 돌려보고 엄마를 불렀다.

"어머니 됐어요. 너끈히 운전할 수 있어요. 내일 새벽에 떠나요."

"그러자꾸나. 우리 윤식이 정말 장하다."

윤식엄마는 새벽에 일어나 쑥개떡을 쪄 식구가 하루 동안 먹을 음식을 마련해놓은 뒤 집을 나섰다.

윤식엄마와 윤식은 서울에서 오십 리 길인 의정부로 향했다. 윤식은 엄마를 뒤에 태우고 걸음마를 배우는 아이인 양 뒤뚱거리며 길을 달렸다. 간신히 뒤에 매달려 조마조마한 마음을 견딜 수가 없던 윤식엄마가 말했다.

"윤식아, 엄마 걸어갈게."

"어머니, 왜 저를 못 믿으시는 거예요? 지금은 처음이라 그렇지 조금 있으면 괜찮아질 거예요. 저를 믿으시고 마음 푹 놓으세요."

말은 그렇게 자신만만하게 했지만 몇 번이나 바닥으로 나뒹굴고, 개골창에 처박혀가며 점심때가 되어서야 의정부 어느 마을에 도착했다. 동네에서 잘사는 듯한 집을 두드렸다.

"누구시우?"

"아, 네, 혹시 비단 옷감 사시려나 하구요."

"비단 옷감이라니, 이런 전시에 누가 비단옷을 입는다고."

"어디 전쟁을 평생 끌까요? 전쟁 끝나고 자식들 혼사에 쓰시면 되지요."

"그도 그렇겠구먼. 어디 무슨 비단인지 봅시다."

윤식엄마는 등에 지고 온 옷감을 내려놓았다. 풀어놓은 옷감을 본 주인 여자가 호들갑을 떨었다.

"아니, 이런 비단은 처음 보는데 정말 곱네. 그런데 돈이 있어야지."

"돈이 없으면 곡식으로 주시면 돼요."

"얼마나 주면 될까?"

"보통 때 같으면, 쌀 한 가마니 값은 안 할까요?"

"그렇기는 한데, 전쟁 중이니."

"알아서 주세요. 전쟁 중이니."

윤식 모자는 쌀 반 가마를 받아 들고 뒤도 돌아보지 않고 꽁무니가 빠져라 달렸다. 행여 사지 않을 것이니 도로 가져가라고 할까 봐 겁이 나서였다. 쌀을 싣고 집으로 돌아갈 때는 자전거를 타지 못하고 걸었지만 쌀밥을 지어 아이들 먹일 생각에 발걸음이 가벼웠다. 그러나 집으로 돌아온 모자는 저녁밥도 굶은 채, 열을 펄펄 내며 앓아누워버렸다. 평생 험한 일을 해보지 않은 두 사람이었다. 겨우 정신을 차린 윤식엄마가 또순에게 물었다.

"아저씨는 어디 계시냐?"

말을 못 하고 우물쭈물하는 또순을 보고 있던 윤식엄마가 벌떡 일어났다.

"왜 말을 못 해? 무슨 일이야?"

"어떤 사람이 와서 데려갔어요."

"아니, 그게 무슨 소리냐. 누가 와서 아저씨를 데려가? 자세히 말해봐."

"아침에 아주머니 나가시고 금방 누가 와서 데려갔어요."

"내가 문 열어주지 말라고 그렇게 당부했는데 왜 문을 열어주었니?"

"아주머니 나가시고 금방이라, 뭘 잊어버리고 가셔서 다시 오신 줄 알았어요."

"아저씨 안 계신다고 하랬잖아. 그런데 왜 아저씨를 불러왔어?"

"불러온 게 아니라 아저씨가 화장실에서 막 나오시는데 그 사람들이 들어와 딱 마주쳤어요."

윤식엄마는 이마를 싸매고 앓아누웠다.

영택은 내무서에 끌려갔다.

"이름은?"

"민영택이요."

"직업은?"

"경성전기 주식회사 직원입니다."

"직책은?"

"자재과장이요."

"자재과장? 그럼 당신네가 만든 전기로 우리 동지들이 고문을 당했겠네."

"무슨 당치도 않는 소리를 하는 거요!"

"잔소리 말고 일어나 꿇어앉아."

"으악."

순간 영택은 고꾸라졌다. 무릎을 구둣발로 사정없이 내리친 것이었다. 무릎뼈가 부러진 것 같았다. 끔찍한 통증이 몰려왔다.

"아, 이게 대체 뭐 하는 짓이요? 다리가 부러진 것 같소."

"그 정도를 가지고 뭘 그래. 더 심한 꼴을 당해봐야 할 모양이지?"

"이것이 당신들이 외치는 인민 해방이요? 해방시켜야 되는 인민을 이렇게 끌고 와 고통을 주는 것이?"

"이 새끼, 잔소리가 많다!"

"으악."

위원장은 나머지 무릎에 또 일격을 가했다. 영택은 고꾸라지며 소리를 질렀다.

"대체 내게 무슨 죄가 있다고 이러는 거요? 나는 사상이고 이념이고 아무것도 없소. 다만 이 나라에서 태어났기 때문에 내가 태어난 이곳에서 열심히 일해서 처자식들과 먹고 살았을 뿐이오. 당신들도 지금 전기를 쓰고 있지 않소?"

영택은 며칠을 지낸 후 풀려났다. 위원장이 말했다.

"영택동무, 이제 해방된 당신의 조국에서 열심히 생업에 종사하시오. 이것이 다 수령님의 은혜인 줄 아시오."

영택은 제대로 걸을 수가 없었다. 평소에는 집까지 오 분밖에 안 걸릴 거리인데 십 리도 더 되는 듯했다. 영택은 대문으로 들어서자마자 쓰러지고 말았다. 한달음에 달려온 윤식엄마는 영택을 끌어안고 울음을 터트렸다. 결혼한 지 십오 년이나 되었지만 아직 한 번도 영택을 스스로 안아본 적이 없었던 윤식엄마였다.

"아니, 다리가 왜 이래요? 나쁜 인간들. 어쩌자고 사람을 이 지경으로 만든단 말이에요? 그래, 얼마나 아파요. 얼른 가서 누워요."

"여보, 다리가 부러졌는지 어쩐지 모르겠는데 판판한 널판지 두

장만 가져와요. 다리를 비끄러매야 되겠어."

윤식엄마는 텃밭으로 나가 닭장을 짓고 남은 판자를 가져왔다.

"이걸로 어떻게 해요?"

"이 판자를 다리 앞뒤로 대고 다리가 움직이지 않게 묶어야 하는데 끈이 있어야 되겠어."

"그럼 이불 홑청을 찢어서 만들까요?"

"그게 좋겠군."

윤식엄마는 다리 양쪽에 판자를 대고 홑청을 찢어 만든 붕대를 칭칭 감았다. 서둘러 쌀밥을 짓고, 먹지 못해 비리비리한 닭일망정 잡았다. 닭은 살이 없어 한 움큼밖에 되지 않았다. 아이들이 마음에 걸렸지만 한 마리 전부를 남편 몫으로 국 대접에 담았다.

영택의 다리는 다행히도 부러지지 않았는지 붓기와 멍이 가시자 걸을 수 있었다.

윤식엄마가 말했다.

"윤식 아버지, 어디로 피해야 하지 않을까요?"

"글쎄, 나도 이런 꼴을 다시는 당하고 싶지 않지만 갈 데가 있어야지."

"내가 며칠을 두고 생각해보았는데, 희식이 가정교사로 있던 여학생 생각나세요?"

"응, 생각나. 그 숙명여학교 다니던 애. 그런데 그 애는 왜?"

"그 여학생이 나보다 두세 살 아래였잖아요. 그동안 친자매같이 지내서 졸업하고 집으로 돌아가고 나서도 편지 연락을 했었거든요."

"그게 어떻다는 거야?"

"그 애 집이 덕정리였어요."

"덕정리가 어딘데?"

"의정부에서 더 올라가서 파주 조금 못 미치는 곳이라는 말을 들었어요."

"그래서?"

"주소가 내게 있으니 거기에 가서 피해 있으면 어떨까 해서요. 연고가 아니니 당신이 누군지 알게 뭐예요. 이북에서 피난 온 친척이라고 하면 되지요. 현금 대신 패물을 주면 될 것 같아서요. 농촌이니 삼시 세끼 걱정은 안 할 거고요."

"그럼 다리가 좀 더 나으면 그렇게 해볼까?"

"그런데 큰댁 서방님은 어떻게 지내시는지 모르겠어요."

"나도 궁금하기는 한데, 길로 나다닐 수가 있어야 가보든지 말든지 할 텐데. 그래, 곡식은 잘 구해 왔어?"

"비단 치마저고리 한 벌에 쌀 반 가마니를 받아 왔어요. 또 나가야겠어요. 아이들이 어찌나 좋아하는지."

"힘들지 않았어?"

"왜 힘이 안 들어요. 집에 들어오자 곧바로 앓아누웠지요. 윤식이도요. 당신이 잡혀간 것도 나중에 알았어요. 두 번째 가면 좀 낫겠지요. 이번에는 좀 더 멀리 가서 더 많이 달라고 해봐야겠어요."

"장사꾼 다 되어가네."

"그나저나 산청 형님은 잘 계시는지. 소식불통이니 궁금해서 견딜 수가 없네요. 그곳까지 공산 치하가 되었을까요?"

먹을 것이 넉넉해지고 영택이 피신할 곳까지 마련되니 이제야 가족들이 걱정되었다.

"그렇겠지. 평소에도 밤에는 빨치산 세상이었는데 지금이야 말해 무얼 하겠어."

"형님은 괜찮으신지 정말 궁금해요."

"괜찮아, 걱정하지 마. 군인 가족도 아니고 경찰 가족도 아니고 정부 고위층 가족도 아니고 남자도 아닌 여자가 무슨 일이 있겠어. 더구나 형수님은 누구에게나 잘 해주시는 분이라 인심을 잃지 않으셔서 이쪽도 저쪽도 다 괜찮을 거야."

22

명주는 오랜만에 서울 나들이를 계획했다.

서울의대에 들어간 희식에게 줄 선물로 모시 잠방이를 준비했다. 용식과 윤식에게 입힐 잠방이도 같이 만들었다. 희식이와 윤식이가 좋아하는 엿도 고았다.

회가 달려온 건 서울로 떠나려던 전날이었다.

"형수님, 서울 가시는 것 다 틀렸습니다. 지금 전쟁이 나서 벌써 서울을 빼앗겼다는데요."

"아니, 전쟁이라니요. 무슨 전쟁이 나요?"

"이북 놈들이 쳐들어와 사흘 만에 서울을 점령했답니다."

"이를 어째! 그럼 서울 식구들은 어떻게 되었나요. 폭격이라도 맞지 않았는지, 무슨 일이라도 일어났으면 어쩌죠. 우리 희식이 어쩌면 좋아요. 내가 서울로 올라가봐야겠어요."

회가 혀를 찼다.

"우리가 이 촌구석에 앉아 소식이 불통이라 아무것도 몰라 그렇지, 차도 다니지 않는다는데 어떻게 가신다고 그러세요."

"그럼 이렇게 앉아 애만 끓이고 있으면 누가 소식이라도 전해줄 건가요? 걸어서라도 가겠어요."

"길이 전부 전쟁 마당이라는데 가긴 어딜 가신다고 그러십니까? 형수님 진정하세요. 저도 아이들이 도시에 나가 있는데 그놈들 걱정에 마음이 심란합니다. 저 이만 가보렵니다."

회는 침통한 얼굴로 돌아갔다. 명주는 며칠 동안 잠 못 드는 밤을 보내다 하도 답답하여 대문 밖으로 나섰다. 마을은 쥐 죽은 듯 고요한 반면 앞산의 매미는 더위를 더욱 부추기는 듯 자지러지게 울어댔다. 동네 앞 개울물은 뜨거운 햇살을 튕기며 졸졸거리고 있었다. 햇볕에 증발될 것처럼 뜨거운 열기가 마을 전체에 아지랑이처럼 아롱거리고 있다. 밖의 더위는 더더욱 숨통을 눌렀다.

명주는 우울하고 답답하여 경호강이 바라보이는 마을 앞 정자나무 아래로 갔다. 긴 다리가 뻗어 있었다. 저 다리를 건너면 서울로 가는데……. 명주는 안타까운 마음으로 다리를 바라보았다. 길게 뻗어 있는 다리 위에는 차도, 사람의 그림자도 보이지 않았다.

북한군은 어느새 낙동강까지 내려왔다. 이 나라가 정말 공산 치하가 되는 것인가. 그러면 명주의 집안은 유산계급으로 숙청 대상일 터였다. 이 불투명한 삶의 방향은 어디일까.

7월 하순 어느 날 한 여자가 소리치며 마당으로 들어섰다.

"명주동무 그간 얼마나 고생이 많으셨어요."

"……."

낯선 말에 눈이 커진 명주에게 여자가 말했다.

"이제는 해방이 되었으니 안심하세요."

누구인지 분간을 못 하고 쳐다보는 명주에게 그 여자가 활짝 웃으며 말했다.

"저 말주예요, 말주."

명주는 그제야 상대를 알아차렸다. 명주는 너무나 놀라 아무 말을 못 하고 말주를 바라보았다.

"형님, 왜 그리 놀라요? 이젠 세상이 바뀌었으니 형님도 적응하세요. 우리 이서방이 산청 군책이예요. 저녁에 일 끝나고 시간 되면 이리로 온다고 했어요. 얼마나 늠름한 혁명 투사가 되었는지! 정말 믿음직하고 멋있어요."

그때까지 말 한마디 못 하고 서 있는 명주를 끌어다 앉히며 말주가 점순을 불렀다.

"점순아, 너도 종살이는 이제 끝이다. 무산대중을 위해 우리 애들 아빠가 불철주야 얼마나 투쟁했는지 너는 모를 것이다. 그러니 이제 이 혁명이 너 같은 부류들의 해방이란 말이다. 계급해방이란 말이야."

점순은 얼이 나가서 멍청히 서 있고 그사이 정신을 가다듬은 명주가 한마디 했다.

"이서방댁, 대체 무슨 일이 어떻게 일어났는지 모르겠네요. 무엇이 이서방댁을 이렇게 변하게 만들었는지 모르겠지만 진정 좀 하세요."

촌부들이 입는 무명 치마저고리를 입은 말주는 여전히 들뜬 목소리로 대꾸했다.

"형님, 형님도 그 사상에 한 번 접하게 되면 달라질걸요. 나도 처음에는 코웃음만 쳤어요."

명주는 알아들은 것도 같고, 못 알아들은 것도 같아 말문을 닫아버렸다.

이제 산청까지 접수한 인민군들을 말주는 열렬하게 환영했다. 7월 말부터 9월 말까지 두 달 동안 완전히 말주의 천하였다. 말주는 원래가 문장력이 좋고 말재주도 있었다. 대학진학을 하지 않고 일찍 결혼을 했던 그녀의 숨은 재능이 폭발했다. 연설 솜씨도 능란했다.

곳곳에서 벌어지는 강연을 그녀가 도맡다시피 했는데 할 때마다 청
중들의 열렬한 호응을 받았다. 눈물을 흘리는 청중들도 있었고 그녀
앞으로 몰려나와 잡은 손을 흔들며 감격하는 사람도 많았다.

"당신은 인민 대중의 가슴을 무한한 희망으로 채우는 분이요."

"당신은 우리 산청의 위대한 지도자시오."

열렬한 갈채와 환호를 받으며 말주는 단성면 여맹위원장의 임무
를 열심히 수행했다. 세상도 변하고 말주도 변했다.

장에 간다고 나간 점순이 어둑어둑해도 돌아오지 않았다. 무슨 일
이 생긴 것은 아닌가 걱정하던 명주는 손수 저녁을 짓기 시작했다.
점순네 아이들이 배가 고픈지, 몇 번이나 부엌문 앞에 와서 기웃거
렸다. 늦어서 여러 가지 반찬을 만들 시간도 없고, 아이들이 배가 많
이 고픈 것 같아 대충 차려서 아이들을 먹이고 자신도 몇 술 떴다.
설거지를 그만둘까 하다가 해치워버렸다. 그러고도 점순은 오지 않
았다. 슬그머니 걱정되기 시작했다. 점순은 혀가 꼬부라진 채 밤늦
게 마당에 들어섰다.

"아씨, 미안해요. 내가 술 좀 먹었거든요. 단성아씨하고 서방님하
고, 또 다른 사람들하고 먹었어요. 이제 이년도 그 사람들과 똑같다
네요. 어찌 이런 세상이 다 있대요? 그런데 아씨, 우리 아이들 저녁
은 먹었나요?"

명주는 못 들은 척 방으로 들어가버렸다. 계급해방이라는 단어
가 점순의 단순한 뇌 속에서 어떤 변화를 일으킬까. 명주는 아연했

다. 앞으로 저 아이를 어떻게 다루어야 할지. 투철한 사상의식이 있어 행동하는 것이라면 할 수 없는 일이다. 그러나 단지 '유산계급 타도'란 생각 하나만이라면? 명주는 머릿속이 복잡해졌다.

아침을 먹고 난 점순이 명주 앞으로 와 당당하게 말했다.

"아씨, 저, 단성아씨가 오늘도 나오라고 하던데요. 저, 가볼게요. 오늘도 늦으면 아이들 밥 좀 부탁드려요."

명주는 숨이 콱 막히는 듯해서 아무 소리도 못 하고 점순을 바라보았다.

"아씨, 저, 다녀올게요."

점순은 바람을 날리며 나가버렸다. 며칠째 명주는 아이들 밥을 해먹였고 점순은 날마다 술을 잔뜩 마시고 흐물거리며 돌아왔다. 점순은 그야말로 계급해방을 만끽하나 보았다. 명주는 한 마디 하고 넘어가야 할 것 같아 점순을 불러 세웠다.

"점순아, 말 좀 하자. 너 언제까지 이럴 거냐. 나 밥 안 해주는 것은 그렇다 치고 네 아이들 밥까지 나보고 해먹이라는 것은 말도 안 되는 일 아니냐?"

점순이 눈을 치떴다.

"아씨, 제가 아씨 밥을 몇 년 해드렸습니까? 요 며칠 우리 아이들 밥 좀 해주셨다고 이러시면 안 되죠."

명주는 말문을 닫고 방으로 들어가고 말았다. 더 이상 대화가 진전된다면 어떤 말을 더 듣게 될지 모를 일이었다. 기가 막혔다.

점순은 읍내에 나가기 시작하면서부터 여러 사람들의 학습 덕분인지 명주가 놀랄 정도로 나날이 발전했다. 깨끗한 백지에 물감이 더 선명하게 빨리 번지듯, 아무것도 든 것 없는 점순의 뇌는 신속하게 모든 것을 받아들였다. 더 이상 건드리면 명주 쪽이 봉변을 당할 것 같았다. 명주는 점순이 나가거나 말거나 상관하지 않고 집안일을 했다.

며칠이 지나자 점순은 밤늦게 들어와 빨래를 해놓고 아침 일찍 일어나 청소를 했다. 밥도 지어놓고 나가 온종일 헤갈을 하며 돌아다녔다. 그래도 근본이 착한 점순이었다. 만약 이 인민공화국이 지속되지 않는다면 점순이의 저 황당한 꿈을 어찌하면 좋은가.

영택의 무릎이 부러지지는 않았다. 구둣발로 밟힐 때 무릎 피부 안에 있는 신경과 근육이 손상을 입어 부어오른 듯했다. 피부가 퍼렇게 멍이 들고 부어올라 큰일이 난 듯 보였을 뿐이었다. 영택은 아픈 정도로 보나 겉모습으로 보나 분명히 골절된 줄 알았다. 판자를 부목으로 대어 뼈를 붙여보리라고 생각했었는데 한 십 일 지나니 부기도 빠지고 통증도 가라앉았다. 며칠 전부터는 걷기에도 아무 무리가 없는 듯했다. 위원장이라는 사람이 한 말이 생각났다.

"당신 진술이 마음에 들었소. 누구나 자신이 태어난 곳에서 열심히 살아야 한다는 진술, 애국적 발언이었소. 이제 공화국 백성이니 공화국에서 충성하시오."

정말 그는 영택의 발언이 마음에 들었던 것이었을까 아니면 영택의 다리가 말썽을 일으켜 귀찮아질까 봐 돌려보낸 것일까. 아무튼 풀려나서 다행인데 그들의 태도로 보아 또 소환할 것 같은 예감이 들어서 영택은 아내를 불렀다.

"여보, 나 덕정리로 가볼까? 그 애, 숙이는 시집가고 없겠지?"

희식의 가정교사로 있던 숙은 의정부 너머 덕정리가 집이었는데 그곳 보통학교 교사가 되었다는 소식은 들은 터였다. 그런데 윤식엄마의 표정이 어두웠다.

"그런데 당신 표정이 왜 그래. 무슨 근심 있어?"

"당신 아리랑고개 넘을 때 검문검색에 걸리지 않을까. 걱정되어서."

"……."

"당신, 여장을 하고 장사치 모양 광주리에 야채를 담아 이고 고개를 넘어가면 어떨까요? 윤식과 나도 같은 행색으로 같이 넘으면 괜찮을 것 같은데요.'"

"당신이 같이 가려고?"

"네, 당신 혼자 못 보내요. 윤식과 내가 따라가서 당신 거기 두고, 우리는 곡식을 바꿔 가지고 오면 돼요."

"의정부까지 갔다 오고도 죽을 뻔했다면서. 덕정리는 더 멀다며?"

"덕정리 숙이네서 하룻밤 묵고 오면 돼요."

"그럼 그렇게 하든가."

영택은 새삼 윤식엄마를 바라보았다. 밥하고 바느질밖에는 아무것도 모르는 멍청한 여자라고만 생각했었는데 어디에 저런 지혜가 숨어 있었지 하며 속으로 감탄했다. 반짝이는 깊은 눈이 지혜로워 보이고, 꽤 매력적이라는 것을 왜 이제야 알았는지. 자신이 한심해진 영택은 슬그머니 눈길을 돌려버렸다.

아침 일찍 일어난 윤식엄마는 집에 남을 아이들과 길 떠날 세 식구의 먹거리를 준비하느라 바빴다. 도토리개떡을 찌고, 감자를 삶아 밭에서 따가지고 온 오이, 토마토와 함께 바구니에 담았다. 열무김치를 수통에 가득 담아 세 식구가 먹을 점심을 준비했다. 그리고 자신이 짊어지고 갈 비단 옷감 보퉁이를 만들고, 그 안에 수저를 찔러 넣었다. 영택이 이고 갈 바구니에 넣는다면 검문소에서 의심을 받을까 염려해서였다.

얼마나 일찍 일어나 준비를 했는지, 세 식구가 집을 나설 때는 아직 해도 떠오르지 않은 새벽이었다. 집에서 십여 분 거리에 있는 미아리고개 초소에는 어린 보초병이 꾸벅꾸벅 졸고 있고, 거리에는 사람 그림자도 없었다. 윤식엄마는 별도로 싸가지고 온 감자를 보초병에게 내밀며 말했다.

"수고가 많으세요. 이 감자 좀 드세요. 이 고개에서 팔아보려고 지금 막 찐 거예요."

보초병은 허겁지겁 감자를 먹었다. 그 틈에 영택 일행은 샛길로 들어서 뒤도 돌아보지 않고 뛰었다.

미아리고개를 넘고 조금 더 가니 시골길이 나왔다. 세 식구는 그늘을 찾아 앉았다. 싸가지고 온 것들로 아침을 먹고 또 걸었다. 윤식이 아버지에게 말했다.

"아버지, 자전거 뒤에 타세요. 아직 다리가 완전히 나은 것 같지가 않아요."

윤식은 발이 겨우 닿는 페달을 열심히 밟고 있었다. 이 아이는 제 사촌들과 달리 발육이 부진했다. 희식은 중학교 일학년 때 이미 그 키가 어른 수준이었다. 용식도 거의 같은 수준이다. 자그마한 아이는 무거운 아버지를 싣고 땀을 뻘뻘 흘리며 열심히 페달을 밟았다. 영택은 가슴이 찡해 윤식을 불렀다.

"윤식아, 아버지 이제 내릴란다. 힘들지?"

"아니에요. 힘 안 들어요. 아버지를 제가 모신다고 생각하니까 가슴이 뿌듯해요."

영택은 사랑한다는 말을 하려다 쑥스러워 그만두었다. 그리고 그 말 가지고는 어림도 없을 것 같아 입을 닫아버렸다.

일행은 점심때가 가까워서야 의정부 어디쯤에서 점심을 먹고 또 길을 떠났다. 이번에는 윤식이 엄마를 싣고서 달렸다. 첫 번 길에서는 수도 없이 개골창에 박더니 이번에는 잘도 간다.

물어물어 저녁때가 다 되어서 덕정리에 도착했다. 숙이네는 부농으로 집도 꽤 컸다. 숙이는 시집갔지만 숙이 어머니는 친절하게 맞아주었다.

윤식엄마가 숙이 어머니를 보니 아직도 은비녀를 꽂고 있고, 손에는 반지 하나 없었다. 농촌에서 어지간히 산다고 해도 금붙이는 언감생심일 것이었다.

"실은 저희들이 돈은 없어도 금붙이가 조금 있습니다. 지금은 쓸모가 없겠지만 전쟁이 끝나고 나면 그래도 유용하게 쓰이는 것은 역시 금붙이라 생각됩니다. 넉넉하게 드리겠으니 애 아버지를 좀 거두어주세요."

"아이고, 금붙이는 무슨 금붙이, 쌀은 많으니 걱정 말고 있도록 하세요."

숙이네 식구들은 지극정성으로 대접했다. 세 사람은 참으로 오랜만에 비쩍 마른 닭이 아닌, 통통한 닭고기와 고소한 자반으로 저녁을 먹고 정성스레 자리를 보아준 사랑에서 편한 잠을 잤다.

숙이엄마가 쌀과 보리, 그리고 귀한 콩까지 봇짐에 넣어주었다. 덕분에 그날은 더 이상 곡식을 바꾸지 않고 집으로 돌아올 수 있었다. 간만에 잘 먹어서인지 숙달이 되어서인지 윤식이 모자는 돌아와서도 아프지 않고 거뜬했다. 윤식엄마는 신이 나서 아이들에게 또 쌀밥을 해 먹였다. 홍식의 얼굴에는 함박웃음이 피었다. 홍식은 이제 겨우 말을 배우기 시작한 참이었다.

"엄마, 쌀밥 맛있어. 또 쌀밥 줄 거야?"

"그럼, 매일매일 쌀밥 줄 거야."

윤식엄마는 쌀밥 한 그릇에 더 없이 행복해하는 아이들을 바라보며 시름에 잠겼다. 대체 언제가 되어야 전쟁이 끝날지 암담했던 것이다.

밤에 또 내무서에서 사람이 찾아왔다. 이번에는 부역을 나오라는 것이었다.

"애들 아빠 지금 집에 없는데요."

"어디로 가고 없단 말이요? 집에서 근신하고 있으라고 했는데."

"친척이 아프다고 연락이 와서 잠깐 다니러 갔어요."

"어딘데요?"

"모르겠어요. 어디라고 말도 없이 갔어요."

"그럼 아주머니라도 나오시오."

"어머니는 안 돼요. 몸이 약하셔서 부역 못 나가요."

옆에서 그 사람의 말을 듣고 있던 윤식이 나셨다. 그 말에 잘 됐다는 듯이 그 사람이 말했다.

"그럼 너라도 나와."

"그 어린것이 무얼 할 수 있다고, 그 아인 안 돼요."

"그럼 둘이 나가서 힘을 합치면 되겠네. 둘로 기재해놓겠소. 오늘 밤 여덟 시까지 청량리역 광장에 집결이오."

하는 수 없이 윤식 모자는 청량리역 광장으로 갔다. 광장에 적재된 탄환상자를 어디인가로 이동시키는 작업이었다. 책가방 정도의 부피인 탄환상자를 품에 안겨주는데 어찌나 무겁던지 그만 떨어뜨리고 말았다.

"넌 몇 살이야, 꼬마가 여긴 왜 왔어! 걸리적거리지 말고 저리 비켜! 다음 사람."

윤식엄마가 앞으로 나섰다. 탄환상자를 머리 위에 얹어주었다. 그와 동시에 윤식엄마는 폭삭 주저앉고 말았다.

"엄마 괜찮아요? 다친 데 없어요?"

탄환상자를 안겨주던 남자가 희미한 가로등 불빛에 장부를 뒤적였다.

"당신들은 두 사람이 한몫으로 나왔군. 그러면 두 사람이 한 개를 같이 들고 가시오."

윤식 모자는 탄환상자를 마주 들고 몇 걸음 가다가 넘어지기를 반복했다. 결국 수량을 다 채우지 못하고 날이 밝았다. 다 채우지 못한 수량은 다음날 또 나와서 채우든지, 아니면 벌금을 물라고 했다. 다음날 다시 나오기로 약속하고 모자는 녹초가 되어 집으로 돌아왔다.

양식이 떨어질 때쯤이면 윤식 모자는 가까운 의정부 쪽으로 나가 비단을 팔아 양식을 조달해 왔다. 윤식엄마는 날마다 여전히 바지런하게 밭으로 광으로 부엌으로 다니며 아이들 먹을 것을 챙겼다. 장독대에서 된장을 푸는데 바로 머리 위에서 금속성의 날카로운 굉음이 귀청을 할퀴었다. 깜짝 놀라 하늘을 보는데 어느새 그 물체는 높이 솟아올라 가버렸다. 한참 후에야 정신을 가다듬고 보니 그 물체는 비행기였다. 단파방송을 들어 정세를 파악한 윤식이 말했다.

"어머니, 그 비행기가 B29인데 민가에 숨어 있는 인민군을 찾아내서 총을 쏘려고 그렇게 낮게 내려왔다가 날아올라 가는 거래요. 민간인들은 놀라지 말래요."

"그러냐? 나는 그렇게 놀라보기는 난생처음이다. 귀청이 다 날아가는 줄 알았다."

밤새도록 쿵쿵하는 소리가 멀리서 들려왔다. 대포소리 같기도 하고 바위가 굴러떨어지는 소리 같기도 했다. 밤잠을 설친 윤식엄마가 아침을 지으려고 부엌으로 들어서는데 윤식이 방문을 후다닥 열어젖히며 마당으로 뛰어나왔다.

"어머니! 어머니! 서울이 수복되었다는데요."

윤식엄마는 무슨 소린지 이해하지 못한 채 눈만 휘둥그레졌다.

"수복이라니 그게 무슨 소리냐. 자세히 설명해봐. 그리고 그 소리는 어디서 들은 것이냐?"

"서울을 빼앗긴 지 90일 만에 다시 찾았다고, 조금 전 단파방송에서 들었어요."

"아니, 저 남쪽까지 다 빼앗겼다고 하더니 그새 어떻게 그렇게 되었다니?"

"유엔군이 인천으로 상륙작전을 해서 그렇게 됐대요. 인천이면 서울에서 멀지 않은 곳인데 오는 도중 여러 곳에서 시가전을 했나 봐요. 인천에는 벌써 상륙했다는데 인민군이 설치해놓은 바리케이트와 지뢰 때문에 서울까지 그렇게 오래 걸린 거래요."

"얘, 윤식아. 그런데 너희 아버지는 어떻게 되는 것이냐? 덕정리가 이북 근천데 인민군이 후퇴하면서 해코지하지는 않을까."

"인민군이 그럴 경황이 어디 있겠어요. 다 포로로 잡혀 있거나 아

니면 다 죽었겠지요. 안산에서는 인민군 수천 명이 몰살을 당했다는
데요. 서울시내에서도 엄청 싸워서 오늘 새벽에 서울 시청이랑 중앙
청에 태극기를 겨우 게양했대요."

"윤식아, 너희 아버지도 이 소식은 알고 계시겠지. 내려오시다가
후퇴하는 인민군은 만나지 말아야 하는데……."

"걱정하지 마세요. 그 집에서도 단파방송을 듣는 것 같던데 알아
서 하시겠지요."

전쟁 발발 삼 일 만에 서울을 빼앗겼고 삼 개월 만에 서울을 다시
찾았다.

23

광 안에 피신하고 있던 영익 삼부자는 더는 참을 수가 없었다. 광
벽 뒤에 있는 땅굴은 사람이 기어 들어가 앉으면 그만이고 설 수도
없는 공간이었다. 잘 때도 세 사람이 바짝 붙어야만 겨우 누울 수 있
었다. 광으로 나온다고 해서 편한 것은 아니었다. 키가 큰 세 사람은
광에서도 목을 숙여야만 제대로 서 있을 수 있었다.

삼부자는 사지가 쑤시고 결렸다. 하는 수 없이 대문 밖에 모임을
불침번으로 세우고 마당으로 나와 팔다리를 움직여 운동을 하고 신
선한 공기를 들이마시곤 했다. 삼부자는 이렇게라도 운동을 하면서

또 공부를 하면서 나날을 보냈다. 운동을 할 때나, 밥을 먹을 때나 불침번을 서야 했기 때문에 모임은 하루 중 대부분을 대문 밖에서 보냈다. 매일 행인만 지나가는 것이 아니라 내무서 사람들이 나오는 경우도 많아서 식구들은 그때마다 혼비백산하여 다 죽은 목숨들이 되곤 했다.

내무서원들은 아무 소리 없이 안방 문을 열고 들어가 장롱을 열어 보고 다락을 살살이 뒤졌다. 그러고는 건넛방 문을 열어보고 사랑으로 나갔다. 희식, 용식의 방으로 들어가 이것저것을 들추어 보고 화장실까지 다 열어보았다. 그들은 광문까지 열었지만 다행히 들키지는 않았다. 그 후로도 몇 번 더 가택수색을 당했고, 식구들은 그때마다 가슴을 졸여야 했다.

의대 일년생인 희식은 이 상황에서 할 수 있는 것이 무엇인지 생각해보았다. 특히 의대 공부라는 것이 다른 공부와는 달라서 중학교 공부와 연결되는 것이 아니었다. 교수의 강의 없이는 공부의 진도를 낼 수가 없었다. 그렇다고 가만히 있으면 처한 이 상황에 정신이상이 생길 것 같고, 또 시간만 허비하는 것이라고 희식은 생각했다. 그래서 인체도를 펴놓고 인체의 모든 기관을 모조리 외워버렸다. 위장이나 간장, 심장 등 각 장기에는 왜 어떻게 병이 나며 그 증세에 따라 어떻게 치료하는지도 다 외웠다. 강의를 듣지 않고도 무작정 외우는 것은 가능했다. 이제 환자의 설명만 듣는다면 치료도 할 수 있을 것 같은 자신감도 생겼다.

용식은 내년에 대학입시를 치러야 했다. 처음에는 답답하고 애가 닳아 못 견뎌하더니 희식이 공부하는 것을 보고 자신도 입시 준비를 단단히 하고 있었다. 한번 총정리를 하고 또다시 점검했다. 모르는 것이 있으면 형이 다 가르쳐 주니 막힘이 없었다.

그러던 어느 날 새벽이었다. 눈을 뜨자마자 단파를 듣고 있던 용식이 뒤집어쓰고 있던 홑이불을 후다닥 벗어 던졌다.

"아버지, 아버지! 서울을 수복했대요."

밤새 뒤척이다가 새벽녘에 겨우 잠들었던 영익이 놀라 일어났다.

"용식아, 너 지금 뭐라고 했니? 수복이라니."

"네, 맞아요. 서울 수복이요. 지금 단파방송에서 그랬어요."

밤새 외우기에 재미가 들려 날 새는 줄도 모르다 방금 전에 잠들었던 희식은 잠결에 용식의 소리가 꿈인 줄 알았다. 그러다가 정신이 번쩍 들어 벌떡 일어났다.

"용식아, 지금 너, 서울 수복이라고 한 거야?"

"형! 맞아, 서울 수복!"

두 형제는 끌어안고 광 바닥을 뒹굴며 소리 소리를 질렀다.

"만세, 만세다!"

형제는 만세를 외치다가 아버지를 끌어안았다. 하지만 영익은 영택이 걱정되어 마냥 즐거워할 수만은 없었다. 광 안에 있으면서 영택에게 가보고 싶은 마음은 굴뚝같았지만 나갈 수가 없어 애를 끓고 있었던 것이다. 영익이 말했다.

"애들아, 이제 나가서 네 엄마에게도 알려야지. 자, 나가자. 아버지는 작은 집에 잠시 다녀오마. 네 작은 아버지가 어찌 되었는지……."

영익의 말에 희식이 나섰다.

"용식아, 너는 안으로 들어가서 어머니께 알려, 나는 아버지 모시고 작은 집에 다녀올게."

두 부자는 활개를 펴고 새벽길을 걸어 영택네로 갔다.

"아니, 아주버님 무사하셨군요. 희식아, 너도 무사했구나. 어서 들어오세요."

"여기도 벌써 다 알고 있었네. 그런데 동생은 어디 갔습니까?"

"덕정리에 가 있어요. 희식이 가정교사하던 숙이네로요."

"숙이네요? 그래, 잘 있답니까?"

"저희가 한 열흘 전에 다녀왔는데 그때까지는 잘 있었어요. 거기가 인민군들 퇴로라 걱정이에요. 무사히 빠져나와야 할 터인데."

"괜찮을 겁니다. 걱정하지 마세요. 그럼 희식아, 그만 가자."

집으로 돌아가면서 영익은 묘한 감정에 휘말렸다. 마음이 놓이는 것과 동시에 배반감이 들었다. 동생이 무사한 사실에 대한 안도감과 함께 이유도 모를 배반감이었다. 영익은 당황스러웠다. 동생에게 아무 일도 생기지 않은 것에 감사해야 정상이 아닌가. 그런데 왜 배반감을 느끼는가. 동생이 무사하지 않았어야 했단 말인가. 그것은 아니다. 절대로 그것은 아니다. 영익은 죄책감을 느끼다가 이내 고개를 흔들었다.

자신이 느끼는 감정은 잘못된 것이 아니다. 좁은 공간 안에서 자신을 그토록 근심에 쌓이게 한 것이 결과적으로는 아무것도 아닌 것이 되었다는 그 사실에 속이 상한 모양이라고 생각했다. 폐쇄된 공간이 사람을 옹졸하게 만든 것이다. 영익은 그렇게 툴툴 털어버렸다.

전쟁을 했다고는 하나 서울 시내에서 공방전을 벌인 것도 아니었다. 눈 깜짝할 사이에 서울을 빼앗겨 버렸으니 전흔이 남은 곳도 별로 없었다. 예전이나 조금도 다를 것이 없었다. 아빠는 회사로, 아이들은 학교로 돌아가서 언제 전쟁을 했었나 싶게 평화로운 하루하루를 보냈다. 삼팔선을 넘은 UN군과 국군은 날로 북진하여 평양이 지척이고, 이제 통일의 날이 멀지 않았다고 모두 기쁨에 넘쳐 있었다.

24

명주는 육체적 고통보다 정신적 혼란으로 더욱 몸을 가누지 못했다. 희식에 대한 절절한 그리움으로 가슴이 저려오고, 점순의 배반에, 무엇인가 다 잃었다는 허망함으로 슬펐다. 돌변한 말주가 뒤흔들기 시작한 세상은 어지럼증을 불러일으켰다. 다시 일어나고 싶은 생각마저 없애버린 이 세상에 멀미가 날 지경이었다.

점순은 엉덩이가 들썩거려 차분히 살림을 하지 못하고 애꿎은 명주의 머리만 짚어보고 있었다. 열이 떨어진 것을 확인한 점순이 기어이 말을 꺼냈다.

"아씨, 저 읍내에 나갔다 올게요. 저녁 할 때까지는 꼭 들어오겠어요. 단성아씨 연설 소리가 귀에 쟁쟁해서 미칠 것 같아요. 사람들의 박수 소리가 여기까지 들리는 듯해 참을 수가 없어서 가봐야겠어요. 아씨."

명주는 점순이 병이 들어도 단단히 들었다고 생각했다. 억지로 못 가게 한다면 그녀의 존재 자체를 무시하고 마음대로 나가버릴 것 같았다. 명주는 자신의 존재가 작아지는 것이 두려워 허락해버리고 말았다.

명주도 고집이 있었다. 마음 독하게 먹고 해가 꼴딱 넘어갈 때까지 부엌에 나가지 않았다. 아프다는 핑계도 있겠다, 눈 딱 감고 참았다. 아이들이 부엌을 드나드는 소리가 들렸다. 배가 고플 아이들이 안쓰러워 반쯤 일어났다가 다시 눕기를 여러 차례 하는 동안 이윽고 밤 아홉 시가 되었다. 아이들은 포기했는지 행랑채로 가버렸다. 요 며칠 식사를 하지 못한 명주도 속이 쓰려왔다.

점순은 위로 아들 셋을 낳았고 막내로 딸 동주를 낳았다. 그러고는 석이 징용을 가버려서 자연히 단산했다.

어린것들이 얼마나 배가 고플까. 일찍 저녁을 지어 먹였어야 했다고 명주는 후회했다. 서울 가져가려고 고아놓은 엿을 종이에 싸 들고 행랑채로 나갔다. 중학교 이학년을 맏이로, 어린것들은 눈을 말똥말똥 뜨고 나란히 누워 있었다. 얼마나 배가 고팠으면 앉아 있지도 못하고 누워 있나 생각하니 눈물이 왈칵 솟았다. 엿을 들여주고 말했다.

"내, 얼른 밥 지어줄게 일어나 엿 먹고 건너오너라."

명주는 부엌으로 들어가 밥솥에 밥을 안치고 찌개를 끓였다. 아이들이 줄줄이 부엌문 앞에 늘어서 있었다.

"배고프지? 조금만 참아라. 이제 다 되어간다."

그제야 점순이 들어왔는지 부엌문 앞에 와 섰다. 점순의 큰아들이 엄마를 향해 소리를 질렀다.

"엄마, 어디 갔다 이제 오는 거야. 안방 아주머니 아프신 거 모르는 거야? 엄마 나빠."

점순은 부엌으로 들어가 대충 챙겨 들고 방으로 들어왔다.

"아씨, 죄송해요. 사람들이 너무 감격했다고 술 한잔 하자고 해서 늦었어요. 그런데 어떻게 이때까지 아이들 밥을……."

"엄마!"

점순의 큰아들이 방 안이 떠나갈 듯 큰 소리로 엄마를 불렀다.

"아이쿠, 이 자식아, 귀청 떨어져 나가겠다. 왜 불러."

"엄마 지금 제정신이야. 요즈음 뭐 하고 돌아다니면서 자기 할 일도 안 하는 건데? 아주머니 진지는 그렇다 치고 우리 밥까지 아주머니에게 시키는 것은 철면피 아니에요? 엄마가 이 집에 공짜로 일 해주는 것은 아니잖아요. 먹여주고, 재워주고, 입혀주고, 공부시켜주고, 그리고 또 그전, 엄마 결혼할 때는 논도 주셨다면서요? 사람이면 은혜를 알아야지, 은혜는 그만두고라도 자기 책임은 해야지요. 엄마 나빠. 나 이제 엄마가 밥 안 해주면 밥 안 먹을 거예요!"

그렇게 한바탕 소란이 일어났는데도 다음날 점순은 또 나갔다. 이번에는 말도 없이 나가버렸다. 명주가 점심때 밥을 해놓고 기다려도 아이들이 올라오지 않았다. 아이들을 부르려고 행랑채로 내려갔더니 아이들은 마루에서 밥상에 둘러앉아 밥을 먹고 있다.

"아니, 벌써 밥들을 먹고 있었니? 내가 밥 다 해놓았는데."

"아주머니, 고맙습니다. 그런데 저희들 이제 안에는 안 들어가요. 엄마보고 밥해놓고 가라고 했어요."

밤이 늦어서 점순이 오는 기척이 났다. 한참 시끌벅적하더니 점순이 안방으로 들어왔다. 점순의 눈은 꿈속을 헤매는 듯했다.

"아씨, 아씨도 한번 가보셔야 하는데, 단성아씨가 얼마나 연설을 잘하시는지! 단상에 올라선 아씨는 꼭 선녀 같았어요. 날씬한 키에 호리호리한 몸매는 날아갈 듯하고 얼굴은 얼마나 예쁜지 사람들이 모두 꽃 같다고들 하더만요."

"……."

"아씨, 주무시는 거예요? 내일은 저랑 함께 읍내에 한번 가보세요. 대단해요. 정말 우리 같은 인간들이 배곯지 않고 헐벗지 않고 잘 사는 세상이 올까요?"

먼 곳을 바라보고 있는 점순의 눈은 여전히 꿈을 꾸는 듯했다. 공산주의가 제대로만 이루어진다면 얼마나 좋은 세상일까. 명주는 그저 점순이 안쓰러울 따름이었다.

"점순아, 너도 고단할 것이니 그만 가서 자거라. 나도 자야겠다."

점순은 꿈에 부풀어 여전히 읍내 출근을 멈추지 않았고 끊임없이 말주 소식을 물어 날랐다. 명주는 이런저런 걱정에 시름에 잠겨 있는데 회가 오랜만에 들렀다.

"별고 없으셨어요? 오늘은 좋은 소식 전해드리려구요."

회는 기쁜 기색이 역력했다.

"점순이는 또 나갔습니까?"

"요즈음 막내가 아파서 며칠 못 나가는 모양이던데요. 점순은 왜요?"

"점순이 나가지 않은 게 다행이네요. 읍내에 국군과 토벌군이 들이닥쳐 연설하던 사람과 청중들을 다 잡아갔다는데요."

"국군이라니, 국군이 어디서 나타나서요?"

"유엔군이 서해바다를 거슬러 올라가 인천상륙작전으로 서울을 탈환했답니다. 그것이 28일이었다는데 그 소식을 우리는 이제야 들은 거죠."

"세상이 바뀌는군요. 이서방님은 어찌 될까요?"

"빨치산들도 다 후퇴한다고 그러던데, 이북으로 넘어가지 않았을까요?"

"점순이는 괜찮을까요?"

"괜찮을 리가요. 부역한 사람들도 다 잡혀갔다는데 점순이라고 괜찮겠습니까."

"그 순진한 것이 홀랑 빠져서 물불을 못 가리더니, 큰일 났군요."

아침나절 아프던 막내가 기운을 차리자 점순은 읍내에 나가 보겠다고 했다. 명주는 기가 막혔다.

"너, 정신 차려. 세상이 다시 옛날로 돌아갔단다."

"그게 무슨 말인지 쉽게 좀 말해보세요."

점순은 무슨 말인지 당최 못 알아듣는 눈치였다.

"이북이 전쟁에 져서 다 도망치고 있단다. 알아듣겠느냐?"

"말도 안 돼. 단성아씨께 물어봐야 해요. 읍에 갔다 올게요."

미친 듯이 집 밖으로 내달았던 점순은 밤이 깊었는데도 돌아오지 않았다. 기어이 집에 돌아오지 않은 점순이 걱정되어 명주는 아침 일찍 회의 집으로 갔다. 회는 들에 나갔는지 집에 없었다. 회의 처도 같이 나갔는지 집은 비어 있었다. 회의 처는 살림을 알뜰하게 잘 꾸려나가고 있었다. 정리정돈이 잘된 집에서는 따뜻한 냄새가 폴폴 났다. 명주는 인간이 산다는 게 이런 모습이 아닐까 생각하다가 공연히 눈시울이 뜨거워졌다. 회는 한나절이 지나서야 돌아왔다. 한동안 말문을 열지 못하던 회가 무겁게 입을 열었다.

"어제 낮에 연설 현장에 들이닥친 토벌대와 군경들이 말주와 그 일행들을 모조리 검거했답니다. 지금 그들이 어디 있는지는 파악이 안 되고 점순은 지금 지서에 있답니다. 점순을 보지는 못했고 아는 사람을 통해서 말만 들었습니다."

"아이고 서방님, 이를 어째요. 이서방 내외를 어쩌면 좋아요. 그리고 점순은 또 어찌해요?"

"오늘은 그냥 돌아왔습니다. 일단 서울 형님들과 상의를 먼저 해야 될 것 같아 서요. 우체국에서 서울로 전화를 했어요. 오늘 밤차로 둘째형님이 내려오신답니다."

영택이 아침 일찍 도착했다. 그는 서둘러 지서로 갔다. 우선 지서장을 만나 백배사죄하고 말주의 면회를 청했다. 그러나 지서장은 완강하게 거절했다.

"지금 이 유치장에 감금된 사람들은 모두 인민공화국 부역자들이오. 정부 특별 지시로 면회는 절대 되지 않소. 누가 와도 면회는 되지 않소."

"그럼 점순이라는 여자는 어떤가요? 별로 한 일도 없다고 하던데 그 여자 좀 볼 수 없을까요. 올망졸망한 아이들이 엄마를 기다리고 있어서요. 아이들이 밥도 굶고 있어요. 사정합니다. 좀 봐주세요."

그러나 어림없는 일이었다. 속수무책으로 시간만 끌다가 영택은 서울로 올라가버렸다. 명주는 속절없이 아이들 양육을 떠맡게 되었다.

그러던 어느 날 명주는 점순의 문제로 지서에 출두하라는 연락을 받았다. 생전 처음 지서라는 곳을 방문한 명주는 지은 죄도 없건만 공연히 가슴이 두근거렸다.

"저, 양점순이 일로 부르셔서 왔는데요."

기어들어가는 목소리로 겨우 말을 해놓고 고개를 숙이고 기다렸다.

"아니 형수님이 여기는 무슨 일로 오셨습니까?"

명주가 고개를 드니 시동생뻘 되는 친척이 한쪽에서 반갑게 인사를 하는 것이 아닌가. 그 반가움은 이루 말할 수 없었다.

"우리 집에서 일하는 아이가 부역 죄명으로 감금되었는데 보호자를 오라고 해서 왔어요. 그런데 그 아이는 아무것도 한 게 없다는데요. 단성 이서방댁을 따라 그냥 구경만 했다는데요. 잘 좀 말해주세요."

"이름이 뭡니까? 제가 알아보고 오지요."

"양점순이에요."

잠시 친척이 자리를 비운 사이 지서를 한 바퀴 휘 둘러보던 명주는 살벌한 분위기에 기가 질렸다. 잠시 후 친척이 점순을 데리고 다시 돌아왔다.

"형님, 그렇지 않아도 혐의가 경미해 석방시키려고 오시라고 했다는데요. 여기 보증인 난에 서명날인하시고 데리고 가세요. 공연히 형수님이 놀라셨겠어요."

"네, 정말 큰일 나는 줄 알았어요. 서방님, 감사합니다. 그런데 조금 상의할 일이 있는데 시간이 되시겠어요?"

"형수님, 무슨 말씀이신데요."

"저, 우리 집 막냇동생 아시죠. 단성으로 출가한 이서방댁."

"예, 알지요. 산청을 탈환하던 그날, 경찰들이 연행해 갔는데 아마 부산으로 데리고 갔을 겁니다. 이 지서에는 없습니다. 그리고 그 이서방은 북으로 갔다는 소문이 있던데요. 그날 그 광장에는 없었어요."

"그렇군요. 그 문제로 부탁을 드려보려 했었는데 이제 속수무책이네요. 그럼 가보겠습니다. 정말 감사했어요."

명주는 나온 김에 점순과 장에 들렀다. 그녀는 풀이 팍 죽어 그 크던 목소리가 모기소리만 했다. 전에는 물건값을 깎느라 가게 주인과 언쟁을 벌이곤 했는데 오늘은 달라는 대로 군말 없이 그냥 척척 내준다. 세상만사 다 시들한 사람 같았다.

"점순아, 어디 가서 점심이나 먹고 가자. 너 배고프지?"

"아니에요. 그냥 가요. 애들 밥해 먹여야죠. 아씨나 잡수시고 싶은 거 있으면 사서 드시고 오세요. 저는 그냥 갈래요."

명주도 점순을 따라 집으로 왔다. 집에 도착한 점순은 아이 넷을 끌어안고 소리 죽여 흐느끼고 있더니 차츰 소리를 높여 울부짖었다. 그 애끓는 울음소리가 명주의 가슴속 깊은 곳의 어떤 슬픔도 자극했다. 어느 결에 명주도 따라 울고 말았다.

풀이 죽은 점순은 이후 말문을 닫아버렸지만 여전히 집안 살림은 다 해냈다. 예전에는 하도 시끄러워서 점순이 어디에 있는지 훤히

다 알 수 있었는데 이제는 소리쳐 불러야 있는 곳을 알 수 있을 정도로 점순은 풀이 죽어 지냈다.

명주는 점순의 기분을 어떻게 북돋아줄까를 궁리해봤지만 답이 없었다. 그녀의 머릿속에서 일어나고 있을 지각변동에 어떤 말을 해주어야 다시 현실로 돌아와 평온을 되찾을지 명주도 알 수 없었다.

명주가 밥을 다 먹을 때까지 밥상머리에 붙어 앉아 동네 뉘 집에서 무슨 일이 일어났는지 낱낱이 고해바치던 점순은 이제 밥상을 놓고 슬그머니 나가버렸다. 명주는 혼자 앉아 밥이 넘어가지를 않았다. 이리저리 궁리하던 명주가 점순을 불렀다.

"점순아, 나랑 이야기 좀 하자. 너, 요즘 어디 아프니?"

"안 아픈데요."

"그럼 왜 기운도 없는 것 같고 말도 없니?"

"……."

"어디가 아프면 아프다고 말해, 병원에 가게."

"안 아파요."

"그럼 왜 그러는데."

"그냥 살고 싶지가 않아요. 그전에는 우리네 같은 인생 태어난 대로 살다 죽는 것인 줄만 알았는데 그게 아니라잖아요. 그런 좋은 세상이 있다는데 왜 이러고 살아야 해요. 아이들만 아니면 저도 단성아씨 따라갔더라면 좋았을 것인데."

"단성아씨가 어디로 갔을 것 같으냐? 네가 며칠 읍에 나가지 않아서 소식을 모르는 모양이구나. 광장에서 연설하던 사람들 모두 잡혀서 부산으로 끌려갔단다. 너도 지서에 잡혀갔다 왔지 않느냐."

남쪽 끝까지 점령했다던 인민군이 왜 갑자기 국군에게 밀리게 되었는지 설명한다 해도 점순은 어차피 알아듣지 못할 것이었다. 누누이 설명하기도 구차해서 명주는 입을 닫아버렸다. 점순은 단성아씨가 왜 잡혀갔는지 그 부분도 이해가 안 되는 모양이었다. 점순은 시무룩해져서 행랑으로 갔다.

명주는 점순을 그대로 놓아두기로 마음먹었다. 이 시점에서 민주주의가 어떻고 사회주의가 어떻고 하면서 이런저런 말을 늘어놓아 보아야 아무 소용이 없을 게 분명했다. 계급해방. 점순의 온 정신을 차지하고 있는 말은 그 한마디뿐이었을 터이니.

25

말주는 잡혀가던 그날도 군중들의 환호에 고무되어 목이 터져라 열변을 토했다. 모든 것이 다른 날과 다름없었다. 그런데 갑자기 환호 소리를 가르며 다른 소리가 들려왔다. 뭔가 이상한 움직임을 감지한 말주는 소리가 나는 쪽으로 시선을 돌렸다. 한 떼의 군인들이 먼지구름을 일으키며 강단 쪽을 향하여 '받들어 총' 자세로 달려오는 것이 보였다. 자세히 보니 인민군이 아니라 국군이었다.

놀란 말주의 말소리가 뚝 끊겼다. 그사이 강단까지 뛰어오른 군인들은 말주에게 총부리를 겨누었다. 어떻게 된 영문인지 알 사이도 없이 말주는 포위당하여 끌려 내려갔다. 광장은 삽시간에 난장판이 되었고 강단에 앉아 있던 사람까지 모두 끌려가 버렸다.

말주의 남편은 며칠 전까지도 기세등등했다.

"며칠만 있으면 부산까지 다 점령할 거야. 이제 이 남조선은 인민공화국이 되는 거야."

그런데 이 국군들은 어디에 숨었다가 나타나서 이 난동들이야. 따끔한 맛을 보여줘야지. 말주는 미친 듯이 악을 썼다.

"거기 아무도 없어요! 여기, 이 날강도 놈들을 어서 잡아 가둬요!"

그러나 모두 국군에게 잡혀가는 사람들뿐이고 아는 얼굴이라고는 하나도 보이지 않는다. 말주는 그제야 일이 났다는 것을 깨달았다. 세상이 다시 뒤바뀐 것일까. 며칠째 집에 들어오지 않은 남편은 지금 어디 있는 것인지, 다시 지리산 속으로 들어가버렸는지, 자기가 잡혀가고 나면 집에 있는 아이들은 어떻게 되는지, 모든 것이 뒤엉켜 머리가 지끈거렸다.

말주는 지서로 끌려가 간략한 조사를 받고 지서 앞에 대기하고 있던 트럭에 끌어 올려 태워졌다. 차 외부를 모두 철망으로 둘러친 차는 꼭 닭장 같았다. 이미 차에는 체포된 사람들로 가득 차 있었다. 한쪽 구석에 끼어 앉은 말주는 난생처음 타보는 험악한 차 모양에 놀라 가슴이 두근거렸다. 차는 어딘지도 모를 곳으로 계속 달렸다.

그 와중에도 말주는 배가 고팠다.

"여보세요, 점심도 안 먹었는데 밥은 언제 주는 거요."

"부산에 도착해서 인원 점검하고 나서 줄걸요."

"부산 다 왔나요?"

"아직 멀었어요."

해가 뉘엿뉘엿 지고 있을 즈음 차는 도시로 진입했다. 차에 타고 있던 사람들이 웅성거렸다. 그들도 모두 배가 고플 것이었다. 모두 없는 사람의 행색이었다. 부자가 무엇 하러 그 광장에 모였겠는가. 누구나 평등한 좋은 세상이 온다고 하는데 없는 사람들이 싫어할 리 없었다. 모두 배고프고 고달픈 얼굴들을 하고 있었지만 배고파본 적이 한 번도 없었던 말주와는 달랐다. 그들은 아무도 배고프단 말을 하지 않았다.

도심에 진입한 차는 부산지방검찰청 청사로 들어갔다. 줄지어 내린 사람들은 건물 안 조사실로 들어갔다. 차에 가득 탔던 사람들 한 명 한 명 조사를 받았다.

이름, 주소, 직업, 생년월일을 물었고, 또 인공치하에서 무슨 일을 했는지 물었다. 하지만 거의 모든 사람이 말귀를 제대로 알아듣지 못했다. 같은 질문을 몇 번씩 하고 다시 대답하느라 밤이 깊어갔다. 밤공기는 싸늘해서 모두 웅크리고 누워 날밤을 새웠다. 해가 뜨고도 한나절이 지나서 겨우 아침밥을 주었다.

그동안 보이지 않던 인솔자가 나타났다. 좌중을 한 번 휘 둘러보던 그는 말주에게 눈짓을 했다. 인솔자는 말주를 방으로 안내하더니 나가버렸다. 말주는 다시 조서를 받았다.

"이름은."

"민말주입니다."

"주소는."

"산청군 단성면 수지리."

"직업은."

"주부입니다."

"인공치하에서 인공을 찬양하는 연설을 했다던데 맞소."

"예, 했습니다."

"그럼 당신은 공산주의자 맞죠."

"아니에요. 난 공산주의자 아니에요."

"그런데 왜 인민공화국을 찬양했소."

"그냥 남편이 시켜서 연설을 했을 뿐이에요."

"그런 거짓말하지 마시오. 아주 열렬하게 연설해서 사람들이 다 감동받았다고 하던데."

"남편이 써주어서 그냥 읽었을 뿐이에요. 정말이에요. 내가 뭐가 부족해서 빨갱이를 해요?"

말주는 그다음 날 또 불려 나가서 똑같은 질문을 받았고, 똑같은 대답을 했다. 하루에 한 번씩 불려 나가 똑같은 질문을 받는 것 외에 는 아무 일도 없이 열흘이 흘렀다. 어느 날, 그날은 낮에 불려 나갔다. 그런데 이번에는 매일 불려 들어갔던 방이 아닌 다른 사무실로 데리고 갔다. 사무실로 들어서던 말주는 오빠 영익을 발견했다. 말주는 울음을 터뜨리며 영익에게로 달려가 안겼다.

"오빠, 왜 이제야 오는 거예요? 말주가 얼마나 고생했는지 알아요. 난 꼭 죽는 줄 알았어요."

"그래, 그래. 고생했다. 이분께 인사드려라. 오빠 대학 동창인데 검사이시다. 이번 네 일에 힘 많이 써주신 분이다."

"감사합니다. 민말주예요. 그런데 오빠, 이서방은 어떻게 됐어요? 좀 알아보셨어요?"

"이북으로 넘어갔다는구나."

"오빠, 우리 애들 어떡해요. 난 어떡해요."

다시 흐느끼는 말주를 데리고 사무실을 나오면서 영익은 친구에게 말했다.

"서울 오면 연락해. 간다. 고마웠다."

영익은 말주를 데리고 단성 말주의 시댁으로 갔다. 마루에 앉아 있던 식구들은 맨발로 뛰어나와 말주를 끌어안고 울었다. 정신을 가다듬은 말주 시아버지가 말했다.

"그래, 완상이 이놈은 왜 안 오는 거냐? 또 어디로 간 것이냐?"

영익이 나서서 어르신 손을 잡았다.

"사장어른, 두 분 인사 받으십시오. 영세어미 오라비입니다."

말주 시아버지와 시어머니는 경황 중에 사돈도 몰라본 것이 민망하여 아무 소리도 못 하고 서 있다가 마루로 올라갔다. 영익은 사돈에게 큰절을 올리고 난 다음 말했다.

"사장어른, 염려하지 마십시오. 이서방은 곧 돌아올 겁니다."

영익은 본의 아니게 거짓말을 했지만 마음이 불편한 것은 어쩔 수 없었다. 이것저것 물으면 난처할 것 같아 더는 앉아 있을 수 없었다. 영익은 뒤도 돌아보지 않고 횡하니 그 집을 나왔다.

영택이 집으로 찾아와 말주의 일을 상의했을 때 영익은 난감했다. 그러나 이번 일만은 자신이 해결하지 않으면 안 된다는 것을 너무도 잘 알고 있었기에 해보겠다고, 어렵게 대답하고 말았다. 영익은 태어나서 이제까지 누구에게 싫은 소리 한 번 해본 일도 없었다. 청탁이나 부탁은 더더욱 해본 적이 없었다. 그런 데 그 친구에게 부탁을 하다니.

부산 검찰청에 있는 동창에게만은 정말이지 부탁하고 싶지 않았다. 중학교 때부터 일등을 놓고 치열한 경쟁을 벌였던 친구였고, 대학에서도 마찬가지였다. 그뿐이라면 괜찮았다. 고등고시에서 몇 번 낙방한 자신이 전매청에 취직해 다닐 때 그 친구는 고시에 합격하여 검사가 된 것이다. 그때의 패배감이 아직도 생생했다. 우연히 길에서도 만나지 않기를 바랐던 친구였다.

영익은 잠도 못 자고 고민했다. 하지만 때가 때인지라 말주를 그대로 내버려두면 그 아인 영원히 감옥에서 썩어야 할 터였다. 아버지가 얼마나 귀히 여기시던 아이인가. 그러나 그것은 다 제쳐두고라도 말주의 아이들 넷을 생각하면 더욱 고민이 되었다. 이완상이 월북했다면 그 사람은 영영 남쪽으로는 못 올 사람이었다. 온다고 해도 간첩으로 인정되어 이 땅에서는 영원히 도망자의 신세일 것이다. 그렇다면 아이들을 건사할 사람은 말주뿐이었다.

자신의 자존심 때문에 네 아이들을 부모 없는 아이들로 만들 수는 없는 일이라고 생각한 영익은 부산으로 갔다. 미리 연락은 했으나 난세에 검사를 만나기가 그리 수월하지는 않았다. 몇 번의 검문검색을 거치고 친구의 집무실로 들어섰다. 그러나 친구는 너무도 허물없이 반갑게 마주 나와 영익을 얼싸안았다.

"그래, 네가 무슨 일로 부산에를 다 내려오고, 그동안 보고 싶었다. 잘 지내지?"

"응, 너도 잘 있지? 서울에는 더러 올라왔을 텐데 왜 한 번도 연락을 안 했니?"

"사건 때문에 올라가기는 했지만 시간에 쫓겨 어머니도 못 찾아뵌다. 그래, 무슨 일인데?"

"응, 여동생 때문에. 그 아이 남편이 좌익 운동하는 사람이라."

"그 사람이 부산지검에 송치됐어?"

"아니야. 매제는 월북해버렸고, 동생이. 그 애는 좌익사상이 있는 것도 아니고 아무것도 모르는 아이야. 육이오 이후에 인공치하에서 남편이 시키니까 연설을 좀 했다는데 큰일이야. 아빠 없는 아이들이

엄마라도 있어야 하지 않겠어. 아이가 넷이야. 네가 힘 좀 써주었으면 해서."

검사다운 예의 그 냉정한 표정으로 전후 상황을 분석하던 친구가 말했다.

"그래, 알았어. 우선 검토해보고 나서 이야기하자. 내일 다시 와."

영익은 자신이 쌓고 살아온 적대감의 아성이 얼마나 허망하고 보잘것없는 아집이었나를 생각하면서 혼자 얼굴을 붉혔다. 친구는 저토록 해맑은 표정으로 자신을 반기는데⋯⋯. 영익은 그간의 체증이 내려간 듯 개운한 마음으로 서울로 돌아왔다.

오빠의 덕택으로 간신히 집으로 돌아온 말주는 기가 막혔다. 도대체 자신에게 사상이라는 게 있기나 한 것이었는지. 투철한 이념을 가지고 연설을 했다면 모를까, 자신은 세상이 사회주의면 어떻고 민주주의면 무슨 상관이냐는 생각을 가지고 산 사람이었다. 네 것 너먹고, 내 것 나 먹으면 됐지, 무엇 때문에 나눠 먹자고 하는지 이해가 안 된다고 생각하던 자신이 무엇에 홀려 연설을 하고 다녔는지 알 수가 없었다. 그것도 신명나게 말이다. 밖에서 사람들이 두런거리는 소리가 들려왔다.

"이 집이 이완상의 집이요?"

말주는 가슴이 내려앉았다. 무슨 일로 남편을 찾아왔는지, 좋은 일은 아닐 것이 분명했다.

"이 집을 적산으로 몰수하겠소. 오늘 안으로 집을 비우시오."

말주의 시아버지는 사랑에서 이 소리를 듣고 올 것이 왔구나 생각했다. 하지만, 아들이 공산주의자이지 자신은 공산주의가 아닌데 왜 내 재산을 몰수하느냐고 따지고 싶었다. 그러나 마음뿐이었다. 다리가 떨려 일어날 수조차 없었다. 탁자를 짚은 손이 부들부들 떨려 탁자가 흔들렸다.

방에서 바깥의 동정을 살피고 있던 말주가 문을 열고 마루로 나갔다. 그리고 허리를 꼿꼿이 세우고는 마당에 선 사람들을 내려다보았다.

"나, 이완상의 안사람이오. 이완상의 재산을 몰수한다고 그랬소? 그런데 이완상은 무일푼이오. 이 집은 이완상 부친의 집이오. 이완상은 이 집에서 식솔들과 함께 얹혀살고 있었을 뿐이오. 이 집 재산은 이완상의 것이 아니오. 다들 돌아가시오."

마당에는 잠시 정적이 흘렀고 식구들은 넋이 나가 멍하니 있었다. 마당에 있던 사람들은 서로 눈치를 보더니 자기들끼리 무엇인가 의견교환을 했다. 그중 한 사람이 말했다.

"그럼 상부에 보고하고 내일 다시 오겠소."

그들이 빠져나간 집은 갑자기 절간이 되었다. 마치 아무도 없는 것처럼 고요한 정적 속에 하루가 지났다.

어제의 그 사람들이 다시 마당 가득 들어서고 있었다. 식구들은 각기 서거나 앉은 자리에 돌같이 붙박여 꼼짝도 못 했다. 말주는 악을 썼다.

"당신들 뭐 하는 거야? 누가 뭘 어쨌다고 죄인 취급이야? 얼른 이 집에서 나가요, 나가!"

"이 여자가 미쳤나. 당신, 공무집행 방해할 거요? 저리 비켜! 빨리 빨리 끌어내!"

사람들이 아버지, 어머니, 형님 내외와 아이들을 잡아 대문 밖으로 끌어내었다. 그리고 발악을 하는 말주와 말주의 아이들도 끌어냈다. 대문 밖으로 끌려 나온 아이 둘은 동네가 떠나가게 울었고, 삽시간에 동네 사람들이 다 몰려나왔다. 집성촌인 마을은 모두가 일가친척들이었다. 모두 마음 아파했지만 나라에서 하는 일이라 그들이 어찌할 수 있는 일이 아니었다. 둘째형님이 헐레벌떡 달려왔지만 무슨 해결을 낼 수 있단 말인가. 넋 놓고 앉아 한숨만 쉬고 있다가 그가 말했다.

"우선 우리 집으로 가십시다. 가서 차후 일을 상의하도록 하지요."

가족들은 빈 몸으로 둘째 형님의 집으로 갔다.

밤새 삼부자가 상의를 했지만 아무 결론도 내지 못한 채 날이 밝았다. 말주는 밤새 혼자 생각한 것을 식구들 앞에서 털어놓았다.

"저, 아버님. 일단 나라에서 정한 일 다시 번복하는 일은 없을 것 같습니다. 집에는 다시는 들어가지 못할 것입니다. 그래도 우리 식구 모두가 둘째형님 댁에 있을 수는 없을 것 같습니다. 우선 저는 산청으로 가서 살 방도를 생각해보겠습니다."

"아가, 내가 이 지경에 무어라 할 말이 있겠느냐? 그러나 사돈댁에 그리 폐를 끼쳐도 되겠느냐?"

"아버님, 염려하지 마세요. 영구히 폐를 끼치겠다는 것이 아닙니다. 우선 거기서 무엇을 할까 심사숙고 해보겠습니다. 배운 것이 바느질밖에 없으니 삯바느질이라도 하겠습니다."

26

명주가 잠 못 들어 뒤척이던 한밤중이었다. 한 무리의 발자국 소리가 어렴풋이 들렸다. 차츰 선명하게 다가오는 소리에 귀 기울이던 명주는 자신의 집 마당까지 들어온 것을 알아차리고 얼른 일어나 옷을 챙겨 입었다.

밖에서 남자의 목소리가 들렸다.

"주인장 계십니까? 우리는 지리산에서 보급투쟁 나온 사람들이요. 좀 나와 보시오."

명주는 짧은 순간 생각했다. 드디어 이 집에도 빨치산들이 왔구나. 이 일을 어쩐담. 점순이 이 소리를 듣고 먼저 나와주기를 고대했지만, 한 번 잠들면 업어 가도 모르는 그녀가 나와줄 리 없었다. 마음을 단단히 먹고 문을 열고 대청으로 나갔다.

"아! 여성동무십니까? 보급이 끊겨 할 수 없이 마을로 내려왔습니다. 우리 사흘을 굶었습니다. 밥 좀 해주십시오."

명주는 행랑채로 가 점순을 깨웠다.

"점순아, 일어나봐. 큰일 났어."

"아씨, 이 밤중에 왜 사람을 깨우고 그러세요. 졸려 죽겠는데."

"이것아, 빨치산들이 왔단 말이야. 지금 마당에 한가득이야."

"예? 빨치산들이요? 아이고 큰일 나버렸네. 이 일을 어쩌면 좋아. 경이 이놈의 자식은 어디로 간 거야. 떨려 죽겠네. 아씨, 어쩌면 좋아요."

"우선 옷부터 입고 나가 보자. 밥을 하란다."

"예? 밥을요?"

"응, 사흘을 굶었단다. 어서 나가자."

마당으로 나온 점순은 마당에 가득한 장정들을 보고 놀라 명주 뒤에 붙어 서서 부엌으로 들어갔다.

가마솥에 밥을 안치고 물을 끓여 닭 몇 마리를 튀어 냈다. 양파와 감자를 넣고 닭 두루치기를 끓이고 김치 있는 것을 모두 퍼내고 고추장 항아리와 된장 항아리에 넣어두었던 장아찌들도 모두 꺼내 상을 보았다. 상에 둘러앉은 그들은 정신없이 밥을 퍼 넣었다.

찬방에 앉아 그들을 바라보던 명주는 만 가지 생각이 교차했다.

대체 저들이 지향하는 사상이라는 것이 무엇이란 말인가. 눈 덮인 산골짜기에서 온몸에 동상을 입어가며, 밥을 며칠씩 굶어가며 투쟁하는 저들의 이념이란 무엇이란 말인가.

저들은 배가 고파 밥을 얻어먹으러 온 거지들과는 눈빛이 다르다. 거지꼴을 하고 있지만 저들의 눈빛은 형형하다. 그들에게는 명주가 다 이해 못 할 무엇이 있기는 하겠지만, 그래도 누구나 자신의 존재가 가장 소중한 것이 아닐까.

여자 빨치산도 있다고 들었는데 그 여자들은 어떤 생각을 가진 것일까. 밥 짓고 빨래하고 자식 키우는 일을 본분이라 생각하는 여느 여자들과 는 의식 구조가 다른 것인가.

말주가 들려준 이서방의 말을 반추해보았다. 이 세상을 지상낙원으로 만들기 위해서 산으로 올라간다는 그의 말을 이해할 듯도 하고 못 할 듯도 했다. 드넓은 저택과 호의호식을 다 버리고 산으로 가버린 말주 남편의 이념이라는 것이 무엇인지, 또 온갖 사치를 다 부리다가 '동무'를 외치며 덩달아 날뛰었던 말주의 사상이나 이념이란 무엇이었는지 명주로서는 도무지 아리송했다.

식사를 마치자 그들의 대장처럼 보이는 사람이 명주 앞으로 다가왔다.

"여성동무, 밥 잘 먹었습니다. 우리가 보급을 받지 못해 하는 수 없이 보급투쟁을 나왔습니다만 해방이 되면 모두 갚아드리겠습니다. 폐가 많은 줄은 알지만 양식을 좀 나누어 주십시오."

"지금 때가 때인지라 양식이 얼마 남지 않았어요. 인민의 해방을 위해서 투쟁하신다는 분들이 인민의 배를 곯리고 양식을 수탈해 가시지는 않겠지요. 추수 때가 아직 멀었으니 알아서들 가져가세요.

점순아, 광문 열어드려라."

말을 마친 명주는 방으로 들어가버렸고 명주의 서릿발 같은 말에 주눅이 든 그들은 광에서 조용히 곡식을 져 날랐다. 안방 문 앞에 한참을 서 있던 대장이 조용히 말했다.

"여성동무, 염치없지만 간장과 된장도 좀 주셨으면……."

명주는 방에 앉은 채로 말했다.

"점순아, 간장 된장 푸고, 그 속에 든 장아찌도 전부 싸드려라."

"감사합니다, 여성동무! 다 기록해놓겠습니다."

빨치산들이 혼을 빼놓고 다녀간 다음 명주는 아예 몸져누워 일어나지 못했다. 갖은 일을 겪으면서도 이제껏 잘 견디며 살아냈는데 이번에는 도무지 기력을 차릴 수 없었다.

27

말주는 산청의 솟을대문을 밀고 들어섰다. 말주는 눈물을 닦고 호기롭게 외쳤다.

"형님, 말주가 거지가 되어서 왔어요."

방에 있던 명주와 점순이 뛰어나왔다. 점순이 말했다.

"단성아씨, 이게 어떻게 된 일이에요. 이 행색이 웬 말이래요. 어서 올라오세요."

쓰러져 누웠던 명주는 신문기사로 간신히 사태파악을 하고 있던 참이었다. 정말 말주네 일가를 거리로 내몰았단 말인가. 그때까지 체면을 차리고 있던 말주가 명주를 끌어안고 울음을 터트렸다.

"형님, 나 어떡해요. 우리 아이들 어떡해요. 이제 송곳 꽂을 만큼의 땅도 없이 다 빼앗겼어요. 이제 집도 절도 없어요. 부모님도 거지가 됐어요. 남편인지 웬순지. 나는 남편의 사회주의를 저주해요."

명주는 자리에서 일어나지 않을 수 없었다. 없는 힘을 내 속절없이 말주의 등을 쓸어주었다. 이 철딱서니 없는 어리광쟁이가 이 험한 세상을 돈 없이 어찌 살아낼꼬. 명주는 말주를 끌어안고 같이 울었다.

점순이 점심상을 들고 들어왔다. 네 명의 아이들은 며칠 굶은 것처럼 정신없이 밥을 먹었다. 부잣집 아이들이 웬일인가 싶었다.

"언제 일 당한 거예요?"

"한 일주일 됐어요."

"이서방은요?"

"이북으로 넘어갔대요."

"이서방댁은 무사했어요?"

"무사하긴요. 부산으로 끌려가서 한 열흘 죽게 고생하고 영익 오빠가 꺼내주어서 간신히 나왔죠. 적산으로 전 재산을 몰수한다고, 논이며 밭이며 산이며 과수원이며 모두 몰수당하고, 살던 집에서 빈몸으로 내몰린 거예요."

"호랑이가 물어가도 정신만 차리면 산다고 했어요. 오늘부터는 울지만 말고 살 궁리를 해요. 해방되고 못 봤어요? 친일파들 전재산 몰수당하고 거지가 된 거 같았지만 다 떵떵거리며 잘 살잖아요. 같이 살 궁리를 해봐요."

명주는 밤새 잠 못 들고 뒤척거렸다. 대체 아들이 공산주의자인 것이 아버지와 무슨 상관이라고 아버지 재산을 몰수한단 말인가. 그중에는 큰 형의 몫도 있을 것인데. 이완상이 그 집에 살았다고 그 집이 이완상의 것이 아닐진대, 그것은 부당한 처사였다.

"자요?"

"아니요."

"그런데 왜 이서방 아버지의 재산까지 몰수한대요?"

"아들의 잘못이 아버지 책임이래요. 또 공산주의자를 숨겨준 죄래요."

한참을 침묵하던 명주가 다시 물었다.

"그래, 어떡할 거예요?"

"삯바느질이나 해야죠. 할 줄 아는 것이 바느질 말고 뭐가 있어야죠."

말이 뚝 끊어졌다. 생사여탈권이 모두 명주에게 달려 있으니 말주로서는 할 말이 없기도 했다. 명주가 입을 열었다.

"내가 여기서 계속 데리고 있어도 되겠지만 아이들은 공부를 해야 하니 읍내에 집을 하나 얻어요."

"내가 무슨 돈이 있다고. 밥이나 얻어먹으면서 읍내에서 일거리를 얻어 와서 하면 돼요."

"밥 먹는 것보다 중요한 것이 아이들 교육이에요. 여기는 학교가 없잖아요."

"누가 몰라서 그래요? 돈이 문제지."

"집은 내가 얻어줄 수 있어요."

"형님이 돈이 어디 있다고. 차차 오빠들한테 부탁해봐야죠."

"내가 그동안 아버님이 주신 용돈을 하나도 쓰지 않고 모아놓은 것이 꽤 있어요."

"……."

또다시 침묵이 흘렀다. 명주도 더 이상 아무 소리 하지 않고 잠을 청했다. 내일 읍내로 나가 집을 구할 생각이었다.

명주는 시아버지 민겸호가 틈틈이 주었던 돈을 모두 꺼냈다. 손수건에 싸려고 했지만 꽤 부피가 나가서 손수건으로는 싸지지 않았다. 보자기를 꺼내 싸들고 회의 집으로 갔다. 여자들만 가는 것보다 회와 같이 가는 것이 든든할 것 같아서였다. 회는 흔쾌히 따라나섰다. 읍내에서는 세 사람이 구경거리였다. 길에서나 가게에서나 사람들은 명주가 나타나면 친근한 눈길을 보냈지만 말주가 보이면 곁눈질을 하며 쑥덕거렸다. 세 사람은 못 본 체하며 복덕방을 찾아 들어갔다.

"어서 오세요. 어떻게 세 분이 같이. 어려운 걸음을 하셨네요. 무슨 일로?"

"방 두 칸짜리 집을 좀 보여주세요."

전부터 회를 알고 지내던 복덕방 주인이 물었다.

"아이들 집을 옮기시게요?"

"아닙니다. 동생이 얻으려고요."

복덕방 주인은 광장에서 언뜻 보았던 말주의 모습을 떠올렸다. 그와 동시에 그가 정주댁 막내딸임을 알아보았다. 그리고 요즈음 읍내에 파다하게 소문난 이완상 집에 대한 이야기도 떠올렸다. 사태를 어렴풋이 짐작한 복덕방 주인이 말했다.

"마침 맞는 집이 나와 있어요. 한번 가보실래요?"

세 사람은 그 집으로 갔다. 정말 콧구멍만 한 집이었다. 방이라야 사람 둘이 누우면 꽉 찰 것 같은 공간이었고, 방 둘 사이에 낀 마루라는 곳은 가운데 서서 양팔을 벌리면 양쪽 방문을 한꺼번에 열 수 있을 정도의 크기였다. 솥단지 하나가 걸려 있는 부엌은 혼자 겨우 드나들 수 있을 정도였다. 집은 기역자로 앉혀 있고, 기역자로 담이 둘려 있는데 대문에서 마루까지는 겨우 두어 발짝이었다. 기가 막힌 세 사람이 망연하게 서 있는데 복덕방 주인이 말했다.

"시장통에는 모두 집이 이렇게 작아요. 큰 집도 있긴 한데 방이 두 개짜리는 없고 집이 커야 방이 여러 개예요."

무일푼인 말주는 아무 소리도 못 했다. 명주가 말했다.

"그럼 방 세 개로 보여주세요."

말주가 급히 나서며 말렸다.

"형님, 그냥 이 집으로 해요. 비싸다는데."

"방이 너무 작아서 식구들이 다 눕지도 못하겠어요. 하루가 다르게 크는 사내아이들은 다 어디서 재워요? 갑시다."

세 사람은 몇 집을 더 돌아보고 방이 세 개인 집으로 계약하고 돌아왔다.

점순은 단성아씨가 거지꼴을 한 채 아이들을 줄줄이 끌고 친정에 나타난 일이 도무지 이해가 되지 않았다. 사달이 나도 크게 났을 것이라고 짐작은 했다. 하지만 며칠만 있으면 좋은 세상이 올 것이라고 장담했는데 왜 갑자기 세상이 뒤집혔는지 점순의 머리로는 상상이 되지 않았다. 무슨 아이들 장난도 아니고 왜 자꾸 이랬다 저랬다하는지 도무지 모를 일이었다.

아름답고 우아했던 아씨 꼴은 그게 무엇이며, 그렇게 예쁘던 아이들 꼴은 또 무엇인가. 양반도 따로 없고 상놈도 따로 없는 것이, 조금 고생하면 그 꼴이 그 꼴이 되어버리는 모양이라고 혼자 판단을 내렸다. 아이들은 종일 칭얼대며 먹을 것만 찾았다. 점순은 읍내에 간 아씨가 빨리 돌아오기만을 기다렸다. 아이들 등쌀에 지친 점순이 섬돌에 널브러져 앉아 있는데 단성아씨가 돌아왔다. 그러나 점순에게는 눈길도 주지 않고 방으로 들어가버렸다. 점순은 어이가 없었다. 너희 같은 사람을 위해서 투쟁한다고 하더니 이제 우리네와 같은 처지가 되니까 우리 같은 사람은 꼴도 보기 싫다는 말인가. 정말 웃겨.

항상 유쾌하기만 했던 말주는 말수가 부쩍 줄었다. 작은 일에도 화를 잘 내고 신경질을 부렸다. 명주도 그 앞에서는 되도록 심기를 거스르지 않으려고 조심하고 또 조심했다. 점순도 눈치를 채고 말주 앞에는 될 수 있는 대로 나서지 않았다. 그런 가운데 이사 준비가 착착 진행됐다. 읍내에 나가서 사야 할 것들만 빼고 나머지는 다 집에서 챙겼다. 회가 이삿날을 받아 왔다.

읍내서 불러온 트럭에 이불, 장독, 쌀자루와 자질구레한 부엌살림들을 싣고 떠났다. 트럭 조수석에 명주와 말주가 타고, 회와 점순과 아이 넷이 짐칸에 탔다. 말주는 아무 말도 하지 않았고 덩달아 점순도 말이 없어졌다. 아이들까지 모두 입을 닫아버렸다.

명주는 회와 같이 시장으로 가서 서랍장 한 개와 책걸상 두 개와 두리반 한 개를 사서 왔다. 그릇은 전부 산청 친정 이 층에서 꺼내왔다. 시어머니 노 씨가 알뜰하게 모아놓았던 살림들이었다. 그것들은 너무나 화려해서 말주가 살게 될 집과 너무도 어울리지 않았다.

명주가 장에서 돌아왔을 때 점순은 이미 청소를 다 끝내놓고 있었다. 책상을 들여놓았으나 꽂을 책 한 권이 있나, 서랍장을 들여놓았으나 정리할 옷가지 하나가 있나, 기가 막힌 일이었다.

회가 다음날 아이들 학교에 가서 책을 지금도 구입할 수 있는지 물어보기로 했다. 그리고 아이들이 기죽지 않고 학교에 무사히 다닐 수 있게끔, 선생님께서 신경 써주실 것을 부탁드려보기로 했다. 명주는 말주의 집을 나서며 말했다.

"이서방댁, 점순을 두고 갈게요. 평생 밥이라고는 안 해본 사람이 어떡할 거예요. 며칠 두고 이것저것 배우도록 하세요."

명주는 눈물이 나서 뒤도 돌아보지 않고 뛰다시피 걸었다. 뒤따르던 회가 말했다.

"형수님은 점순네 아이들까지 어찌하시려고. 힘드실 텐데."

"그럼 어쩌겠어요. 두 손 꼼짝 않고 평생 살아온 사람이 당장 무엇을 할 수 있겠어요."

다음날 아침나절에 점순이 왔다.

"아니, 넌, 단성아씨 살림하는 것 가르쳐드리라고 했잖느냐? 그런데 그냥 오면 어쩌느냐?"

"가르치고 말고 할 게 뭐가 있어야죠. 살림이라고 뭐가 있어요? 쌀 씻어 물 봐드리고, 불 지피는 것 가르쳐드리고, 된장 지지는 것 가르쳐드리고 왔어요. 반찬도 할 것 없던데요, 뭘. 우리 집에서 다 해 갔잖아요."

명주는 회와 함께 또다시 말주네로 갔다. 회에게 아이들을 학교에 데려다주라고 부탁하고 자신은 말주와 함께 시장으로 갔다. 명주는 말주에게 필요한 이것저것을 준비해주고 남은 돈 모두를 쥐어주었다.

"이서방댁. 나, 아버님이 주신 돈 이렇게 유용하게 쓰게 되어서 보람을 느껴요. 이게 남은 돈 전부이니까 절약해서 쓰세요. 재봉틀은 필요하다고 생각될 때 사도록 해요. 지금 사 주고 싶지만 너무 부담 느낄까 싶어서."

"형님, 고마워요. 내가 형님 호강시켜드려야 했는데, 폐만 끼치네요."

명주는 아무 말도 하지 않았다.

"그래도 나는 이 세상에서 형님을 제일 좋아해요. 알죠?"

"알죠. 나도요."

명주는 그날부터 말주네 살림을 다 챙겼다. 쌀이 떨어지지는 않았는지 반찬을 다 먹지는 않았는지 아이들 공납금 낼 날이 되지는 않았는지, 세세한 곳까지 신경을 썼다.

말주는 재봉틀을 산 날부터 삯바느질을 시작했다. 워낙 침선이 뛰어난지라 한 번 바느질을 맡겨본 사람은 곧 단골이 되었고, 소문을 듣고 찾아온 사람들도 금세 단골이 되었다. 그러나 하루 일을 하고 나면 며칠씩 몸살을 앓고 누워 있어 일에 능률이 나지 않았다.

얼마 전까지만 해도 말주는 아침에 눈을 뜨면 자신의 몸치장에 아침시간을 다 허비했다. 그러다가 아이들이 일어나면 등교 준비를 시켜 학교에 보낸 후, 종일 책을 읽거나, 라디오를 듣거나, 정원을 산책하다가 아이들이 학교에서 돌아오면 간식 챙겨 먹이고 아이들과 놀아주었다. 이것이 말주의 일과였는데 종일 꼬부리고 앉아 바느질을 하려니 주리가 틀리고 사지가 쑤셨을 것이다. 워낙 위장이 좋지 않아 소식을 하는 편인데 종일 앉아 있으려니 말주는 곧 소화불량이 생겼다. 항상 옷매무시를 단정히 하던 사람이 먹은 밥 내려가라고 치마 말기를 느슨하게 풀어놓았다. 화장도 정성스레 하던 사람이 세수도 머리빗질도 제대로 하지 않은 데다 푸석해서 볼품이 없어졌다.

명주도 몸살이 났다. 말주에게 못 갈 것 같아 점순을 대신 보냈다. 그러나 점순은 바느질은커녕 바늘 뒷구멍도 모르는 애였다. 선머슴이 말주에게 무슨 도움이 되랴. 점순은 일찍 와버렸다.

"너, 왜 왔어. 좀 도와드리고 오지."

"아씨, 제가 바느질을 할 줄 알아야 돕든지 말든지 하지요. 바느질 말고는 할 일도 없어요. 반찬 다 있겠다. 밥 한술 끓이면 되는데 뭐 하러 종일 멀거니 있어요. 집에는 할 일이 천진데, 이제 저 안 가요."

딱 잘라 말하는 점순에게 더 이상 권하는 것도 무리였다. 계급해방을 외치던 말주는 한때 점순이의 우상이었다. 재봉틀을 돌리는 지금의 말주를 보는 것은 점순에게 고문이었다. 명주는 몸살을 다 추스르지도 못한 채 말주에게 갔다. 아니나 다를까 점심때가 다 되어가는데 아침상이 아직도 방 안에 널브러져 있었다. 말주는 재봉틀 앞에 꼬부리고 누워 있었다. 잠이 들었는지 사람이 들어가도 알은체를 안 했다. 명주는 더 쉬라고 내버려두고 말주가 하다 만 저고리를 들어보았다. 이제 고름과 동정만 달면 끝나는 일거리를 던져놓고 잠을 자는 것이었다. 명주는 그런 말주를 물끄러미 내려다보다가 우선 동정을 달았다. 고름까지 달려고 하다가 그만두었다. 고름을 달려면 재봉틀을 돌려놓아야 되는데 말주가 혹 잠에서 깨지 않을까 해서였다. 말주가 정말 피곤하고 고달파서 잠을 자는 것인지, 아니면 끈기가 없어 버티지를 못해서인지, 아니면 만사 의욕이 없어서인지, 그도 아니면 원래가 게으른 사람인지 헤아리기 어려웠다. 명주는 고개를 절레절레 흔들었다. 그때 밖에서 사람 말소리가 들렸다.

"옷, 찾으러 왔는데요."

명주는 말주를 흔들어 깨웠다.

"이서방댁, 일어나봐요. 누가 왔어요."

부스스 일어난 말주는 그제야 명주를 발견했다. 하다가 놓아둔 저고리를 끌어당겨 이리저리 뒤적이다가 말했다.

"형님, 언제 오신 거예요. 내가 깜빡했나 보네요."

"지금 그게 문제가 아니고 옷 찾으러 왔다지 않아요. 이리 나오세요. 내가 고름 달게요."

명주는 재봉틀 앞에 가 앉자, 그제야 말주는 방문을 열고 손님을 방으로 들였다.

"아직도 다 안 했어요? 몇 번째 오게 하는 거예요. 우리 아씨, 지금 입고 나가야 해요. 빨리 주세요."

"네, 다 됐어요. 이제 고름만 달면 됩니다."

말주는 우두커니 서 있고 명주가 서둘러 고름을 달아 손님 앞에 내놓았다. 옷을 받아들고 나가면서 손님은 기어이 한마디를 했다.

"어찌 저리도 게으른지. 한 번도 제때에 해놓는 것을 못 본다니까."

손님이 가고 나서 명주는 말주를 쳐다보다가 깜짝 놀랐다. 두 눈

알이 토끼 눈같이 빨겠다. 가슴이 철렁 내려앉았다. 얼마나 힘에 겨
웠으면 저 지경이 되었을까.

"형님 우리 집에 그만 오세요. 오면 바느질해야 하고, 미안해서 어
째요."

"괜찮아요. 심심한데 나도 잘 됐죠, 뭐."

말은 그렇게 했지만 명주도 할 짓이 아니었다. 몸살기가 다 떨어
지지 않은 데다 또 무리를 해서인지 몸이 으슬으슬 떨렸다. 무슨 수
를 내야지, 이래 가지고는 안 될 일이었다.

28

12월로 접어들면서 중공군이 개입했다는 소문이 들려왔다. 세상
은 또 바뀔 조짐이었다. 서울은 하루가 다르게 흉흉해졌다. 이북에
서 넘어오는 피난민들이 부쩍 늘어났고, 육이오 때 놀란 서울 사람
들은 피난 준비를 서둘렀다. 영익은 영택과 같이 부산으로 가기로
결정하고 준비했다.

그 와중에 희식과 용식이 제2국민병에 징집되었다. 북한이 남한
점령지에서 의용군을 대거 동원하여 전선에 투입했다. 그때 남한은
대부분의 영토를 빼앗긴 상황이었기 때문에 병력 확보에 어려움을
겪었다. 그 경험을 토대로 하여 1.4후퇴 때는 북한군이 다시 내려오

기 전에 미리 병력을 확보해두려고 제2국민병 제도를 실시한 것이 었다. 희식과 용식은 12월 19일에 징집 영장을 받았다. 영익 내외는 초주검이 되었다.

서울의 징집대상자들은 창덕궁에 집결했다. 창덕궁까지 걸어서 따라간 영익 내외는 문 안으로 들어가지도 못하고 문밖에서 오전 내내 떨었다. 무뚝뚝하긴 하지만 속정은 깊은 영익의 처는 밥도 못 먹고 앓아누워버렸다.

중공군의 개입으로 전선은 나날이 밀리고 있었다. 게다가 신문은 빨치산들이 후방을 교란하여 중심의 전투력을 분산시키고 있다고 연일 보도했다. 피난을 가지 않겠다고 버티는 영익 내외를 영택이 설득했다.

"형님, 피난을 가지 않고 서울에서 기다리면 남으로 간 아이들이 북으로 거슬러 올라옵니까? 아이들이 지나갈 듯한 길목에서 기다렸다가 만나나 봐야죠. 그리고 만나면 뭘 합니까? 아이들을 빼돌려 올 수도 없는 일이고요."

"그럼, 언제쯤 떠나려나? 제2국민병들의 행로가 어떻게 되는지 알 아나 봐야지."

"준비되는 대로 빨리 떠나야죠. 회사에서 스리쿼터 한 대를 내준답니다. 사장네하고 우리 두 집하고 가랍니다. 짐은 될수록 조금만 싸야 해요. 사람 수만 해도 꽤 되니까 자리가 없을 거예요. 가족들만 먼저 보내고 회사 직원들은 마지막 판에 뜰 거예요."

윤식엄마는 수복된 지 두 달 반 만에 또 피난 보따리를 쌌다. 양식 바꿔 먹고 남은 비단과 패물이라곤 얼마 되지 않았다. 여덟 식구의 속옷과 겉옷을 우선 챙겼다. 겨울옷이라 부피가 꽤 나갔다. 짐이 너무 많은 것은 아닐까, 걱정하면서 옷가지를 뺐다 넣었다 하기를 반복했다.

스리쿼터의 양편 좌석에는 사람이 앉지 않고 짐을 꼭대기까지 쌓았다. 가운데 공간에도 밑에서부터 일 미터 정도 짐을 깔고 그 위에 사람들이 앉았다. 방같이 편안하고 아늑했다.

첫날은 거의 속력을 내지 못했다. 짐을 잔뜩 실은 데다 비포장도로를 뒤뚱거리며 가자니 속력이 나지 않았다. 조금 가다 쉬 마렵다고 하는 아이, 또 응가 마렵다고 하는 아이, 사정도 가지가지였다. 사장이 영택과 같은 나이라 아이들도 거의 같은 또래였다. 중학교 일학년이 맏이고 그 밑으로 너댓 명씩이니 그 차 속이 어떠했겠는가?

윤식은 눈 덮인 하얀 벌판을 하염없이 바라보았다. 공기통이라고 조금 뚫려 있는 곳으로도 세상은 다 보였다. 찻길 바로 옆 야산에 하얀 눈을 소복하게 인 나무들이 소담스러웠다. 그 풍경을 지나자 곧 넓은 들이 시야가 모자라게 펼쳐졌다. 그 들길을 지나고 나자 기찻길이 나왔다. 기찻길을 무심히 바라보고 있던 윤식은 바로 옆에서 기차가 달려가는 것을 보았다.

기차는 스리쿼터와 앞서거니 뒤서거니 나란히 달렸다. 기차 객실이 몇 칸 지나고 나면 화물칸이 뒤를 이었다. 윤식은 화물칸 위에 무엇인가 소복하게 실린 것 같아 유심히 바라보았다. 그것들은 꼬무락대고 있었다. 눈을 닦고 자세히 바라보니 꼬물거리는 것은 사람들이었다. 수북이 쌓인 짐 위에 사람들이 매달려가고 있는 것이었다. 가장자리에 매달린 사람들은 떨어지지 않기 위해 가운데로 달라붙으려고 죽을힘을 다해서 꼬물대고 있었다. 그러다가 가끔 떨어져내리기도 했다. 윤식은 몸서리를 쳤다.

떨어진 사람은 그 짐칸에 가족과 함께 타고 있었을 것이다. 달리는 기차에서 떨어졌으니 그는 죽었을 것이고, 죽은 사람은 그렇다고 치고 남은 식구들이 어떻게 될 것인지 알 수 없었다. 엄마가 죽었다고 해도, 아빠가 죽었다고 해도, 모두 안 될 말이다. 엄마나 아빠 없는 아이들이 어찌 세상을 살아낼 수 있을까. 혹여 어린 자식이 떨어졌다면 그 엄마 아빠는 어찌 살아갈까. 생각하다가 윤식은 눈물이 나서 고개를 숙이고 말았다.

"야, 윤식아. 너 뭐 하는 거야. 어라, 울고 있잖아. 왜 그래?"

좌석 앞자리에 앉아 운전석 뒤에 붙은 조그마한 창으로 밖을 내다보고 있던 사장 아들 명규였다. 그는 뒷자리 끝에 앉아 있는 윤식에게로 와 말을 걸었다. 윤식이 씩 웃으며 말했다.

"아무것도 아니야."

명규도 윤식과 나란히 앉아 윤식이 바라보는 곳에 시선을 두었다. 그러다가 스리쿼터와 거의 같은 속도로 달리고 있는 기차를 보았는지 놀라며 말했다.

"야! 저기 기차에서 떨어지는 것이 뭐니?"

"사람이야."

"뭐라구? 사람이 왜 저기 타가지고 떨어지는 거야?"

"저 사람들도 피난 가는 거겠지."

"아니, 왜 차를 빌려 타고 가지 저기 매달려서 가는 거야. 바보같이."

윤식은 더는 아무 말도 하지 않았다. 중학교 일학년인 아이가 어찌 저리도 철딱서니가 없는지 모르겠다고 생각했다. 그러다 어쩌면 자신이 이상한 것일지도 모른다는 생각을 했다. 어른들이나 친구들이 자신을 보고 애늙은이라고 놀리는 것을 보면 윤식 자신이 정상이 아니라 명규가 정상일지도 모를 일이었다. 명규는 어느새 기차에서는 관심이 멀어졌는지 다시 앞자리로 가고 없었다.

대전에 도착하였다. 윤아가 화장실에 가고 싶다고 했다. 아직 목적지에 다 온 것이 아니었다. 급하다니 근처 건물에 들어가서 볼일을 보라고 정아가 데리고 갔다. 길가에 세운 차를 빨리 빼주어야 하는데 윤아가 돌아오지 않아 윤식엄마가 찾아 나섰다. 여기저기를 기웃거려 아이들은 겨우 찾았는데 난감한 일이 벌어져 있었다. 윤아의 내리다 만 바지 허리에 변이 잔뜩 묻어 있었고 정아는 그것을 닦아내느라 오만상을 찌푸리고 있었다. 기가 막힌 윤식엄마가 말했다.

"얘들아, 일이 이 지경이 되었으면 엄마에게 와서 말을 해야지 이러고들 있니. 윤아야, 잠깐만 참아. 엄마가 옷 가지고 올게."

윤식엄마는 차로 돌아가서 기사에게 잠시만 더 기다려달라고 말하고 옷을 찾아내어 윤아에게로 갔다. 아이가 새파랗게 얼어서 오돌오돌 떨고 있었다. 먼저 옷을 벗기고 수건으로 몸에 묻은 것을 닦아낸 다음 새 옷을 입혔다. 윤아는 울었다.

"아니야, 엄마. 엄마, 미안해,"

"뭐가 미안해, 누구나 급하면 그래. 옷이 비둔해서 그런 걸, 뭐. 괜찮아."

대전까지는 대단히 훌륭했다. 한 집 당 방 한 개씩을 배당해 주어 자유롭게 편안하게 쉴 수 있었다. 그러나 대구에 오니 상황이 많이 달라졌다. 한방에 다 들어가야 했다. 사장네 식구라고 대접해줄 상황이 아니었다. 천안, 대전에서는 사장님 식구들이라고 칙사 대접을 했고, 방도 지점장의 안방을 내주었었다.

밀려드는 피난민들로 인해 대구지점은 난장판이었다. 이미 지점장의 안방에는 다른 피난민들이 가득 차 있었고 다른 방들도 마찬가지였다. 남은 것은 8조 다다미방 한 개뿐이었다. 그 방에서 모두 하룻밤을 견뎌야 했다. 사장부인은 독방을 쓰지 못하고 다른 식구들과 어울려 자야 하는 것에 자존심이 무척 상했는지 지점장을 불러 한소리 했다.

"우리가 온다는 연락 못 받았어요?"

"받았습니다."

"그런데 묵을 방도 준비 안 해놓고 이게 뭡니까?"

"죄송합니다. 어제 온 사람들이 아무리 못 들어가게 해도 막무가내로 들어가 몸을 녹인다고 누워버렸어요. 오늘 떠난다고 해서 그냥 두었는데, 오늘부터 부산 진입을 막고 못 들어가게 해서 도로 왔답니다."

"뭐라고요? 부산으로 못 들어가게 한다고요? 왜 못 들어가게 해요?"

"부산이 포화상태랍니다. 서울 등지에서 내려온 피난민들만도 부산이 넘칠 지경인데 LST를 타고 흥남부두를 탈출한 사람들도 모두 부산항으로 몰려드니 조그만 도시가 넘쳐나죠."

부산과 연락은 되었으나 지금 그 어떤 피난민도 부산 진입은 통제되었으니 참고 기다리라는 소리뿐이었다. 밤이 되어 자리에 누웠다. 사장네 식구가 일렬로 먼저 누웠고, 머리를 마주 대고 윤식이네 식구도 일렬로 누웠다. 8조 다다미방 가득히 누운 사람들은 화장실을 가려면 다리 사이로 다리를 넘어서 가야 했다.

부산으로 들어갈 수 없는 세 가족은 대구에서 연고를 찾아 각각 헤어졌다.

영익은 대구지점에서 몇 년 근무했기 때문에 대구지점에서 임시 거처를 마련해주었다. 그러나 영익 부부는 짐도 풀지 않고 희식, 용식의 걱정으로 종일 길거리를 헤매고 다녔다. 아들들이 언제 이곳을 지나갈 것인지를 알아보느라 경찰서로 구청으로 뛰어다녔다.

"저, 말씀 좀 묻겠습니다. 12월 19일 서울을 떠난 제2국민병들은 언제 대구에 도착하나요?"

"글쎄요. 아직 일진도 도착 안 했는데요. 일진이 내일쯤 도착한다는 연락을 받긴 했는데 잘 모르겠습니다. 몇 진입니까?"

"그것은 잘 모르겠는데, 어디로 지나갈까요."

"국도로 지나가지 않겠어요?"

"어디서 유숙하게 될까요."

"그것은 잘 몰라요. 어느 학교로 들어가지 않을까요?"

"학교가 한둘도 아니고. 어디로 가야 하나."

영익은 길 떠날 채비를 단단히 차렸다. 영익의 처는 버선 위에 털양말을 겹쳐 신고, 옷 입은 위에 또 옷을 껴입고 길로 나섰다. 12월 날씨는 매서웠다. 몸속으로 스미는 바람이 한기를 일으켜 아무리 웅크려도 몸이 부르르 떨렸다. 겹겹이 버선과 양말을 신었는데도 발이 깨질 듯이 시려 발을 동동거리며 서울에서 대구로 내려오는 길목에 이르렀다. 이쯤이면 되겠다고 생각되는 곳에 자리를 잡고 앉아 서울 쪽에 눈길을 주었다. 영익은 절레절레 고개를 흔들었다. 이러다가 두 사람 다 얼어 죽고 말 것 같았다. 길 건너 주막이 보였다. 그 집으로 가서 방을 한 개 빌렸다. 그곳에서 교대로 몸을 녹이면서 번갈아 가며 길목을 지켰다.

통금시간이 되어 주막집 툇마루 끝에 앉아 밤을 보냈다. 높은 하늘엔 둥근달이 중천에 떠올라 길을 환히 비추고 있었다. 영익의 처는 여전히 길을 응시한 채 눈을 깜빡였다.

그때 멀리서 무슨 소리가 들리는 것 같았다. 점점 가까이 다가오는 소리는 여러 사람의 발소리 같았다. 두 내외는 서로 얼굴을 마주 보며 소리쳤다.

"오고 있어!"

"오고 있어요!"

동시에 소리를 지른 두 사람은 큰길로 나가 두 손을 흔들었다. 그리고 목청껏 두 아이의 이름을 불렀다.

"희식아. 용식아."

드디어 사람들이 영익의 앞에 다다랐다. 몇백 명쯤 될 것 같은 사람들이 달빛에 그 모습을 드러냈다. 절도 있고 말쑥한 군인들의 모습이 아니었다. 그들은 거지꼴로 엉기적거리며 걷고 있었다. 영익이 제일 앞에 선 사람에게 물었다.

"이 사람들이 제2국민병들이요?"

"네."

질문을 받은 사람은 간단히 대답하고 지나쳤다. 영익은 또 물어보았다.

"이 사람들 어디로 갑니까?"

"우리는 모릅니다."

"혹시 희식이 알아요?"

"모릅니다."

"용식이는요?"

"모릅니다."

둘은 무작정 그들 뒤를 따랐다. 그들은 얼마쯤 가다가 시내에 있는 어느 학교로 들어갔다. 두 내외도 따라 들어갔다. 사람들 틈을 헤집으며 아이들을 찾았으나 그곳에 아이들은 없었다. 누구에게나 붙잡고 애원했다. 제발 우리 아이 좀 찾아주세요. 성화에 못 이겨 장부를 후루룩 넘기던 군인이 다시 자세히 훑어보았다.

"여러 번 찾아보았는데 없습니다. 내일 이진이 도착할 것입니다. 이진에 있는지 모르죠."

부부의 실망은 이만저만이 아니었다. 하루를 또 추위에 떨 생각을 하니 기가 막혔다. 그러나 엄동설한에 800리 길을 걸어올 아이들을 생각하면 엄살 같아 미안하기 짝이 없었다. 주막을 들락거리며 겨우 하루를 버티고 다시 밤이 되었다. 어제 그 시간에 이진이 도착했고 다행히 그곳에서 아이들을 찾아낼 수 있었다.

아이들을 본 영익의 처는 그 자리에서 두 아이를 끌어안고 통곡을 했다. 여간해서는 웃지도 울지도 않는 그녀였다. 용식이 제 엄마를 떼어내며 말했다.

"어머니, 왜 이러세요. 사람들 많은 데서. 고정하세요."

"내가 지금 고정하게 생겼냐? 너희들 몰골을 보니 기가 막히는구나."

아이들은 얼마나 추위에 시달렸던지 가지고 떠났던 옷을 다 껴입은 차림새였다. 용식엄마는 다시 아이들을 끌어안았다. 엄마에게 안겨 지난 십여 일 동안의 일을 생각하니 용식도 눈물을 참을 수가 없었다.

종일 밥도 제때에 얻어먹지 못하고 행군했다. 주는 밥이라야 꽁보리밥 한 덩이에 단무지 한 쪽이었다. 허기지고 추워서 더는 걸을 수 없을 때쯤이면 날이 어두워졌다. 밤이 되면 인근 마을의 학교로 들어가 새우잠을 잤다. 용식은 이를 악물고 눈물을 훔쳤다.

"우리 몰골이 어때서요. 잘 먹고 잘 지내다 왔으니 아무 걱정 안 하셔도 돼요. 그런데 어머니 아버지가 어떻게 여기까지 오셨어요?"

"우리도 엊그제 대구로 내려왔다. 작은집이랑. 너희들이 곧 도착할 것이라고 해서 여기서 이틀을 기다렸다."

용식엄마가 아이들 둘을 끌어당기며 은근한 말로 속삭였다.

"애들아, 너희들 그만 집으로 돌아가자. 이렇게 사람이 많은데 너희 둘 빠진다고 표나 나겠니. 가자, 어서."

그 말에 용식이 고함을 질렀다.

"어머니! 그런 말이 어디 있어요? 여기 있는 사람 모두가 나 하나 어떠리 하고 다 가버린다면 나라는 누가 지켜요? 우리는 이제 어머니 아들이 아니에요. 나라를 지켜야 하는 나라의 아들이에요, 나라의 아들! 이제 그만 가보세요."

밀치는 용식의 손이 이상스레 따끈따끈했다. 놀란 용식엄마가 말했다.

"아니, 용식이 네 손이 왜 이리 뜨겁니? 감기 든 것 아니냐. 어디 이리 와봐."

용식의 머리를 짚어본 그녀는 깜짝 놀랐다.

"용식 아버지. 얘가 열이 펄펄 끓어요. 어째요. 이 일을 어째요."

희식이 용식의 머리를 짚어보더니 말했다.

"염려 마세요. 대구는 대도시니까 병원이 여러 곳 있을 거예요. 내일 아침에 의무요원에게 말해 병원에 데려가달라고 해볼게요. 아니면 밤에라도 약을 구해 먹일게요. 어머니, 우리, 자야 내일 또 길 떠나죠. 두 분 얼른 가보세요."

용식엄마는 눈물을 삼켰다. 뒤를 자꾸 돌아보며 떨어지지 않는 발걸음을 한 발짝 한 발짝 내디뎠다.

집으로 돌아온 부부는 며칠 동안 꼼짝없이 누워 앓았다. 물도 못 넘기고 누워 있으나 누구 하나 물이라도 떠다 주는 사람이 있기를 한가, 먹을 것이 있기를 한가, 암담할 뿐이었다. 그래도 영익이 먼저 정신을 차리고 시장으로 가 이것저것을 사다 날랐다. 솥단지와 수저, 그릇도 샀다. 당장 밥 지어 먹을 쌀도 샀고, 반찬거리도 샀다. 집으로 돌아와 그것들을 늘어놓았다. 엄두를 못 내고 있는 용식엄마를 대신해 영익이 쌀을 꺼내 씻고 전기 곤로에 밥을 안쳤다. 평생 밥 한 번 단독으로 해본 적 없는 용식엄마는 가만히 바라보고 있다가 부엌으로 나갔다. 영익이 사가지고 온 반찬거리를 풀어 이것저것 반찬을 만들기 시작했다. 부엌은 좁고 불편하기 그지없었지만 할 수 없었다. 그들은 그렇게 대충 끼니를 때웠다.

용식은 계속 열이 내리지 않아 대구 대학병원에 갔으나 부상병들이 너무 많아 일반 환자에게까지 손이 미치지 않았다. 한참 기다리다 겨우 약 몇 봉지를 얻어 돌아왔다.

의대생인 희식은 대구 부대에서 마산시립병원으로 배속되었다. 열이 떨어지지 않고 밭은기침까지 하는 용식은 대구 부대에 그대로 남아 있었다. 혹시 결핵이 아닌가 하고 의심했지만 병원에 가는 것도 여의치 않아 시름시름 앓고만 있었다.

백두산까지 간다고 호언장담하던 유엔군과 국군은 계속 밀려 내려와 서울은 1월 4일 함락되었다.

29

윤식 일행은 대구를 떠나 부산으로 향했다. 트럭 삼면을 짐으로 둘러쌓고 가운데 공간에 사람이 들어갔다. 여기까지는 서울에서 대구까지 올 때와 상황이 다르지 않았다. 그러나 이번에는 사람이 들어가고 나서 입구를 짐으로 막아버리고 위에 텐트를 덮었다. 갑자기 캄캄해지니 막내 홍식과 사장네 막내가 합창으로 울음을 터뜨렸다. 다시 텐트를 걷고 두 아이에게 상황 설명을 하느라 한참 시간을 지체했다. 두 아이를 안고 앉은 두 어머니가 아이를 달랬다.

"홍식이 무서웠니? 홍식이 지금 어디 가는 거지?"

"아빠한테."

"아빠한테 가는 거지? 그런데 아빠한테 가야 하는데 몰래 가야 하는 일이 생겼어. 남이 보면 안 되는 일이. 그래서 가리고 가야 하는데 엄마가 꼭 안고 갈 거니까 눈 꼭 감고 참자. 알았지?"

"응, 알았어."

아이들을 데리고 트럭으로 들어간 두 여자는 아이를 꼭 끌어안고 다독여주었다. 대구 외곽에 있는 검문소만 지나면 덮개를 열어준다고 했으니 조금만 참으면 될 일이었다. 원래 이런 식으로 부산에 들어가는 것은 불법이었다. 부산이 더는 사람을 받아들일 수 없는 포화상태라 그 누구도 들어가지 못하는 것인데, 지금 불법을 저지르는 것이었다.

대구 외곽까지 가는 데만도 시간이 꽤 지체되었다. 아이들은 답답하다고 아우성이었다. 꼬마 둘은 칭얼대기 시작했다. 조수석에 앉아 있던 직원이 뒤에다 대고 말했다.

"이제 곧 검문솝니다. 애기들 울리지 마시고 말소리 내지 마십시오."

모두 숨소리도 내지 않고 가만히 엎드려 있었다. 차가 속력을 늦추고 서서히 멈춰 섰다. 포장을 들추는 소리가 들렸다. 윤식은 숨을 죽이고 가슴을 두근거리며 생각했다. 전쟁통에 아버지가 죽은 사람도 많았다. 그런데 아버지를 잠시 안 보면 어떻다고 이렇게 불법으로 부산에 들어가려고 하는 걸까. 이런 식으로 모두 불법으로 부산에 들어간다면 부산은 마비 상태가 될 것이 아닌가. 하지만 일행은 여러 번의 검문검색을 견뎌내고 마침내 부산에 도착할 수 있었다.

일행은 지점에서 구해놓은 사택으로 들어갔다. 방이 아홉 개인 집인데, 방 세 개를 배당받았다. 사람 둘이 누우면 꽉 찰 것 같은 방 두 개와 6조 다다미방 한 개였다. 도착하자마자, 연고도 없이 부산에 와 있던 친척 세 명이 들이닥쳤다. 서울에서 유학하고 있던 먼 조카들이었다. 그들을 나 몰라라 할 수도 없어 영익 부부가 방 하나를 쓰고, 영택 부부가 또 방 하나를 차지했다. 흥식을 제외한 윤식 사남매와 먼 조카 셋이 6조 다다미방을 썼다. 밤에 자리에 누우면 방이 꽉 찼다.

매일 열두 식구의 밥을 해대느라 윤식엄마는 종일 손에 물 마를 틈이 없었다. 9월 28일 이후 큰집 작은집 모두 일하는 사람들을 다 집으로 돌려보낸 터였다. 그래서 일하는 사람도 없이 두 동서가 그 일을 다 해내고 있었다.

밥하고 빨래하고 청소하는 일이야 무엇이 그리 어려울까. 하지만 매일 밤새도록 물 긷는 것이 보통 일이 아니었다. 양쪽 집 합쳐서 일곱 세대가 한 우물을 먹고 사는 것이었다. 부산은 원래 물이 귀한 곳이라고 했다. 일곱 집이 각각 물을 길러 나오면 양동이 등 그릇을 있는 대로 죽 늘어놓고 차례를 기다렸다. 물은 바닥에 자잘하게 고여 있었다. 종일 기다려도 물 한 동이 얻기가 힘들었다. 두레박으로는 해결이 나지 않으니까 종내에는 우물 속으로 사람이 내려가 바가지로 두레박에 물을 퍼 담고 그것을 끌어올렸다. 뿌연 흙탕물을 가라

앞혀 밥을 지었다. 쌀 씻은 물에 반찬거리를 씻었고, 세수한 물에 걸레를 빨았다. 윤식은 우물 속에 들어가 물을 푸면서 한숨을 쉬었다. 나라에서 어련히 알아서 그만 들어가라고 했을까. 우리같이 몰래 숨어들어온 족속들 때문에 물 부족이 생긴 것이니 어쩔 수 없었다.

희식은 마산시립병원에 배치되었다. 몰려드는 부상병들로 병원은 발 디딜 틈이 없었다. 그래도 계속 환자들은 밀려들었고 일손은 부족하고 잠잘 틈도 없었다. 일과가 끝났다고 생각하고 자리에 누우면 또 불려 나갔다. 몸이 바닥에 붙어 떨어지지 않았지만 사방에서 들려오는 신음소리는 그대로 누워 있을 수 없게 만들었다.

신입 일년생, 교수, 아무라도 닥치는 대로 처치를 하고 봉합하고 주사를 놓았다. 희식은 돈암동 집, 광에서 익힌 인체도가 눈앞에 펼쳐진 듯 척척 처치를 했다. 동급생들은 환자를 붙들고 쩔쩔매다가 결국 교수에게 묻고 선배에게 물었다. 선배들도 지금 피가 콸콸 쏟아지는 환자를 붙들고 진땀을 흘리고 있는데 옆에서 누가 뭐라고 하는 소리가 들릴 리가 없었다. 동급생들은 환자를 이리저리 굴리기만 할 뿐 손도 대지 못했다. 그에 반해 희식은 신들린 사람 같았다.

희식이 부러진 다리뼈를 양쪽에서 끌어 잡아당길 동료를 불렀다.

"누구 이 다리 저쪽에서 잡아줄 사람! 이리 좀 와줘!"

동급생들이 우 몰려왔다. 자신들이 단독으로 무엇을 해본다는 것이 불가능하다고 판단한 동급생들이 희식과 같이 무엇인가를 하고 싶어 몰려온 것이었다. 희식은 그중 한 명에게 말했다.

"이렇게 다리를 잡고 있다가 내가 잡아당기라고 하면 힘껏 잡아당겨."

동급생에게 환자의 종아리 조금 밑, 발목 조금 윗부분을 잡혀주고 희식은 허벅지를 잡았다. 그리고 소리쳤다.

"잡아당겨, 죽을힘을 다해서. 당겨! 조금 더 힘을 써."

의식이 가물가물하던 환자가 죽는다고 악을 썼다. 희식은 땀을 뻘뻘 흘리면서 다시 소리쳤다.

"조금만 더, 힘껏……. 됐어, 이제 당기지 말고 잡고만 있어."

희식은 자신이 잡았던 다리를 살짝 그 자리에 놓았다. 그리고 다리 옆으로 몸을 돌린 다음, 동료가 잡았던 다리와 자신이 잡았던 다리를 양손으로 맞잡고 흔들어 부러진 뼈를 제자리에 맞추어 넣었다. 환자는 까무러쳤는지 가는 신음소리만 낼 뿐이었다. 희식은 보조대를 대고 압박붕대로 감아 다리를 고정시켜놓고 환자를 흔들었다.

"이제 아프지 않을 거예요. 깁스는 부기가 빠지고 나면 합니다. 한숨 주무세요. 수고하셨습니다."

희식이 처리한 첫 골절 환자였다. 그 환자는 무릎 위가 부러진 환자였다. 의상은 없었다. 별 이상 없을 것이다. 책에서 읽은 대로 했으니까. 아! 민희식, 해냈구나. 희식은 뿌듯했다.

병원에서 희식의 인기는 대단했다. 여기저기서 희식을 찾았다. 무엇 하나 막히는 것이 없었다. 내과나 신경계통이나 또 다른 복잡한 과라면 제대로 해냈을 리 만무했다. 하지만 전장에서 실려 온 군인들이라 전부 외상이었다. 뼈는 끼어 맞추고 터진 곳은 봉합하면 되는 것이었다. 처음이 어렵지 그다음부터는 단순 작업이었다. 재미들린 희식은 자신의 건강에는 신경도 쓰지 않고 환자를 돌보았다.

서울에서부터 굶주리고 추위에 얼면서 제2국민병 신분으로 대구에 내려왔던 십여 일이 타격이었는지, 아니면 과로 때문인지 희식은 건강이 좋지 않았다. 나른하고 으스스 춥고 미열이 났다. 감기라고 생각하고 약을 먹었는데도 차도가 없었다. 하루 일을 마치고 나면 파김치가 되어 숙소로 돌아와 끙끙 앓았다. 결국 동급생들이 교수에게 말했고 진료를 받았다. 한참 X레이를 들여다보던 교수가 말했다.

"자네 왜 이리 멍청한가. 이렇게 되도록 방치하다니 무모하군."

"교수님, 어떻습니까?"

"어떻고 뭐고 당장 입원해서 치료하지 않으면 큰일 당하네."

진료실을 나온 희식은 암담했다. 용식도 결핵에 걸려 입원해 있다고 했는데 자신까지 결핵에 걸렸다면? 돌아가신 아버지도 젊은 나이, 아니 소년의 나이에 결핵으로 세상을 뜨셨다. 그렇다면 자신의 집안 혈통은 선천적으로 폐가 약한 집안이 아닌가. 결핵은 잘 먹고 편히 쉬어야 하는 병이다. 그래서 부자병, 집안 말아먹을 병이라고 하지 않던가.

"왜 갑자기 그런 병이⋯⋯."

"영양부족이거나 과로하면 급성으로도 발병하네. 부모님이 부산에 계신가? 집으로 돌아가 부모님과 상의하게. 방위청에는 내가 보고서 올려주겠네."

희식은 돌아가신 아버지를 떠올렸다. 아버지는 열여덟 살에 갑자기 결핵에 걸렸다. 아버지도 과도한 스케줄과 결혼을 강행하느라 무리를 했다고 들었다. 자신도 열흘 동안 제대로 먹지도 못한 데다 병원으로 몰려드는 환자들 때문에 무리를 해서 병을 얻은 모양이었다. 희식은 다시 교수를 찾아갔다.

"교수님 어떻게 하면 될까요."

"결핵이라고 다 죽는 것은 아니네. 급성이니까 잘만 치료하면 한일 년 후에는 완치까지는 몰라도 거의 낫지 않을까 싶으이. 내가 최선을 다할 테니 이곳, 내가 있는 곳에서 치료를 받도록 하게. 나도 자네를 잃고 싶지 않아."

집으로 돌아간 희식은 말을 꺼내지 못하고 하루를 버티다가 어렵게 말을 꺼냈다.

"어머니, 제가 당분간 바빠서 집에 못 나올 것 같은데요."

"아니, 일주일에 한 번 나오는 것도 못 한단 말이냐. 뭐가 그리 바쁜데."

"환자가 너무 많아서요."

"네가 의사도 아니고 그냥 심부름만 하면 될 터인데 바쁘긴 뭐가 그리 바빠. 눈치 봐서 나와. 눈치 없이 굴지 말고 슬쩍 꽁무니를 빼."

"네, 어머니, 알겠습니다. 그럼 가보겠습니다."

희식은 그날로 곧장 입원을 했다. 교수와 동급생들의 배려였다.

신문에서는 날마다 방위군 사령부의 비리를 대서특필했다. 몇십만 명이나 되는 방위군들에게 숙식도 제대로 제공하지 않았고, 보급과 겨울 피복 및 군복조차 보급하지 않았으며, 이로 인해 백여 일 동안 거의 십 분의 일이 동사하거나 아사했다고 날마다 떠들었다. 1951년 1월에 국회에서 제2국민병 비상대책회의가 열렸고 비상대책위원회에서는 1951년 4월 30일자로 국민방위군을 해체했다.

제2국민병 해체로 희식은 이제 제2국민병이 아니게 되었다. 병원에 그대로 입원해 있을 수 없게 된 것이다. 불가불 집으로 돌아가야 했다. 희식 자신에게는 돈이 한 푼도 없으니 입원은 고사하고 병원에 다닐 능력도 없었다. 하는 수 없이 부모에게 모든 사실을 다 털어놓았다.

영익은 그때 회사를 퇴사한 상태여서 수입이 없었다. 생활은 어떻게라도 꾸려나가겠지만 자신들의 병원비가 만만치 않을 것이라고 판단한 두 형제는 퇴원하고 통원치료를 받았다. 하지만 병은 차도를 보이지 않았다.

6조 다다미방에 자는 사람이 이미 일곱 명이었고 두 사람이 끼이면 아홉 명이었다. 결핵 환자에게는 신선한 공기가 가장 중요한데 환경이 열악했다. 정아가 영익의 방으로 갔고, 윤아가 영택의 방으로 갔는데도 방은 여전히 협소했다.

잠자리 이상으로 중요한 문제는 충분한 영양 보충이었는데 식구가 열네 명이었다. 먹거리를 충분히 준비해도 늘 부족했다.

문교부에서는 피난민 학생들의 교육을 위해, 자신들의 거주지에 있는 학교로 가서 수업을 받으라고 지시를 내렸다. 희식과 용식은 그 건강 상태에도 불구하고 학교를 다녔다. 희식과 용식의 병세는 나날이 더 심각해져 갔다. 그러나 두 사람은 학구열에 불타 몸을 돌볼 사이도 없이 열심히 공부했다. 친척 세 명과 희식, 용식, 윤식, 여섯 명을 위해 6조 다다미방에 책상을 만들었다. 직사각형의 다다미방 한 면, 창 밑에 판자를 대패질하여 끝에서 끝까지 일렬로 죽 들여놓은 책상이었다. 그 앞에는 두 형제가 노상 붙어 앉아 있었다. 노란 얼굴빛이 부부의 가슴을 졸이게 했고, 형형한 눈빛이 간담을 서늘하게 했다.

두 사람의 병원비는 만만치 않았다. 수입이 없는 영익은 토지개혁 후 얼마 남지도 않은 토지를 계속 팔았다. 전시여서 땅값은 헐값이라 몇 푼 되지도 않았다. 그나마 토지도 얼마 남지 않았다.

그럭저럭 여름방학이 되었다. 이제 영익은 더 이상 어쩔 수 없다. 희식, 용식을, 그토록 보내기 꺼려했던 산청으로 내려보내기로 결정했다.

30

명주는 오늘도 말주의 집으로 갔다. 매일 읍내에 나가는 일만 해도 고달프기 짝이 없었다. 늦도록 바느질을 하다가 집으로 돌아오면 삭신이 쑤셔 잠도 못 들고 뒤척였다. 그렇다고 모른 척할 수도 없었고 어떻게 이 일을 풀어나가야 할지 난감했다. 바느질 솜씨가 놀랍다고 소문이 나서 바느질거리는 매일 여러 벌씩 들어왔다. 하지만 다 추어내지를 못해서 손님들과 매일 언쟁이 벌어졌다.

할 수 있는 만큼만 받으라고 해도 그러지 못하고 다 받아놓고 해내지를 못했다. 쌓인 일거리를 뻔히 보고 왔는데 안 갈 수도 없고 명주는 울며 겨자 먹기로 매일 읍내를 오갔다. 항상 열려 있는 대문을 밀고 들어서며 명주가 인기척을 냈다.

"나 왔어요."

방에서는 아무 기척이 없었다. 마루로 올라 방문을 열었지만 여전히 대답이 없다. 말주는 재봉틀 앞에 꼬부리고 누워 잠이 들어 있었다. 오늘도 밥상은 윗목에 그대로 놓여 있고 하다만 바느질거리들로 방 안이 가득했다. 재봉틀 바늘 아래에는 박다가 둔 저고리가 활개를 편 채로 놓여 있었다.

'대체 이 일을 어쩌면 좋아요. 늙어 죽도록 그 복을 지니지 못할 팔자였으면 몸에 일이나 배게 살았어야지. 아무것도 할 수 없는 사람이 자식 넷을 어찌 키울꼬.'

명주는 혼자 넋두리를 하며 바느질거리를 손에 잡고 열중했다. 말주는 점심때가 훨씬 지난 다음에야 눈을 부스스 떴다.

"형님 오셨어요. 언제 또 잠이 들었나 모르겠네."

말주가 신산하게 말했다.

"내 점심 차려서 올게요."

명주가 부엌으로 나가도 으레 밥은 형님이 차려와야지, 하는 표정으로 말주는 바느질거리를 손에 잡았다. 저녁때가 다 되어서야 내일모레 결혼식을 치른다는 집 옷들이 완성되었다. 함 받을 때 입을 분홍 치마, 노란 저고리, 폐백드릴 때 입을 빨강 치마, 연두저고리, 신랑 한복, 시부모 한복, 친정 부모 한복. 모두 완성하였다. 다림질까지 끝내 비단 보자기에 쌌다.

명주와 말주는 해냈다는 성취감에 마주 바라보며 활짝 웃었다. 명주는 말주가 시집갈 때 팔판동 집에서 그녀의 옷을 짓던 생각이 나 눈시울을 붉혔다. 행여 말주가 눈치챌까 봐 명주는 두 팔을 하늘로 높이 쳐들고 기지개를 켰다. 말주도 따라 했다. 둘은 '아구구구 시원해' 하며 몸을 쭉쭉 늘렸다.

그때 밖에서 회의 목소리가 들렸다.

"뭐가 그리 시원합니까? 저도 같이 시원해보고 싶네요."

방으로 들어서던 회는 윗목에 높이 쌓여 있는 옷을 보고 감탄했다.

"아이고, 이렇게 많이 했습니까? 우리 말주 곧 부자 되겠네. 그런데 두 분 신색이 말이 아니네요. 형수님이 이렇게 매일 나오시지 말고 재봉틀을 하나 더 사서 사람을 하나 쓰도록 하세요. 아이고, 아이고, 내 정신 좀 보게, 지금 엉뚱한 말만 늘어놓고 있네. 큰일이 났구만."

"무슨 큰일이 났는데요, 오빠."

회가 말주를 한 번 힐끗 쳐다보다가 말했다.

"중공군이 개입했다는 것은 알고들 계셨죠. 기어이 서울을 빼앗겼다는데요."

거기까지 말해 회는 일단 말주의 표정을 살폈다. 그 순간 말주의 눈에서 빛이 반짝 났다가 사라졌다.

"서방님, 그럼 서울 식구들은 어떻게 되었을까요?"

"부산으로 피난을 내려오다가 부산에 못 들어오고 대구에서 머물고 있다고 들었습니다."

"희식은 어떻대요?"

"희식, 용식 모두 제2국민병에 끌려갔다는데요."

그 소리를 들은 명주는 입술이 하얗게 변하더니 더는 아무 말도 못 하고 벽에 기대었다. 방 안에는 깊은 침묵이 흘렀다. 각자 자기들 생각에 골몰해 있었다.

명주는 그런 상황에서도 끊임없이 말주의 바느질에 골몰했다. 그날부터 둘은 말문을 닫아버렸다. 허공을 바라보고 있던 명주의 눈에 가끔씩 말주의 묘한 눈빛이 들어왔다. 저 눈빛의 의미는 무엇인가. 희망인 듯도 했고 일순간에 사라져버리는 빛은 절망인 듯도 했다.

명주는 의아했다. 말주는 남편이 혁혁한 공을 세우고 훌륭한 유격대가 되어서 다시 고향을 탈환해주리라고 믿는 것인가. 그렇다면 그 절망의 그림자는 무엇인가. 홀라당 뒤집어엎고는 망했다고 도망치던 인민군들의 꼬락서니에 절망한 것인가. 두 여인은 시국 문제에 대해서는 입을 닫아버렸다.

 모진 세월은 그래도 흘러 여름이 왔고 아이들이 방학이 되어 산청으로 온다는 기별이 왔다. 그 소식을 들은 날부터 명주는 제정신이 아니었다. 몸이 허공에 붕 뜬 듯했다. 해방되던 해, 희식이 중학교 일학년 때 헤어지고 오 년 만에 처음 보는 것이다. 무엇을 어떻게 해 먹여야 할지, 무엇을 덮어주고 입혀야 할지 허둥댔다. 며칠째 말주에게도 가지 못했다.

 드디어 희식이 도착했다. 영익 부부와 용식까지 함께였다. 대청에 오른 영익 부부는 명주와 맞절을 했다. 그리고 마침내 희식이 절을 하려고 명주 앞에 읍하고 섰다. 이제 제법 청년티를 내고 의젓하게 서 있는 아들을 바라보니 감개가 무량했다. 그러던 명주는 어룽거리는 눈물 사이로 아들의 얼굴빛이 이상한 것을 발견했다.

 '아니, 저 아이 얼굴에 왜 저리 노랑꽃이 피었을까. 멀미가 나서 그런가. 내가 잘못 보았나.'

 곁에 서 있는 용식을 번갈아 바라보던 명주는 절도 받는 둥 마는 둥 일어나 아이를 가만히 들여다보았다. 그러고 보니 살도 쭉 빠져 있었다. 명주가 영익 내외에게 눈짓했다.

 "아이들이 어디 아픈가요? 혈색이 영 안 좋네요."

 한참 침묵하고 있던 영익이 입을 열었다.

"저 아이들이 제2국민병에 끌려갔다가 추위와 굶주림으로 병을 얻어가지고 왔어요. 그동안 죽 치료했지만 차도가 없어요. 그래서 이번 여름방학에 고향에서 좋은 공기 마시고 여러 가지 보양식도 먹이고 하면 좋아질까 해서 데리고 왔습니다."

명주는 기가 막혔다. 대체 무슨 병이 들었기에 저 지경이 되었을까.

"무슨 병이 들었나요?"

"결핵이랍니다."

순간, 명주의 눈앞이 빙글 돌았다. 명주는 앉은 자리에서 비실비실 옆으로 쓰러지고 말았다. 가물거리는 의식 속에서 피를 토하고 죽어가던 남편, 영휘의 창백했던 모습이 떠올랐다. 아, 또 그 끔찍한 일을 당해야 하나. 안 돼. 더 이상은 안 돼. 이제 아무것도 보고 싶지 않다. 죽고 싶다. 명주는 눈을 뜨지 않았다

희식은 침착했다. 우선 명주가 호흡을 편히 하도록 가슴을 풀었다. 그리고 맥을 짚었다. 고개를 숙이고 맥을 헤아리는 희식의 속눈썹이 파르르 떨리고 있었다. 한동안 같은 자세로 앉아 있던 희식이 어머니의 손을 놓고 일어나 옷 방으로 갔다. 요를 꺼내다 깔고 그 위에 명주를 뉘였다. 그러고는 이불을 덮어주고 다리를 주물렀다. 곁에 앉아 있던 용식도 같이 팔다리를 주물렀다. 근심에 싸여 있던 영익이 말했다.

"그래, 어머니는 어떠신 거냐?"

"무슨 이상이 있으신 것 같지는 않습니다."

"그럼 왜 저러신 것이냐?"

"단지 놀라서 쓰러지신 것 같습니다."

명주의 다리가 움찔했다. 명주가 눈을 반쯤 뜨고 사방을 두리번거렸다. 희식은 어머니를 불렀다.

"어머니, 이제 정신이 드세요?"

"오, 희식이구나. 내가 왜 이러고 있는 것이냐? 나 좀 일으켜다오."

"안 돼요. 어머니 안정을 취하셔야 해요."

"아니다. 이제 괜찮다. 일어나야 해, 할 일이 많아."

명주는 일어나려고 안간힘을 썼다. 그러나 다시 픽 쓰러지고 말았다. 그래도 명주는 다시 일어나려 했다. 이번에는 희식을 붙들고 겨우 몸을 일으켰다. 간신히 일어서서 대청으로 나가 신을 신었다. 비칠거리며 명주는 그 길로 회의 집으로 갔다. 회는 대청에 누워 부채질을 하고 있다가 명주를 보고 벌떡 일어났다.

"형수님이 어쩐 일이세요? 이 더운 날에. 점순을 보내시지 않고."

"저, 서방님께 부탁이 있어서 왔어요."

명주의 눈이 그렁그렁했다. "

"희식이가 왔는데 다 죽어가요. 결핵이라네요. 그래서 황구나 구렁이를 구했으면 해서요. 고아 먹여보려고요."

"알았습니다. 제가 얼른 장에 나가서 사 오겠습니다."

"죄송해요. 서방님 아니면 누구에게 이런 부탁을 하겠어요."

"그런 말씀 하지 마세요. 한집안 일이잖아요. 그럼 다녀오겠습니다."

회는 명주를 보내고 나서 곰곰이 생각해 보았다. 개라면 이 여름에 사람과 마찬가지로 기력이 쇠했을 것이다. 힘에 겨워 그늘에서 혀를 빼물고 헐떡이는 것만 보아도 짐작이 간다. 보약으로 쓰려면 개는 아니다. 그렇다면 뱀이 좋지 않을까. 지금쯤이면 먹이를 찾아 산으로 강으로 활발하게 쏘다니고 있을 것이다.

회는 장으로 갈 것이 아니라 산으로 가야겠다고 생각했다. 그는 망태를 어깨에 메고, 작대기를 챙겨 들고 머슴과 함께 산으로 갔다.

회의 집에서 돌아온 명주는 부엌으로 들어가 솥을 깨끗이 닦았다. 황구가 되거나 구렁이가 되거나 솥을 깨끗이 닦아놓아야 했다.

회가 산에서 구렁이를 세 마리나 잡아 왔다. 부엌으로 들어온 회가 말했다.

"형수님, 장으로 가지 않고 산에서 구렁이를 잡아 왔습니다. 우선 불을 지피십시오. 솥이 달궈지면 참기름을 두르고 이놈을 집어넣으세요."

명주는 불을 지폈다. 한참 솥을 달군 후에 뚜껑을 열고 참기름을 넉넉히 두르고 다시 뚜껑을 닫았다. 회는 솥뚜껑 가장자리를 조금 벌려놓고 그 구멍으로 구렁이를 집어넣었다. 명주는 꼬리가 솥 속으로 다 들어간 후 솥뚜껑을 닫았다. 다 죽어가던 구렁이는 사력을 다해 튀어나오려 펄떡거렸다. 하지만 무거운 솥뚜껑은 꿈쩍도 않았다. 펄떡이는 소리가 요란했다. 솥 안은 금방 조용해졌다. 명주와 회는 세 마리를 다 집어넣은 뒤 물을 붓고 끓였다.

명주는 솥 앞에 앉았다. 새 장작을 한 개비씩 얹어 불을 조절해가며 옛날 일을 더듬어보았다. 남편 영휘가 피를 토하고 정신없이 앓아누워 있다가 죽을 달라고 해서 이 부엌에 나와 죽을 끓이던 것이 생각났다. 그때 이 아궁이 앞에서 죽을 끓이며 남편이 살아나기를 얼마나 빌고 또 빌었던가. 지난 일이라 다 흐릿해진 것일지는 모르지만 지금은 그때보다도 백배는 더 간절한 마음으로 빌고 빌었다.

'부처님 이 불쌍한 중생 굽어 살피시사 희식이 하루속히 낫게 해주시기를 빌고 빕니다.'

이윽고 솥 가장자리로 김이 새어 나오면서 구수한 냄새가 피어올랐다. 저녁 내내 몇 시간을 고았으니 이만하면 거의 다 된 것 같아 솥을 열어보았다. 노란 기름이 동동 뜨는 국물은 뽀얗게 우러나 구수한 냄새를 풍겼다. 주걱으로 한 번 휘저으니 건더기가 형체도 없이 풀렸다. 명주는 대접 두 개에 국물을 떴다. 종지에 소금을 조금 담고 숟가락을 놓은 뒤 건넌방으로 가 용식을 불렀다.

"용식아, 약 먹고 자야지."

용식엄마가 문을 열었다.

"형님, 제가 해야 하는데 죄송해요."

"누가 하면 어떤가. 남기지 말고 다 먹이도록 하게."

명주는 대접을 들고 안방으로 갔다. 희식은 생각에 골몰해 있다가 들어오는 명주를 보고 말했다.

"어머니, 고단하실 텐데 주무시지 않고 뭘 하세요?"

"응, 너희들 약을 끓이느라고. 쭉 마셔라. 한 방울도 남기지 말고."

"무슨 약인데요."

"결핵에 특효약이란다. 이 약 이상 더 좋은 약이 없다더라. 자, 일어나 얼른 마셔."

희식은 더 이상은 묻지 않고 단숨에 다 마셨다. 희식 곁에 누운 명주는 오륙 년 만에 만난 아들이 너무 대견하고 사랑스러워 잠들지 못했다. 여행을 하느라 피곤했는지 희식은 얕은 코를 골며 금세 잠이 들었다.

회는 사흘에 한 번 정도 구렁이를 잡아다 주었다. 두 아이는 그것을 잘 먹었다. 매번 오일장에 나가 생선이며 소고기, 돼지고기를 사다가 영양이 풍부한 식사를 마련해주고, 싱싱한 과일과 채소로 비타민을 보충해주었다. 산청의 신선한 공기도 병세에 많은 도움을 주었는지 아이들은 살이 오르고 혈색도 좋아졌다. 그러나 한 달의 방학은 너무 짧았다. 아이들은 다시 부산으로 돌아가야 했다.

희식이 산청에 와 있는 한 달 동안 유평댁은 거의 밖으로 나오지 않고 방에 틀어박혀 있었다. 더위가 견디기 힘들면 혜자를 데리고 밖으로 나가 해가 진 다음에 들어오곤 해서 영익과 부딪칠 기회가 없었다. 그런 그녀가 희식이 간다고 모두 마당에 나와 작별인사를 하는데 모습을 드러냈다.

마당으로 나온 유평댁을 보고 식구들은 모두 놀랐다. 빨치산들이

들이닥쳐 집을 들쑤셔놓거나 말주가 와서 부산을 떨거나 담 넘어 불구경하듯 했던 그녀였다. 작심한 듯 유평댁은 목소리를 높였다.

"강릉양반 그러는 거 아니죠. 저 아이들 얼굴 좀 보세요. 한 달 전 산청으로 왔을 때 얼굴하고 비교를 좀 해보세요. 노랑꽃이 피어서 비들비들 말라가던 아이들 얼굴이 이제 뽀얗게 살이 오르고 뺨이 발개졌잖아요. 일 년에 두 달, 방학에만 와서 먹고 놀다 갔었으면 그 지경이 나지는 않았을 것인데. 강릉양반, 심사를 곱게 쓰시오. 혜자 출생 신고하러 가서 보니 호적도 강릉양반 앞으로 그대로 있던데, 잠시 아들 키워주는 어미가 일 년 열두 달에 방학 동안 보내주지도 못하오. 방학 한 달 내내 신작로에 나가 읍에서 오는 버스를 바라보며 아들을 기다리는 개평댁을 돌아가신 영감님이 보신다면 강릉양반 물고를 내실 것이오."

명주는 눈물이 북받쳐 주저앉고 말았다. 자신의 마음을 너무도 잘 알고 있는 유평댁이 새삼 고마웠다.

부산으로 돌아온 희식과 용식은 기다란 판자 책상에 앉아 학업에 정진하느라 밤이 깊어가는 줄도 몰랐다. 모든 일에 무관심한 용식엄마조차 발을 동동 굴렀다. 공부 그만하고 잠 좀 자라고 아무리 말해도 소용없었다. 용식엄마는 하는 수 없이 남편에게 가서 말했다.

"여보. 지금 몇 신지 알아요? 새벽 두 시예요, 두 시. 그런데 아직 아이들이 자지 않고 있어요. 당신이 말해보세요. 내 말은 안 들어요."

영익은 육조 다다미방으로 갔다. 빼곡하게 누운 사람들은 모두 잠들어 있었다. 그들도 다 학생들이었다. 저 사람들도 다 공부하는 사람들인데 왜 유별나게 저 아이들만 극성을 떠는 것일까. 영익이 기침을 했다. 아이 둘이 동시에 아버지 쪽으로 고개를 돌렸다. 영익이 말했다.

"너희들 그만 자거라. 몸 생각도 해야지."

두 아이는 멈칫거렸다. 영익이 그 자리를 뜨지 않고 그대로 서 있자 아이들은 하는 수 없다는 듯 책상을 정리하고 잠자리에 들었다.

명주는 회가 잡아다 주는 뱀을 고아 일주일에 한 번씩 부산으로 가져갔다. 얼음에 채워 넣었지만 얼음은 부산에 도착하기도 전에 다 녹아버리고 말았다. 부산집에 도착하자마자 끓여서 먹이기를 계속했지만 아이들은 좀처럼 차도를 보이지 않았다. 그나마 찬바람이 불기 시작하면서 뱀은 자취를 감추어버렸다. 그 후로는 황구로 개소주를 만들어 먹였지만 부산의 나쁜 공기와 열악한 환경 때문에 병세는 나아질 기미가 없었다. 잠시 회복된 듯하다가도 다시 나빠지기를 반복하면서 부산에서 생활한 지도 벌써 2년 반이 지났다.

  정전협정으로 전쟁은 끝났다. 서울을 빼앗겼던 국군은 다시 서울로 입성했다. 하지만 정부는 그대로 수도를 부산에 두고 있다가 1953년 8월 8일, 2년 6개월 만에 환도를 했다. 부산에 있던 학교들과 회사들, 개인사업자들은 서둘러 정부를 따라 올라왔다.

  서울로 돌아온 희식은 시설이 잘 갖추어진 학교에서 훌륭한 교수들의 지도를 받으며 정말 열심히 학업에 매진했다. 그리고 훌륭한 성적으로 졸업했다. 그는 학교에 남아 공부를 계속하라는 교수들의 권유를 뿌리치고 병원을 개업했다. 더는 학교에 머무를 수 있는 형편이 되지 않았다.

  영익은 전쟁 직후, 사십 중반의 나이에 직장을 그만두었고 오래도록 무직자 신세였다. 자세히 여쭙지는 않았지만 나름 어떤 사정이 있을 것이라 생각하면서 희식은 생활전선에 뛰어들었다. 대학병원에서 연구를 하며 교수로 남고 싶었던 꿈은 일찌감치 포기했다. 전후라 병원이 귀해서인지 희식의 병원은 성황을 이뤘다. 결핵도 그럭저럭 나아졌다.

  어디에서 소문을 들었는지 중매쟁이들이 자주 드나들었다. 퇴근하고 돌아와 방으로 들어가려는 희식을 잡고 영익의 처가 말을 꺼냈다.

  "희식아. 너 장가 안 가련?"

  "어머니, 무슨 말씀이세요? 지금 일이 얼마나 많은데 어떻게 장가를 가요. 전 아직 생각 없습니다."

희식은 딱 잘라 말하고 방으로 들어가버렸다. 며칠 후 또 중매쟁이가 왔다. 중매쟁이는 너스레를 떨면서 영익 처의 혼을 쏙 빼놓았다.

"신붓감이 얼마나 예쁜지, 대학에서 미인 뽑는 대회에 나가 뽑혔대요. 그리고 아버지가 강원도에서 탄광을 한다는데 돈은 그 집에서 다 끌어모은다는데요? 요즘 장작 때는 집이 어디 있어요. 편하니까 너나없이 연탄을 때는데 그 집 석탄이 아니면 어디 석탄이 있기나 한대요? 집이 얼마나 큰지 대문에서 현관까지 들어가는 데 거짓말 조금 보태서 한 시간은 걸려요. 아까운 색시 놓치지 말고 선이나 한 번 보여 보세요."

영익의 처는 얼떨결에 선을 보기로 약속하고 말았다. 그러나 희식은 들은 체도 하지 않았다. 영익의 처는 혼자 전전긍긍하다가 영익에게 사정을 말했다.

"여보, 희식이 장가를 보내야 하지 않겠어요. 중매쟁이가 좋은 신붓감이 있다기에 선을 보기로 약속을 했는데 희식이 싫다고 하니 어쩌죠?"

"왜 아이한테 물어보지도 않고 약속을 해. 실없는 사람 되게."

"그러게 말이에요. 하지만 이번 한 번만 당신이 말해보세요. 내 말은 들은 척도 안 해요."

저녁 밥상머리에서 영익이 말을 꺼냈다.

"희식이 너, 네 엄마가 선을 보기로 약속을 해버렸다는데 어쩌겠느냐. 약속은 지켜야 하지 않겠느냐. 선을 본다고 다 결혼해야 하는 것은 아니니 나가보도록 해라. 앞으로 네 동생이나 사촌들도 다 중신애비 신세를 져야 할 터인데 한 번 소문이 나쁘게 나면 집안에 좋을 일은 아니다. 알아들었느냐?"

"네, 아버지."

중매쟁이는 여자 쪽에 가서도 반은 거짓말을 섞어가며 신랑감 자랑을 늘어놓았다.

"이런 신랑감 놓치면 다시는 이보다 좋은 신랑 만나기 힘들 거예요. 집안이 대대로 벼슬한 양반 가문이고, 신랑은 서울의대를 나온 개업의이고, 게다가 키 크고, 잘 생기고."

신랑 집이 이미 다 망해버린 허울 좋은 양반 집이라는 것을 몰랐는지, 신랑이 결핵환자라는 것도 몰랐는지, 아니면 알면서도 모른 척한 건지 중매쟁이는 그런 말은 일절 하지 않았다. 아무튼, 중매쟁이의 뛰어난 언변 때문이었을까. 아니면 운명이었을까, 그들은 단 한 번의 선으로 결혼했다.

명주는 희식의 결혼식을 끝내고 산청으로 돌아왔다. 예쁘고 얌전해 보이는 며느리도 마음에 들었다. 희식의 밝은 혈색으로 보아 이제는 병도 나은 것 같아 한시름 놓였다. 아무 근심 걱정 없이 한가하게 세월을 보내는 것이 얼마 만인지, 한 번도 그렇게 살아본 적이 없었던 것 같아 곰곰 옛날을 되짚어보았다. 열네 살에 시집와서부터

서른다섯 살까지, 행복했다고 말할 수는 없지만 시아버지의 따뜻한 보살핌을 받으며 무난하게 살았다. 그 후 산청으로 내려와 육 년 동안 희식이 그리워 가슴앓이를 한 것 말고는 또 그런대로 세월이 흘러갔다. 그 후 전쟁으로 아이들이 병을 얻어 투병하던 오륙 년은 정말 지옥 같은 세월이었다.

이제 명주 나이도 쉰을 넘어섰다. 고향에 남은 것이라고는 논 몇 마지기뿐이었지만 그것으로 양식은 충분했다. 산에 들에 먹거리가 지천으로 널려 있으니 부지런하기만 하면 먹을 것 걱정은 하지 않아도 됐다. 게다가 친척들이나 동리 사람들이 별미를 했다고 날라다 주는 음식들이 날마다 넘쳐났다. 더 이상은 아무런 걱정도 없었다.

희식이 첫아이를 낳았다는 소리를 들었을 때는 정말 서울로 달려가고 싶었다. 그러나 수중에 몇 푼의 돈도 가진 것이 없으니 함부로 나설 수도 없는 일이었다. 서운하게도 서울에서는 한 번 왔다 가라는 소식 한 장 없었다. 우물가에 있는 감나무 위에서 까치가 깍깍 울기라도 하면 행여 서울에서 어떤 소식이라도 올까 싶어 기대에 부풀어 종일 기다렸지만 까치는 시도 때도 없이 울어대기만 했다. 시간이 흘러 명주는 희식이 둘째 아들을 낳았다는 소식을 들었다. 병원이 잘되고 있는 모양이었다. 명주는 손주 생각이 간절했다. 너무도 보고 싶어하는 자신을 다독였다. 저만 잘 살면 됐지, 무엇을 더 바랄 것인가. 다시 해가 바뀌고 셋째 아들을 낳았다는 소식이 들려왔다. 명주는 그저 감사한 일이라고 두 손 모아 합장하고 남편의 영정 사진 앞에서 백팔 배를 했다.

그날도 까치가 소리 높여 우는데 마침 우체부가 들어섰다.

"편지 왔습니다."

서울에서 영익이 보낸 편지였다. 어쩐지 이상한 예감이 들어 손을 부들부들 떨며 겨우 봉투를 뜯었다. 몇 글자 읽어 내려가던 명주는 현기증이 일어 털썩 마루에 주저앉았다. 희식이 위독하여 입원을 했는데 간호할 사람이 없으니 상경하라는 내용이었다.

명주는 한달음에 서울로 향했다. 병실로 들어선 그녀는 노랑꽃이 핀 아들의 얼굴을 보고 너무 놀라 아이의 손을 잡고 흐느꼈다. 희식은 잠이 든 것이 아니라 눈만 감고 있었는지 기운 하나 없는 목소리였다.

"어머니 오셨어요. 또 걱정 끼쳐드려서 죄송해요. 금방 털고 일어날게요."

"그래, 그래야지. 요즘 세상에 약이 얼마나 좋아졌는데 이겨내야지. 내가 무슨 수를 써서라도 너를 살려내고야 말 테다."

하지만 두 사람의 마음과는 달리 병세는 나날이 심해지기만 했다. 영익의 처와 희식의 아내는 병원에 한 번도 오지 않았다. 윤식엄마만 가끔 들를 뿐이었다. 명주는 윤식엄마에게 물어보았다.

"왜 병원에는 아무도 와보지 않지?"

"네, 그게……."

"왜, 어려운 말이야? 그럼 하지 않아도 돼."

"그게 아니라 둘째 형님은 용식이가 또 재발할까 봐 요즘 용식이 신경 쓰시느라 짬이 안 나나 봐요. 집은 크고 일할 사람도 없고…….그리고 서방님이 병원 출입을 삼가라고 하셨대요."

"그럼 희식이 처는?"

"어린것들 감염된다고 친정에서 병원 출입을 금했나 봐요."

아무도 찾아오지 않는 병실에서 희식은 쓸쓸히 투병 생활을 했다. 한 달 두 달 세월은 흘러갔다. 입원비가 여러 달째 미납되자 병원 측에서 퇴원을 강요했다.

명주는 하는 수 없어 회에게 편지를 썼다. 산청에 논이 얼마나 남아 있는지, 또 달리 팔 것이 남아 있는지, 알아서 다 처분해 보내 달라고 했는데 소식이 없다. 영익에게서도 아무 연락이 없었다. 명주는 병원 측의 독촉이 더는 견딜 수 없어 영택을 찾아가 보기로 결심했다. 그런 명주의 속을 알기라도 한 듯 마침 영택이 병실로 들어왔다.

"형수님이 수고가 많으시네요. 식사는 잘 하고 계시죠?"

"네, 저야 괜찮지만 희식이 때문에."

"왜, 희식이가 어떻습니까?"

"입원비가 밀려서 퇴원을 하라네요. 이런 말, 서방님에게 안 하려고 했는데 하는 수가 없어서요."

영택은 화를 벌컥 냈다.

"이런 몹쓸 것들! 아픈 아이를 퇴원시키라니. 그럼 나가서 어쩌라는 말이야?"

명주는 죄지은 사람처럼 고개를 숙이고 있었다. 영택이 화를 누르며 말했다.

"형님이 병원비 안 주시나요?"

"형님 사정이 딱하신가 봐요. 집을 팔려고 내놓았다는데 팔리지도 않고 생활도 어려우신 것 같더라구요."

명주는 영익 내외가 병원에 한 번도 오지 않는다는 말은 하지 않았다.

"제가 정산해놓고 가겠습니다. 형수님은 형수님 건강에도 신경 쓰세요."

영택이 자상하게 손을 잡았다. 명주는 흐느껴 울었다.

전쟁 직후, 말주의 일로 부산 검찰청에 있는 친구를 만나고 돌아온 영익은 무엇에 홀린 사람처럼 잘 다니던 직장을 그만두었다. 사업을 한다고 이것저것 추진해보았지만 모든 것이 뜻대로 되지 않았다. 1.4 후퇴로 정국은 불안정했고 경험도 없는 데다가 마땅한 사업도 없었다. 자본을 마련하기 위해 해방 후 토지개혁으로 받은 증권을 팔았다. 전시 하에서 증권은 제값을 받지 못했다. 사업자금으로 쓰려고 돈을 손에 움켜쥐고 전전긍긍하며 세월만 보냈다. 돈이라는 것이 아무리 움켜쥐고 아껴도 주먹에 쥔 모래알 같아 슬슬 다 빠져나가니 속수무책이었다.

수입 없이 있는 돈을 곶감 빼먹듯이 써버린다는 것이 얼마나 허망한 일인지도 다달이 월급으로 생활했을 때는 몰랐던 일이었다. 그렇게 시간만 흘려보냈다. 돈이 없으니 두 아이의 학비와 치료비 대기도 힘들었다. 결국 돈은 동나버렸고 용기마저 없어졌다. 다행스럽게도 졸업한 희식과 용식이 주는 생활비로 겨우 유지해가고 있었는데 그만 희식의 병이 재발한 것이었다. 희식의 병원이 잘되긴 했지만 워낙 기반 없이 시작한 병원이라 부담이 많았다. 게다가 가족의 생활비에, 영익의 생활비까지 부담하느라 저축은 엄두도 낼 수 없었다. 그나마도 병원 문을 닫았으니 영익은 생활비도 희식의 병원비도 마련할 길이 아득했다.

　남은 것은 이제 집뿐이었다. 집이 팔려야 희식의 입원비를 지불해줄 것인데 누구도 집을 사려 하지 않았다. 복덕방에 매물로 내놓은 한참 뒤에야 집이 안 팔리는 이유를 알았다. 팔판동 집을 처분하고 이사한 돈암동 집이 이완용의 아들이 살던 집이었던 것이다. 그 집에서 그들은 친일파로 몰려 빈 몸으로 쫓겨났다고 했다. 그 뒤 흉가라는 소문이 나서 오래 비어 있던 집을 그간의 사정을 알 리 없는 영익이 매입한 것이다. 해방된 지 벌써 몇 년이 지났는가. 이십여 년이 지난 남의 일을 사람들은 아직도 기억하고 있단 말인가. 영익은 어이가 없었다.

　흉가에 이사를 와서 자신도 그 많던 재산을 다 날렸단 말인가. 그리고 자식들은 다 결핵 환자가 되어 사경을 헤맨단 말인가. 영익은 뒤통수를 얻어맞은 듯 아찔했고 머릿속이 하얗게 비어버린 듯했다.

처음 돈암동 집을 보러 왔을 때 집을 다 둘러보고 나오다가 집 앞의 전경을 바라보았다. 길 건너에 있는 산이 너무나 아름다웠다. 산은 온통 엷은 색 물감을 풀어놓은 듯 황홀했다. 아침마다 산에 올라 산책도 했고, 출근할 때는 대문 앞에 한참 서서 산을 바라보며 심호흡을 하곤 했었는데, 다시 생각하니 산이 집 앞을 가로막고 있는 것 같아서 숨통이 막혔다. 영익은 무조건 처분하기로 결심하고 헐값에 집을 내놓았다. 이내 임자가 나타났다.

부동산 매매대금 잔금을 받은 날 영익은 돈을 챙겨 들고 희식의 병원으로 갔다. 입원하고 처음 몇 번은 입원비를 정산해주었는데 수중에 돈이 떨어지니 속수무책이었다. 생활비조차 궁색한 터에 당해낼 수가 없어 병원에 가는 횟수가 차츰 줄어들었고, 결국 걸음을 끊었다. 그런 차에 다행히 집이 팔린 것이다.

영택이 한 차례 정산해서 밀린 병원비는 많지 않았다. 입원비 정산을 하고 오랜만에 희식을 본 영익은 심장이 내려앉았다. 충격에 그 자리에서 움직일 수 없었다. 불과 몇 달 사이에 어찌 아이 몰골이 저 지경이 되었을까. 영익은 비칠비칠 희식의 침대머리로 다가가 아들을 불렀다.

"희식아."

그러나 희식은 눈을 뜨지 못했다.

"형수님 아이가 왜 이 모양이 됐습니까?"

명주는 대답하지 않았다. 속이 부글부글 끓는 것을 꾹 참고 아래로 시선을 떨구는데 영익의 구두가 눈에 들어왔다. 아니 저 구두가 영익의 구두란 말인가? 명주는 놀라 눈을 크게 뜨고 다시 자세히 보았다. 언제나 유리알같이 반짝였던 영익의 검정 구두였는데, 희끗하게 물이 다 바래서 회색구두로 변해 있었다. 너무나 놀란 명주는 그제야 위를 올려다보았다. 거기에는 흰머리가 푸석한 한 노인이 서 있었다. 입은 옷은 남루했고 쭈글쭈글한 노인의 얼굴은 병색이 완연했다. 명주는 탄식했다. 아! 어쩌자고 저 모양이 되어서 내 앞에 서 있는 것인가?

십 년 전 희식의 결혼식장에서 영익은 도도하고 당당했었다. 그때가 영익을 본 마지막이었다. 오히려 예리한 눈빛으로 냉정하게, 도도하게 자신의 앞에 군림했다면 이다지 서글프지는 않았을 것을. 명주는 민씨 가문이 와르르 소리를 내며 무너지는 환영을 보는 듯해 어지럼증이 일었다. 그래도 뭔가 있으면서도 아이를 모르는 척하는 것이라고 생각했었는데, 그랬다면 오히려 나았을 것을. 정말 이제는 다 망하고 거지가 된 것임에 틀림없다고 생각하니 앞이 캄캄했다. 희식은 어쩌면 좋은가. 돈이 없으니 우리 희식은 어쩌면 좋단 말인가.

"형수님, 집이 팔렸어요. 입원비는 다 정산했으니 이제 걱정하지 마세요. 그간 형수님이 고생 많이 하셨어요. 당분간은 돈 걱정 안 하셔도 돼요."

영익의 말에 그간의 섭섭함과 노여움이 눈 녹듯이 사라졌다. 명주는 연민의 눈길로 영익을 바라보았다. 그 예리하고 냉철하던 눈빛은 어디로 사라졌는지 영익은 회한이 가득한 눈빛으로 명주를 마주 바라보며 엷은 미소를 짓고 있었다.

명주는 눈물이 쏟아져 더는 참지 못하고 복도로 나와버렸다. 지난날이 꿈속 같았다. 희식을 결혼시키고 난 후 아이가 열 살이 될 때까지 희식을 보지 못했던 일, 또 거슬러 올라가 희식이 열다섯 살 되던 해에 헤어지고 육 년 만에, 그 여름방학에 아들을 보았던 일, 그리도 야박하게 굴더니 기어이 아이는 죽을 지경에 이르고, 아버지는 거지가 되고.

민겸호 일가의 마지막 보루였던 영익과 희식의 말로가 이런 결과를 가져오니 민겸호의 삼남 이녀의 인생은 이제 끝장을 본 꼴이 되고 말았다.

만석꾼 종부였던 직각댁 며느리 경주는 아들의 망나니 노릇으로 노년에 끼닛거리를 걱정하는 신세가 되었고 막내딸 말주는 빨치산의 가족으로 몰려 재산을 몰수당하고 삯바느질로 끼니를 이어가니 정말 어이없는 인생길이었다.

영익이 돌아갔다. 그새 배식을 받은 옆 침대 환자들은 일어나 밥을 먹고 있었다. 명주는 희식을 깨웠다.

"희식아, 일어나 밥 먹어야지."

그러나 희식은 그대로 눈을 감은 채 말했다.

"어머니, 아직 먹고 싶은 마음이 없어요. 조금 있다 먹을게요."

하기야 밤새 고열에 시달리고 각혈까지 하느라 희식은 한숨도 자지 못했다. 그렇게 아픈데 무슨 입맛이 있을까. 아들을 바라보던 명주는 울음을 참으려고 혀를 깨물었다. 창백하던 얼굴은 흙빛으로 변했고 눈은 움푹 들어갔고 볼은 깊이 패었다. 뼈에 가죽만 발라놓은 듯한 얼굴은 산 사람의 것이라고는 할 수 없을 지경이었다.

'이 일을 어찌한단 말인가. 아이를 살릴 방도만 있다면 내 목숨이라도 줄 텐데. 이 일을 어찌한단 말인가.'

그런데 갑자기 배에서 꼬르륵 소리가 난다. 명주는 황당하고 민망했다. 자식은 사경을 헤매는데! 명주는 자신이 한심했다. 하지만 가만 더듬어보니 어제저녁부터 굶었다. 희식이 각혈을 하는 바람에 물수건으로 닦아주고 환자복을 갈아입히고 시트를 바꾸고 뒷정리를 하고 나니 배식시간이 한참 지나 있었던 것이다. 이미 식판을 수거해간 뒤였다. 명주는 주린 배를 움켜쥐었다. 먹지 않으면 뱃속이 비니 배가 고픈 것은 어쩔 수 없는 일이었다.

명주는 옆 환자들을 둘러보았다. 어머니인지 아내인지 모를 여자가 밥숟가락 위에 반찬을 얹어 환자에게 먹여주고 있었다. 모두 화기애애하고 행복해 보였다. 명주는 한 번도 병원에 와보지 않는 며느리를 원망하지 않으려 애썼다. 희식은 아내와 자식들이 얼마나 보고 싶을까. 희식은 그리움에 사무친 눈빛으로 하염없이 창밖을 바라보곤 했다. 아이들이 얼마나 보고 싶으면 저리도 애절할까. 명주는 다시 눈물이 차올라 혀를 깨물었다.

명주는 아침도 걸렀다. 현기증이 일고 속이 메스꺼웠다. 희식도 어제저녁부터 굶고 있었다.

명주는 오 층 특등 병실 복도로 갔다. 조금 전 배식을 했는데도 505호 앞에는 벌써 식판이 나와 있었다. 이 방 환자와 보호자는 병원 밥을 잘 먹지 않는지 밥이 반 공기 넘게 남아 있었다. 명주는 식판을 들고 주위를 둘러보았다. 복도 끝의 방 앞에도 식판 몇 개가 나와 있었다. 밥이 조금이라도 남은 식판 두 개를 더 포개 들고 주방으로 갔다. 주방에서 일하는 아주머니가 명주에게 인사를 했다.

"어서 와요. 국 식었을 텐데 더운 국 가져가요."

아주머니는 안쓰러운 표정이었다.

"삼등 입원실은 가족이 먹기 때문에 남는 밥이 없어요."

"네. 복도를 다 훑어도 한 그릇이 안 됐어요. 아주머니 감사합니다."

"감사하기는요. 어차피 버릴 음식인데요."

그동안 명주는 병원에서 생활하며 희식이 남긴 밥으로 연명했다. 게다가 차츰 밥이 죽으로 바뀌었고, 이제는 미음이었다. 워낙 적은 양이라 그것으로는 허기가 져 환자들이 남긴 밥을 거두어 먹었다. 희식은 벌써 사흘째 곡기를 끊고 있었다.

자는 듯하던 희식이 눈을 떴다. 그는 명주가 잡고 있던 손을 빼내고 자신이 명주의 손을 잡았다. 희식은 전혀 기력이 남아 있지 않은 목을 쥐어짰다. 가늘고 작고 연약한 목소리가 겨우 새어 나왔다.

"어머니, 다음 생에서는 건강한 아들로 태어날게요."

"무슨 그런 말을! 다음 생에서는 나같이 팔자 사나운 사람의 아들로는 태어나지 말거라."

"어머니, 전 어머니의 아들이라서 행복했어요. 어머니를 사랑해요."

명주는 희식의 가슴에 엎드려 흐느껴 울었다.

"희식아."

희식은 다시는 눈을 뜨지 않았다. 영익이 집을 팔아 마련한 돈까지 병원비로 다 썼지만 그는 결국 떠나고 말았다.

영익과 영택이 병원에 도착했다. 명주는 자신이 처리해야 할 것들을 차분히 정리하고 병원을 나섰다. 기력이 다 쇠해버렸는지 다리가 후들거려 걸을 수가 없었다. 그녀는 병원 앞 녹지에 놓여 있는 의자에 앉아 정신을 가다듬었다. 나무들은 단풍으로 붉게 물들어 있었다. 붉은 단풍잎은 아직 시들지 않고 싱싱한데도 한 잎, 두 잎 바람을 타고 떨어져 내렸다. 낙엽에 눈길을 주고 있던 명주는 생각했다. 자기 몫의 삶을 다 살지 못하고 떠나간 사람일지라도, 다음 해에 새싹을 틔울 나무에게 밑거름이 될 단풍잎처럼 그 자식들에게는 살아갈 밑거름으로 남을 것이다.

하찮은 생각 하나가 명주에게 다시 일어설 힘을 주었다. 명주는 희식의 세 아이 이름을 입속으로 불러보고는 앞으로 자신이 해야 할 일들을 생각하며 자리에서 일어섰다.

그때, 한 무리의 사람들이 병원 현관 쪽으로 오고 있는 것이 보였다. 그들은 격양된 목소리로 말을 주고받으며 걸어오고 있었다. 가만 보니 서울에 사는 민씨네 친척들이었다.

"아니, 왜 아들을 그렇게 팔자 센 여자한테 양자로 준거야. 참 딱하기도 하지."

"하기야 열네 살에 시집와서 사십구 일 만에 과부가 된 팔자가 보통 팔잔가?"

"그러게나 말이야. 다 같이 폐를 앓았어도 작은아들은 멀쩡하게 다 낫다지 않았는가."

"아이고 끔찍해라. 서방 잡아먹고 자식까지 잡아먹고. 진즉에 친정으로 돌려보냈어야 하는 건데."

명주는 친척들이 볼까 봐 슬며시 외면했다. 그들은 모르는 채 명주 곁을 지나쳤다. 명주는 자리에서 일어나지 못했다. 친척들이 자신을 그렇게 생각한다고는 미처 생각지 못했다.

이제 산청으로 돌아갈 수는 없을 것 같았다. 자신의 운명 때문에 남편과 아들이 죽었다니. 그녀는 너무나 끔찍해 감히 상상도 할 수 없었다. 그녀의 마음은 갈기갈기 찢겨졌다. 그녀는 메마른 눈가를 문질렀다. 더 이상 눈물도 흐르지 않았다. 그녀는 이제, 더 이상 흘릴 눈물도 남아 있지 않다는 것을 알았다.

명주는 영익의 집으로 가는 것을 포기했다. 고향에서 올라온 친척들은 영익이나 영택의 집에서 머무를 텐데, 그들이 수군대는 말을 듣고 있을 자신이 없었다. 병원에서 나온 명주는 여관으로 들어갔다. 여관에서 밤낮을 고심한 끝에 명주는 민씨 가문을 떠나기로 결심했다.

장례식 날 명주는 먼발치에 서서 처음이자 마지막으로 세 명의 손자들을 바라보았다. 열 살, 일곱 살, 네 살인 아이들은 주변이 환해질 만큼 인물이 훤칠했다. 아비를 쏙 빼닮은 아이들은 귀공자 같았다.

명주는 일생 동안 누군가를 그리워만 하다 끝날 자신의 운명을 생각했다. 남편을 그리워하다가, 또 살아 있으되 볼 수 없던 아들을 그리워하다가, 아들의 장례식장에서야 겨우 보게 된 손자들을 그리워만 하다가 삶이 끝날 것을 생각했다. 명주는 병원 뒤껼로 가 구석에 웅크리고 앉았다. 아무도 눈길을 주지 않는 그늘에서 명주는 혼자 오래오래 앉아 있었다.

32

명주는 자신의 인생이 어디에서부터 잘못된 것인지 알 수 없었다. 열네 살에 남편을 잃고 시부모를 따라 경성으로 올라왔다. 꿈이 있었다. 신학기가 되면 학교에 갈 생각이었다. 사범학교를 졸업하고 선생이 되어 자신의 길을 개척하기로 마음을 굳힌 명주였다.

하지만 경성에 도착하자마자 시어머니의 병간호로 일 년을 흘려 보냈다. 그것이 잘못의 시작이었을까. 주치의가 계속 왕진을 왔고 집에는 행랑어멈 내외와 찬모와 부리는 계집아이까지 있었다. 명주 한 사람 빠진다고 병수발 들 사람이 없었던 것은 아니었다. 낮에 학교를 다니면서도 저녁나절에는 시중을 들 수도 있었는데 왜 그리 멍청하게 굴었던 것일까. 시어머니가 돌아가신 뒤에도 현명하지 못했다. 삼년상을 꼭 집에 틀어박혀서 치러야 하는 것도 아닌데 다시 삼년을 허비했다.

그리고 열여덟 살이 되었다. 시어머니 삼년상이 끝난 뒤 시동생이 결혼했고, 일 년 후에 아들을 얻었고, 그 아들을 명주에게 준다고 했다. 그때 거절했어야 했을까. 나는 이제 내 길을 간다고 했어야 했을까. 그랬다면 여러 사람 인생 망치는 일은 없었을 터인데. 시동생 시누이 뒷바라지만 하다가 일생을 마치는 일도 없었을 텐데.

명주는 지나간 시간에 대한 후회로 가슴을 쳤다. 그녀는 결혼한 지 사십구 일 만에 청상이 되었지만 시댁에 남아 수절하며 시어머니의 빈자리를 대신했다. 그것이 자신의 본분을 다하는 것이라 여겼다. 팔자가 드센 자신이 다른 이에게 피해를 주게 될 것이라고는 꿈에도 생각지 못했다. 이제 와 깨닫는다고 이미 지나간 일들을 되돌릴 방법은 없었다.

모든 불행한 일들의 시작이 자신의 죄업 때문이라는 생각이 들었다. 그렇다면 자신이 전생에서 지은 죄이거나 이생에서 지은 죄이거나 죄를 씻어야 했다. 친척들의 말이 아니라도 열네 살에 청상이 되었다는 것은 저주받은 인생이리라. 그렇다면 시댁에 더 큰 불행을 안겨드리기 전에 떠나 주는 것이 모두를 위한 일일 것 같았다.

명주는 불현듯 민겸익이 마지막으로 했던 말이 떠올랐다.

'참으로 어렵거든 직지사 주지스님을 찾아가거라. 한 번은 도와줄 것이다.'

시아버지는 자신이 떠난 뒤에 명주에게 닥칠 일을 내다봤던 것일까. 명주는 입산을 생각했다. 직지사로 가면 되는 일이었다. 사찰로 들어가 부처님의 가르침을 따라 실행한다면 죄업이 소멸되지 않을까. 그러나 이제까지 자신이 절에 다니면서 배운 불법은 자비를 베풀고 자선하라는 것이었다. 그렇다면 산으로 올라가 누구를 위해서 무엇을 도울 수 있을까? 그것도 여태 의지하며 살아온 시아버지가 생전에 만들어둔 그늘로 들어가 어떻게 자신의 죄를 씻고 남을 긍휼히 여기며 은혜를 베풀고 도와줄 수 있단 말인가. 스스로의 힘으로 나보다 못한 사람을 주는 것이 자선이 아닐까? 하지만 영익이 다 팔아가고 산청에 남은 재산이라고는 이제 명주와 유평댁이 먹고 살기에도 빠듯했다. 무엇으로 자비를 베풀고 남을 돕는단 말인가.

그때 번개처럼 어떤 생각이 떠올랐다. 그래, 간병인을 쓸 수 없는 결핵 환자들을 돕는 거야. 희식의 병실에서 보았던 환자들이 얼마나 많았던가. 그 일이 내 죄벌로 하여 결핵을 얻어 일찍 세상을 떠나 버린 남편과 아들의 영혼에 안식을 주는 일이라면 아무리 힘든 일이라도 해낼 것이다.

명주는 그 길로 마산 가포동에 있는 국립마산결핵요양소를 찾아
갔다. 그런데 병원 정문에는 국립마산병원이라고 적혀 있었다. 잘못
찾아왔나 싶어 머뭇거리는 명주에게 마침 정문을 나오던 사람이 말
을 붙였다.

"어디를 찾으시는 겁니까?"

"아, 마산결핵요양소를 찾는데 여기가 아닌가 보네요."

"여기가 맞습니다. 몇 년 전에 명칭이 바뀌었습니다."

"그렇군요. 감사합니다."

"그런데 무슨 일로?"

명주는 망설이다가 말을 했다.

"이 병원에서도 간병인을 쓰나요?"

"아, 간병 일을 하시게요."

"네."

"그럼 저 사무실로 가셔서 등록해놓으세요. 자리가 나면 연락드릴
겁니다."

"무료 간병도 순번을 기다려야 할까요?"

"무료 간병이요? 그럼 저를 따라오세요."

남자는 명주를 데리고 사무실로 들어가 간호사에게 말했다.

"이분이 무료봉사를 하시려고 한답니다."

간호부장이라는 여자는 이것저것을 물어보았다. 명주는 성심성의

껏 대답했다.

"정말 좋은 생각을 하셨어요. 도움을 받지 못하는 환자들의 고충이 이만저만이 아니에요. 정말 좋은 일 하시는 거예요. 그럼 댁에 가셨다가 내일 소지품 챙겨서 오세요. 원래 간병인에게는 숙소가 제공되지 않지만 마련해볼게요."

"오늘부터 해도 괜찮아요. 잠시 시간을 주시면 금방 돌아올게요."

명주는 병원 앞 가게에 맡겨두었던 보따리를 찾아 들고 다시 병원으로 갔다.

국립마산병원이란 안내 간판과 표지석을 지나 원내로 들어섰다. 조금 전에는 눈여겨보지 못했던 정원의 조경이 무척 아름다웠다. 역시 조금 전에는 보지 못했던 병원 내 사찰도 눈에 들어왔다. 왠지 모를 안도감에 한숨을 내쉬며 사무실로 들어갔다. 간호부장이 반색을 했다.

"안 오실 줄 알았는데 반갑습니다. 그럼 숙소로 안내해드릴게요. 간호보조사들 방이에요. 협소하지만 혼자 생활하기에는 괜찮으실 거예요. 간병인 방은 원래 준비된 게 없거든요."

명주는 간호부장을 따라 병동으로 갔다. 그녀가 배정받은 환자는 6인실에 입원해 있는 중증 환자 두 명이었다. 두 명 모두 보호자도 없고 간병인도 없이 홀로 투병하고 있었다. 한 환자에게 간호부장이 말을 걸었다.

"저기요. 눈 좀 떠보세요. 오늘부터 환우님을 도와드릴 분이에요.

인사하세요."

명주는 눈을 감고 있는 환자를 내려다보았다. 창백한 얼굴은 깡말라 뼈만 남았고, 눈은 움푹 들어가 깊숙하고, 볼은 패여 홀쭉한 모습이 희식을 연상케 했다. 나이도 희식 또래로 보였다. 명주는 왈칵 눈물이 쏟아질 것 같았다. 중증 환자는 자주 각혈을 했다. 각혈을 하면 환자의 옷을 갈아입히고 시트를 갈아주고 따뜻한 물을 마시게 했다.

명주는 빨래들을 잔뜩 머리에 이고 오동천으로 갔다. 피범벅이 된 빨래를 맑은 물에 빨아서 바위 위에 쭉 펼쳐 널었다. 빨래들이 햇빛에 소독되기를 기다리는 동안 멀리 보이는 마산만을 바라보았다. 공업단지인 그곳의 굴뚝들에서 연기가 피어올랐다. 연기를 바라보고 있으려니 산청의 집집에서 뭉게뭉게 피어오르던 연기가 떠오르면서 어떤 희망 같은 것이 명주의 마음을 포근하게 감싸주었다. 오동천 맑은 물속에 남편의 얼굴이 있었다. 흐르는 물속에 남편의 얼굴이 떠오르고 그 위에 희식의 얼굴이 겹쳤다. 그리움에 사무칠 때마다 명주는 물속으로 뛰어들고 싶다는 충동을 느꼈다. 그럴 때마다 명주는 눈을 감고 반야심경을 읊조렸다.

"반야 바라밀다 심경 관자재보살. 아! 부처님 이 중생 또 죄를 지을 뻔했습니다. 구원해주시옵소서."

원내의 사찰은 명주에게 큰 위로가 되었다. 일과가 시작되기 전 사찰에서 드리는 새벽예불에 참여하고 나면 마음이 평온해졌다. 사찰에서 돌아 나오는 새벽길은 고즈넉했다. 오가는 길 그리운 이들의 얼굴이 가끔 떠올랐다. 윤식엄마의 고운 얼굴에 수심이 가득하여 쓸쓸한 미소를 짓기도 했다. 일과를 끝내고 방으로 돌아온 명주는 유평댁에게 편지를 썼다.

자신이 피치 못할 사정으로 이곳 마산으로 오게 되었으며, 언제 돌아갈지는 기약이 없고, 영원히 돌아가지 않을 수도 있으니 기다리지 말고 잘 지내기를 바란다는 내용이었다. 거기까지 쓰고 한동안 생각에 잠겨 있던 명주는 다시 글을 이었다. 그간 많은 의지가 되었고, 모든 것 다 고맙게 생각한다. 내가 없더라도 집과 얼마 남지 않은 전답을 잘 건사하며 혜자와 행복하게 지내기를 바란다……. 명주는 유평댁에게 쓴 긴 편지를 부쳤다. 그녀가 늘 마음에 걸렸으나 이제 세상의 모든 것은 다 자신과는 아무 상관이 없는 일이 되었고, 상관이 없는 사람이 되었다고 생각하니 홀가분했다.

환자가 매일 각혈을 하는 것은 아니었다. 첫 번째 환자만 각혈을 했고 두 번째 환자는 아예 하지 않았다. 평상시에는 병원에서 시트와 환자복을 갈아주기 때문에 간병인은 피 빨래만 하면 되었다. 두 사람을 돌본다고 해도 피 빨래만 아니면 그다지 힘든 일은 없었다.

명주는 시간 나는 대로 간병인이 없는 다른 환자도 돌보아주었다. 명주가 가장 참아내기 힘든 것은 돌보던 환자가 병을 이겨내지 못하고 결국 저세상으로 가버릴 때였다. 첫 번째 환자를 떠나보낼 때 명주는 희식을 보낼 때의 슬픔이 다시 되살아나 며칠을 앓아누웠다.

그 뒤로도 많은 이들이 명주 곁을 떠났고, 그때마다 명주는 큰 고통을 겪어야 했다. 그러나 세월이 지날수록 그 슬픔은 희석되었다. 명주는 이제 하는 일에 보람도 느꼈고 심리적으로도 안정된 생활을 했다.

33

어느새 십 년이 흘렀다. 명주는 양지바른 의자에 걸터앉아 해를 쪼이며 지나간 세월처럼 아른거리는 아지랑이를 바라보았다. 며칠 전부터 감기가 왔는지 으슬으슬 한기가 들었다. 열도 나는 것 같았다.

"정명주 씨, 어디 편찮으세요? 안색이 안 좋으신데요."

지나치던 간호부장이 물었다.

"아닙니다. 그냥 햇볕이 좋아서."

명주는 병동으로 들어가려고 일어섰다. 그러나 갑자기 현기증이 일고 다리가 풀려 그대로 주저앉고 말았다. 놀란 간호부장이 그녀를 부축해 진료실로 데리고 갔다.

"정명주 씨, 이제 간병일은 그만하셔야 되겠네요. 검사를 받아보셔야 정확히 알겠지만, 결핵인 것 같네요."

놀람보다 걱정이 앞서는 명주의 속내를 눈치챈 간호부장이 말했다.

"명주 씨가 뭘 걱정하는지 알아요. 염려하지 마세요. 이 병원은 국립이기 때문에 무의탁 노인은 무료로 치료해줘요. 게다가 명주 씨는 무의탁 환자들을 위해 십 년이나 무료 봉사하셨잖아요. 이제는 다른 이의 도움을 받을 때예요."

명주는 조용히 미소 지었다. 진료실을 나온 명주는 이 병원에서의 생활도 이것으로 마지막인가 보다 하고 생각했다. 그동안의 갖가지 회한이 쌓여 주변을 둘러보았다. 한 번도 가보지 않았던, 병동 건너편 숲속에 있는 산장 병사가 눈에 들어왔다.

예전부터 울창한 숲속 사이사이에 있는 그림 같은 집들이 궁금하긴 했지만 짬을 낼 수 없어 오랫동안 그냥 풍경으로만 보아 왔을 뿐이었다. 명주는 산으로 걸음을 옮겼다. 오늘 한번 가보리라.

십여 동의 이 인용 병사는 고즈넉했다. 울창한 숲속의 나뭇잎은 발등을 뒤덮을 정도로 쌓여 있었다. 병사 가까이에 화장실과 사무실이 있었고 멀지 않은 곳에 마리아상이 서 있었다. 병상의 환자들은 마리아상 앞에서 병이 빨리 완쾌되어 아무도 찾아오지 않는 이 쓸쓸한 산장에서 하루빨리 떠나게 해달라고 빌고 또 빌었을 것이다. 산장은 경증 환자들의 요양소라고 들었는데 그들은 지금 재생의 길을 걷고 있을까. 아니면 기도의 효험도 없이 한 많은 이 세상을 떠나버렸을까.

한동안 그 자리에 붙박여 있던 명주는 길옆의 벤치에 앉아 깊은 생각에 잠겼다. 자신은 어쩌다가 되돌려 생각하기도 싫은 이 몹쓸 병에 걸려 또 다른 이에게 짐이 되는 존재가 되었을까. 명주는 그냥 이대로 죽고 싶다는 충동을 느꼈다. 하지만 산목숨을 끊는 것은 죄이다. 그렇다면 이 병을 열심히 치료하여 남에게 폐가 되는 마지막은 안 되리라고 결심하고 명주는 산에서 내려왔다.

결핵 요양소에 들어온 지 십 년 만에 명주는 결핵 환자가 되어 입원했다. 십 년을 결핵균에 노출되었으나 아무 일 없이 잘 지냈다. 그런데 육십을 넘어 칠십을 바라보는 나이에 결핵이라니.

명주는 치료와 섭생에 최선을 다했다. 병원에서 주는 삼시 세끼 충실히 먹었고, 숲속을 산책하며 적당한 운동을 했다. 숲속의 피톤치드를 가슴 가득 호흡하고, 마산 앞바다에서 불어오는 신선한 공기를 마음껏 들이마셨다. 그러자 나날이 살이 오르고 혈색도 좋아졌다. 재검사를 할 때마다 좋은 결과가 나와 투병한 지 이 년 만에 완쾌 판정을 받았다. 하지만 막상 퇴원을 해도 갈 곳이 없었다.

"간호부장님. 저, 병원에 신세를 많이 졌기 때문에 다시 간병일을 했으면 하는데요."

"말씀은 고맙지만 그건 안 돼요. 결핵을 한 번 앓은 사람은 재발하면 어려워요. 미리 조심하셔야 해요. 그리고 나이가 육십이 넘으셨잖아요. 아무리 무료봉사라고 해도 안 돼요. 집으로 돌아가셔서 쉬세요. 그간 수고가 많으셨어요."

집. 나에게 집이라고 하는 곳이 있기는 한 것인가. 친정 부모님은 물론, 하나뿐인 동생마저 세상을 떴다. 그렇다고 다시 영익이나 영택의 집으로 갈 수도 없다. 이 넓은 세상천지에 자기 한 몸 의탁할

곳 없었다. 명주는 산청을 생각했다. 갈 곳은 산청뿐이었다. 이제 오랜 세월이 흘렀고 세상도 많이 변했으니 산청에도 아는 이가 별로 남아 있지 않을 것이었다. 그리고 험악한 나의 팔자로 더 이상 해를 입을 사람도 없을 것이다.

명주는 산청 고향집 대문 앞에 섰다. 작은 보퉁이가 서러웠다. 서슬이 시퍼렇던 솟을대문을 올려다보았다. 골목 밖 얼마쯤까지 훤하게 광채를 뿜어내던 문짝은 몇 번이나 허물을 벗었는지, 흡사 강가에서 뗏목을 주워 달아놓은 듯했다.

나라에서 이 집을 문화재로 지정하였다는 입간판은 글씨도 제대로 알아볼 수 없을 만큼 부식되어 있었다.

명주는 낡고 퇴락한 대문을 밀고 안으로 들어섰다. 찰흙이 잘 다져진 듯 윤기가 흐르고 편평하던 마당에는 어디서 굴러온 것인지 잔돌들이 발에 툭툭 차였다. 여기저기 움푹움푹 패인 데다 풀포기가 무성했다.

위용이 넘치고 화려했던 집은 어디로 갔을까. 한식 이 층 기와집은 원래 시멘트 축대에 빙 둘러싸여 있었다. 축대로 오르는 층계가 양쪽에 두 칸 단정하게 놓여 있었고, 축대에 오르면 대청으로 향하는 섬돌 세 개가 적당한 간격으로 놓여 있었다. 안방으로 대청으로 건넛방으로, 어디를 가든 섬돌만 밟고 오르면 되었다. 그런데 다 깨어진 축대의 잔해만 신산하게 널브러져 있었다. 화강암 섬돌은 어디로 갔는지 알 수 없었다. 높은 마루에 오르려니 다리를 올릴 수가 없었다.

명주는 겨우 엉덩이를 올려 엉기적엉기적 기듯이 올라와 안방 문을 열었다. 교자상 여섯 개를 늘어놓고 잔치를 하던 넓은 방에는 먼지가 켜켜이 쌓여 있었다.

명주의 눈길이 무연히 어느 한 곳을 응시했다. 그곳에 그가 있었다. 핏기없는 창백한 얼굴의 소년이 죽은 듯이 누워 있고, 그의 머리맡에는 다홍치마 연두저고리를 입은 새댁이 고개를 끄덕거리며 졸고 있었다. 새댁은 소년의 몸 위로 미끄러지듯 엎드러졌다. 명주도 미끄러지듯 엎드러졌다.

'이제 나 좀 데리고 가세요. 아들이 떠난 지도 이미 오래고, 먹고 살 방도도 없고, 갈 곳도 없어요. 몸도 성치 않고, 이 크나큰 집을 나 혼자 간수할 수도 없어요…….'

명주는 빈 방바닥을 쓸어안고 흐느껴 울다 잠이 들었다. 부스스 눈을 떠보니 사방은 교교하고 달빛이 휘영청 밝았다. 앞산에 줄지은 나무들은 하늘에 선명한 선을 그렸고 청록색 레이스를 펼쳐놓은 듯 아름다웠다. 이렇게 밝은 걸 보니 둥근 달일 터인데 달은 어느쯤에 있는지 보이지를 않았다.

달을 찾으러 마당으로 내려섰다. 고개를 치켜들고 한참을 찾았다. 둥근달은 지붕 위에 있었다. 달빛에 취해 있다가 명주는 보지 말았어야 할 것을 또 보고 말았다. 기왓장이 군데군데 무너져 내려앉은 자리에는 풀포기만 무성했다. 아! 이 애물단지 집을 어이할 것인가. 집 뒤 대나무 숲에서는 쏴쏴 하는 찬바람 소리만 들렸다.

갑자기 허기가 몰려왔다. 다시 마루로 올라 찬방으로 갔다. 하지만 십 년 넘게 비워두었던 찬방에 먹을 게 있을 리 없었다. 한 길이나 밑에 있는 부엌을 내려다보았다. 달빛이 부엌을 환하게 비췄다. 달빛에 비친 가마솥 세 개가 마치 사람이 웅크리고 있는 듯해서 빨리 대청으로 나와 전등을 켰다. 전등 불빛에 달빛이 희석되는 것이 싫어 다시 불을 끄려고 스위치에 손을 가져가다가 부엌에 웅크리고 있던 세 놈이 뛰어들 것 같아 그대로 두었다.

그때 밖에서 인기척이 들렸다.

"아씨, 아씨 오신 거예요?"

점순의 목소리였다. 소작인들과 부리던 사람들은 모두 자기 갈 길을 떠나고 없는 데 점순이만 아직까지 이곳을 지키고 있는 모양이었다.

"동주네냐? 내가 온 줄 어찌 알고 왔느냐?"

"아이고, 아씨 맞구만요. 지나다가 불이 켜있기에 들어와봤어요. 언제 오신 거예요? 지금 한밤중인데 저녁 진지는 어떻게 하셨어요. 지금 여기는 아무것도 먹을 것이 없어요. 일단 저희 집으로 가세요."

점순의 말은 끝이 없다. 명주는 아무것도 들어가지 않은 속이 워낙 허해서인지 배고픔을 견딜 재간이 없었다. 체면이고 뭐고 따질

겨를도 없이 점순을 따라나섰다.

동네 가운데로 조그만 내가 흘렀다. 냇가 오른편은 민씨 일가가 살던 곳이고 왼편은 소작인과 머슴들이 살던 곳이었다. 양반들의 동네는 고래등 같은 기와집 네 채가 동네를 그득히 채우고 있었다. 명주 시할아버지 사형제 분의 집이었다. 자손들이 타지로 나가거나 집을 간수하지 못해 모두 빈집들이었다. 먼 친척들이 행랑채에서 살고 있기는 하나 양반네들 동네는 텅 비어 불빛이 하나둘 점멸하고 있을 뿐이었다.

"유평댁은 어찌 되었느냐?"

"벌써 여러 해 전에 혜자를 데리고 서울로 떠났어요."

"왜?"

"아씨가 챙겨주지 않으면 유평댁이 혼자 여기서 할 줄 아는 일이 없잖아요."

다리 건너 동네는 사람 사는 세상같이 불빛이 휘황했다. 이제 그곳에도 억압과 굶주림은 없는 듯했다. 두 동네를 잇는 다리가 달빛 아래 그림 같았다. 점순의 집으로 가려면 다리를 건너야 했다. 명주는 다리 밑을 내려다보았다. 흐르는 냇물이 은빛으로 반짝거리고 싸한 공기는 폐를 훑어내는 듯 차갑고 상쾌했다. 산청은 정말 아름다운 고향이었다.

"동주네야."

"네, 아씨."

"그래 동주애비는 돌아왔느냐?"

점순은 아무 말 없이 흐느끼기만 했다. 그녀의 하얗게 센 머리카락이 보였다. 어깨를 들썩이는 점순을 한참 바라보았다. 그녀가 산청을 떠나지 않는 속내를 알 것도 같았다. 명주가 가만히 점순의 손을 잡았다.

"동주네야."

"네, 아씨."

"이번 길이 마지막이 될 거 같구나."

"아씨! 왜 그런 말씀을 하세요. 저와 같이 여기서 살아요."

"아니다. 내 험한 팔자로 남편과 자식을 다 잃고 홀로 남았으니 홀로 가야지."

"그럼 어디로?"

"내가 있고 싶다고 있어지고, 가고 싶다고 가지는 것이 세상살이더냐?"

34

도량을 돌며 두드리는 목탁 소리가 새벽공기를 가르며 은은히 울려 퍼졌다. 명주는 어슴푸레 비치는 달빛으로 자명종 시계를 보았다. 정확하게 2시 30분이었다. 3시 50분에 시작되는 새벽예불에 앞서 도량과 경내를 정화하는 예식이었다. 목탁 소리에 혼곤한 잠에서 깨어나면 마음은 한없이 맑아지고 모든 번뇌가 다 사라졌다. 그리고 그 빈 마음에 무언가 뿌듯하게 가득 차오르는 느낌이 들었다.

누군가 우주의 본질은 공허라고 했는데, 아무것도 가진 것 없어 공허한, 이 중생이 느끼는 충만함의 본질은 무엇이란 말인가. 헛되고 헛된 사바의 모든 것을 벗고 난 다음의 이 부유함은 무엇이란 말인가.

명주는 일어나 옷매무새를 단정히 하고 머리를 얼레빗으로 가려 내렸다. 흑단 같던 머리채는 이제 검은 머리를 찾아내기가 어려웠다. 머리카락도 많이 빠져 엉성했다. 조심조심 빗어내려 빠진 머리를 훑어내고, 참빗으로 잔털을 숨죽여 눌러 빗고, 무릎 위의 비녀를 찌르려고 집어 들었다.

60년을 찌르고 뺀 비녀는 이제 아주 가늘어져 몸피가 조그맸다. 비녀를 만지작대던 명주의 눈앞에 그리운 이들의 얼굴이 스쳐 지나갔다. 금비녀를 찌르고 좋아라 하던 막내 시누이, 사시사철 여러 가지 모양의 비녀를 갈아 꽂으며 정경부인 티를 내던 큰 시누이……. 젊은 날의 그녀들. 명주는 60년 동안 이 은비녀 하나로 정숙함을 드러내야 했고, 소복으로 청상과부임을 드러내야 했던 자신의 젊은 날을 생각하다가 얌전히 비녀를 찔렀다.

방문을 여니 서편에 기운 달이 대웅전 지붕 위에 걸려 새벽을 밝혀주고 있었다. 심호흡을 한 번 하고 하늘을 바라보았다. 우주공간이 어찌 이리도 광활한지 가슴이 탁 트였다. 복닥거리며 살던 사바 세계가 꿈인 양 멀게 느껴졌다.

명주는 대웅전으로 길을 잡았다. 초롱거리며 누군가에게 꿈이 되어줄 별들은 아직 제빛을 잃지 않고 길잡이가 되어주고 있다. 수로를 지나는 도랑물이 제법 큰 소리를 내며 흘렀다. 조그마한 언덕 위에서 떨어지는 물은 낙차가 사람의 키만큼밖에 안 되는 높이인데도 폭포 소리를 냈다. 봄, 여름, 가을, 겨울. 지난 십여 년 동안 언제나 정겨웠던 길이었다.

산자락에 폭 쌓인 대웅전으로 향했다. 경은 벌써 정좌하여 독경을 하고, 작은 스님들도 속속 모여들고 있었다. 명주는 석가여래상이 정면으로 보이는 큰 문을 피해 작은 옆문으로 들어가 뒷자리에 앉아 눈을 감고 염주를 헤었다. 무상무념, 눈을 들어 여래상을 바라보았다. 수없이 마주했던 석가여래상인데 새삼 눈물이 핑 돌았다. 명주는 이제 마지막임을 예감했다.

'부처님, 이제 이생의 마지막에 온 것 같습니다. 아무 미련도 애착도 없는 삶이었습니다. 제 가는 길이 험하여 여러 사람 폐 끼치는 일 없게 해주시기를 빕니다. 부처님! 제 마지막을 품어주셔서 고맙습니다. 나무관세음보살.'

명주는 눈물을 털어내고 경의 뒷모습을 가만히 바라보았다. 눈앞에 어른거리는 탱화가 극락의 세계인 듯 황홀했다.

아침 공양이 끝나고 각 전으로 돌아가는 길에 명주는 경의 곁으로 다가갔다. 스스로 경의 앞으로 다가가기는 처음이었다. 마지막이 될 것이었다.

"큰스님, 제 조카 주소와 전화번호가 바뀌었습니다. 여기 적었습니다."

경은 명주의 목소리를 듣고 이것이 혹시 꿈은 아닌가 의심했다. 겨우 정신을 가다듬고 입을 열었다.

"건강이 안 좋으십니까?"

몇십 년 만에 처음으로 명주에게 건네는 말이었다. 명주가 자신에게 아는 체를 했다고 생각하니 현기증이 일었다. 명주를 똑바로 바라보기도 힘들었다. 그냥 목소리가 아닌, 저 깊은 곳 어디에서 울려오는 소리로 물었다. 명주도 땅을 바라보고 대답했다.

"그런 것은 아닙니다."

간단한 대답이었다.

"네, 건강 조심하십시오."

떨리는 목소리가 잠겼다.

"네, 큰스님. 그간 감사했습니다."

명주는 인사를 하고 조용히 가던 길을 갔다. 곁을 스쳐 지나가는 명주의 숨결과 발소리와 옷자락 스치는 소리, 그러니까 명주의 모든 것을 눈을 감은 채 느끼고 있던 경은 천천히 뒤돌아 명주를 응시했다.

경은 명주가 바뀐 전화번호를 준 것은 자신의 사후를 수습해달라는 부탁임을 알아차렸다.

경이 일을 저지르고 새벽녘에 정주댁을 떠났던 그 새벽이 생생하게 떠올랐다. 여전히 예리한 칼에 베인 것처럼 가슴이 아팠다.

직지사로 들어온 뒤 불목하니에서부터 주지가 되기까지는 오랜 세월이 걸렸다. 처음 몇 해 동안은 아씨를 잊지 못해 산청으로 가는 길목에서 많이도 망설였다. 버스를 타고 산청으로 가고 싶은 충동에 버스 앞까지 다가갔다가 뒤돌아서기를 몇 해 동안 반복했다. 야밤에 아씨를 업고 도망가서 멀리 산골에 들어가 밭 갈고 논매며 살아가는 꿈도 수없이 꾸었다. 하지만 이루지 못한 꿈이었다.

동료 스님의 배려로 글을 익혔고, 한문도 배웠고, 불경도 읽었다. 그러면서 공부에 재미가 붙었고, 불심이 깊어지면서 조금씩 명주 생각에서 벗어날 수 있었다. 그러나 한가한 틈만 나면 명주 아가씨가 떠올랐다. 눈물과 슬픔, 고통과 기쁨의 근원이 모두 그녀에게 있었다. 그동안 주지 스님이 몇 번 바뀌었다. 어느 새인지 경 위로는 스님이 없었다. 경이 좌장이 되었고, 주지가 되었다. 함양, 산청, 거창, 하동 등지에서 모여오는 신도들로 사찰은 항상 성시를 이루었다. 경은 행여 아씨가 오시지 않았을까. 두리번거렸지만 오랜 세월 동안 그것은 헛된 바람이었다.

산간에는 밤새 소리 없이 그리움이 내리고 있었다. 경은 촛불을 밝혀두고 불경을 읽다가 법당문을 열고 밖으로 나갔다. 산야는 달빛을 받아 반짝거렸고 교교한 골짜기는 시간이 멈춘 듯 고요했다. 경은 느린 걸음으로 오솔길을 따라 걸었다. 직지사를 품은 이 산이 그 옛날 산청에서 자신이 나무하러 다녔던 팔봉산을 닮아 있다는 생각은 다시 아씨를 향한 그리움으로 이어졌다.

경은 또 먼 옛날을 떠올렸다. 벌써 그것이 몇십 년 전 일이던가. 그러나 생생한 기억은 아직도 아픔으로 남아 경을 혼란스럽게 했다. 아씨는 어찌 지내는지, 혹시 돌아가신 것은 아닌지, 왜 다니시던 절에는 한 번도 오시지 않는지.

아무리 떨쳐버리려 해도 머릿속에서 지워낼 수 없는 기억들, 서방님 장례식 날 아씨를 업고 산에서 내려온 기억, 아씨와 한 차를 타고 아씨 친정집에 가던 기억에 경은 하늘을 우러러 탄식했다. 그렇게 경은 밤새 산자락을 헤매곤 했다.

자신이 아무것도 모르고 오게 된 이 사찰이 아씨가 종종 찾은 직지사라는 사실은 나중에야 알았다. 경은 가슴이 떨렸다. 이것이 훗날 아씨를 만나리라는 계시가 아닐까. 하지만 몇십 년을 기다려도 아씨는 오지 않았다. 이제 이생에서 다시는 볼 수 없으리라 생각하고 단념했는데 십 년 전, 거짓말처럼 아씨가 나타났다.

사찰로 들어서는 큰길을 따라 올라오는 한 여인이 있었다. 먼발치로 본 여인은 아씨와 흡사했다. 경은 자신이 밤새워 아씨를 그리워

했기에 아씨로 착각한 것이 아닌가 하고 자세히 보았다. 환상이 아니었다. 분명 아씨였다. 여인은 두 손을 가슴에 합장한 채 살짝 목례한 다음 경의 곁을 스쳐 지나갔다.

새벽 예불시간이 되었다. 좌측 구석 자리에 어제 보았던 그 여인이 두 손을 가슴에 모으고 그림인 듯 앉아 있었다. 경은 가슴이 뛰었고, 숨조차 쉬기 어려웠다. 어떻게 아침 예불을 끝냈는지도 모르게 끝을 내고 정신을 차려보니 여인은 이미 자리를 뜬 뒤였다. 혹시 아씨가 아닌가? 아니다. 아씨가 분명하다. 경은 며칠을 뒤척였다.

새벽 예불 때마다 아씨는 자리를 지켰다. 그러나 경에 대해서는 무관심했다. 그런 그녀에게 말을 붙여볼 엄두조차 내지 못한 경은 사무실로 가서 손님 명단을 확인하고서야 그녀가 정녕 아씨임을 확인했다.

무슨 연유로 절에 기거를 의탁했는지 궁금했지만 감히 아씨 앞에 나설 수 없었다. 그저 묵묵히 하루하루를 보낼 따름이었다. 여전히 한 걸음도 아씨에게로는 다가가지 못하고 다시 며칠이 흘러갔다. 이제는 새삼스럽게 아는 체할 수도 없는 지경에 이르렀다.

경은 하루에 한두 번 아씨를 보는 것을 낙으로 삼고, 또 그녀와 한 공간에서 호흡할 수 있다는 기쁨으로 십 년 세월을 보냈다. 공양간에서 공양을 할 때도 여러 번 시선을 보내봤지만 아씨는 고개를 들지 않았다.

그런 그녀가 절에 온 지 십 년 만에 처음으로 말을 걸어온 것이었다. 주지인 자신에게 장례를 집례해달라는, 처음이자 마지막 부탁이었다.

다음날 예불시간에 명주가 보이지 않았다. 경은 내심 짐작하고 마음의 준비를 하고 있었다. 아니나 다를까 평소 명주를 따랐던 작은 스님이 다급히 경을 찾았다.

"큰스님, 명주 보살께서 이상하세요. 불러도 대답이 없기에 들어가 보았더니 숨을 안 쉬는 것 같아요."

경은 명주의 처소로 가서 명주의 상태를 살펴보았다. 꿈에도 그리던 아씨의 손목을 잡고 맥을 짚었다. 가슴 위에 손을 얹어보고, 코에 귀를 대보았다. 경은 눈을 감았다. 업장소멸. 향년 74세였다.

구석에 놓인 작은 보퉁이는 단정하게 매듭이 지어져 있었다. 경은 명주의 옷고름 같은 매듭을 풀었다. 색이 바랜 아씨의 혼인 예복이 수줍은 듯 드러났다. 겹겹이 싼 명주의 다홍치마 저고리가 품고 있는 것은 영정 사진 한 장이었다. 경성제1고보 교복을 입은 아직 앳된 소년이 웃고 있었다. 경은 눈을 감은 명주의 하얀 머리와 소년의 교복을 번갈아 바라보았다.

그대 '산청'을 아는가

_방현석(소설가·중앙대 교수)

문학은 어떤 과학이나 이론으로도 증명할 수 없지만 인간의 삶 속에 분명히 존재하는 그 어떤 진실에 다가가는 길 없는 길이다. 그 길 없는 길을 걸어간 사람들의 이야기가 소설이라면 민윤숙 작가의 『산청』은 분명 최고의 소설이다.

내가 『산청』을 처음 만난 것은 십 년도 훨씬 전이었다. 조금 긴 단편이었는데, 함께 읽은 사람들은 이야기를 줄이고 압축했으면 좋겠다고 했다. 내 의견은 정반대였다.

─이건 장편으로 써야 해요.

내가 그렇게 말한 건 이야기가 길거나 많아서가 아니었다. 『산청』에는 삶의 원형이 있었다. 민윤숙 작가가 불러낸 이야기는 소설가로서 탐이 나도록 매혹적이었다. 『산청』에는 우리 시대가 까마득히 잊어버리거나 잃어버린 원형적인 삶의 형식과 본질이 고스란히 살아 있었다.

그렇지, 인생이 이런 거지. 이래서, 이러니까 인간이지.

민윤숙 작가는 기나긴 고투 끝에 마침내 인생이란 말에 값하는 삶을 살아낸 눈물겹게 쓰라리면서도 따뜻하고 아름다웠던 한 인간의 이야기를 빛나는 장편소설로 완성해냈다. 작가에게 소설 쓰기는 소설 속의 인물들과 그 시간을 함께 사는 일이며, 궁극적으로는 자기 인생을 되돌아보며 다시 살아보는 과정으로서의 예술이다.

『산청』의 주인공 명주는 선택을 주저하지 않는 성격의 소유자였다. 중매쟁이가 주선한 신랑감 민영휘를 탐내면서도 망설이는 부모들과 달리 그녀는 그 자리에서 결정했다. 명주의 나이 열넷이었다. 하지만 허난설헌과 같은 글 쓰는 사람이 되기를 꿈꾸었던 그녀의 그 선택이 비극의 시작이 될 줄이야 누가 알았겠는가. 혼인한 그 나이, 열넷에 남편을 잃었다.

명주의 버선발등 위로 눈물이 뚝뚝 떨어졌다. 점순은 명주를 부축해서 다시 작은 방으로 데려갔다. 명주는 발걸음이 떨어지지 않는지 계속 주위를 두리번거렸다.

"아가씨, 서방님이 어디 가셨나 찾으신 거죠?"

"응. 어디로 가신 것이냐?"

"새서방님은 아까 그 병풍 뒤에 계세요."

"왜 거기에 계신 것이냐."

"아가씨, 산 사람과 죽은 사람은 같은 공간에 있지 못해요."

명주는 한 번도 장례를 본 적이 없었다. 점순은 다시 울음을 터뜨리는 명주를 말없이 안아주었다. (38쪽)

명주가 태어나서 처음 치르는 장례의 주인공이 신방도 차려보지 못한 남편이었다. 자신이 결정한 선택이었기에 누구도 원망하지 않았다. 자신이 선택한 결과 앞에서 날마다 가만가만 흐느꼈지만, 그녀는 자신 앞에 놓인 운명을 누구보다 잘 알았다.

"왜 그러세요, 아가씨. 또 울어요? 이제 다 끝났잖아요."

"끝나기는. 이제부터 시작인걸." (55쪽)

선택할 수 있다는 것은 판단할 수 있다는 뜻이다. 그녀의 몸종이었던 점순은 죽은 새서방님이 왜 병풍 뒤에 있어야 하는지는 알아도 병풍 앞에 남은 아가씨의 앞길은 알지 못했다. 하지만 명주는 자신의 남편이 왜 병풍 뒤에 있어야 하는지 몰라도 병풍 앞에 남겨진 자신의 상황을 판단하고 예감했다.

『산청』의 주인공 명주가 예감한 대로 그녀의 인생은 끝난 것이 아니라 시작에 불과했다. 이렇게 시작된 이야기 『산청』은 민겸호 집안의 이야기로 확장되고, 종복들이었던 경이와 점순의 이야기로 깊어지며 마침내 인생을 거느리고 떠난 한 인간의 자리에 무엇이 남게 되는지를 유려하게 보여준다.

소설과 소설 아닌 것의 차이는 '인생'과 '인간'의 유무다. 아무리 소설의 흉내를 내며 그럴듯하게 꾸며대도 '인생'과 '인간'이 없는 이야기는 소설이 아니다. 남의 아들을 받아들여 내 아들보다 더 공들여 키워 허무하게 내놓고, 끝내는 속수무책으로 영영 떠나보내야 하는 대목에 이르면 독자들 누구나 가슴이 저려 잠시 책장을 덮지 않을 수 없을 것이다. 인생을 아는 작가만이 가닿을 수 있는 삶의 지평을 『산청』은 너무나 담담하게 보여준다.

작가 민윤숙이 보여준 것은 우여곡절의 인생, 그 인생의 고비에서 쓰러지고 무너지며 다시 일어서는 쓰라리게 아프고 눈물겹게 따뜻한 인간의 이야기만이 아니다.

소설 『산청』을 읽으면 산청에 가보고 싶은 유혹에 빠진다.

경성에서 첫차를 타고 출발했는데도 벌써 해가 저물고 있었다. 서편 능선으로 기우는 해의 잔광이 온 천지를 붉게 물들였다. 그 눈부신 빛 속에 경호강의 거대한 물결이 쉼 없이 꿈틀대며 흘러갔다. 이곳을 몇 번이나 지나다녔어도 한 번도 눈에 담은 적이 없었던 황홀한 장관이었다. (145쪽)

사람은 그가 사는 자연의 얼굴을 닮는다. 나는 『산청』을 읽으며 명주와 점순이 살았고, 경이가 지켰던 산청의 산하를 떠올렸다. 높은 산자락을 줄줄이 거느리고 유유히 흘러가는 경호강과 세상 어느 곳보다도 아늑하고 평온했던 산청의 마을. 산청은 민윤숙의 소설 『산청』으로 해서 이제 고유명사가 아닌 한 시대를 가장 인간답게 살았던 사람들이 살다 간 순정한 공간을 상징하는 추상명사가 되었다.

소설 『산청』이 거둔 무엇보다 대단한 성취는 식민지 시대와 분단, 한국전쟁으로 이어진 한국의 근현대사를 그 어떤 역사책보다도 잘 보여준다는 점이다. 봉건사회에서 근대를 거쳐 현대에 이르는 과정을 단 한 세대에 다 겪어내며 선진국에 진입한 나라는 세계에서 한국이 유일하다. 소설 『산청』의 주인공 명주와 시누이 민말주, 점순은 그 특별했던 세대가 통과한 파란만장한 역사의 이면을 너무나 생생하게 보여준다.

특히 한국전쟁이 지극히 평범했던 보통 사람들에게 무엇이었는지, 그 본질을 이토록 잘 보여준 작품은 일찍이 없었다. 전쟁은 지금까지 하나인 줄 알았던 사람들의 다른 소망을 드러내주는 과정이었다. 달콤하고 뜨거웠던 꿈이 갑자기 찾아들었을 때 사람들은 어떤 표정을 지을까.

"점순아, 너도 종살이는 이제 끝이다. 무산대중을 위해 우리 애들 아빠가 불철주야 얼마나 투쟁했는지 너는 모를 것이다. 그러니 이제 이 혁명이 너 같은 부류들의 해방이란 말이다. 계급해방이란 말이야."

점순은 얼이 나가서 멍청히 서 있고 그사이 정신을 가다듬은 명주가 한마디 했다.

"이서방댁, 대체 무슨 일이 어떻게 일어났는지 모르겠네요. 무엇이 이서방댁을 이렇게 변하게 만들었는지 모르겠지만 진정 좀 하세요."

촌부들이 입는 무명 치마저고리를 입은 말주는 여전히 들뜬 목소리로 대꾸했다.

"형님, 형님도 그 사상에 한 번 접하게 되면 달라질걸요. 나도 처음에는 코웃음만 쳤어요."

명주는 알아들은 것도 같고, 못 알아들은 것도 같아 말문을 닫아버렸다. (225쪽)

농촌에 살면서도 손에 물을 묻히지 않고 도회의 백화점 나들이를 열중했던 민말주의 변신은 놀라웠고, 아가씨를 모시고 사는 것을 운명으로 여겼던 점순은 넋이 나갔다. 명주만이 변함없는 눈길로 회오리가 몰아치는 시절을 지켜보며 견딘다.

사람의 눈길과 함께 마음까지 사로잡았던 말주는 계절이 채 바뀌기도 전에 끌려갔다. 점순은 선망의 대상이었던 말주의 몰락이 믿기지 않았다.

　점순은 단성 아씨가 거지꼴을 한 채 아이들을 줄줄이 끌고 친정
에 나타난 일이 도무지 이해가 되지 않았다. 사단이 나도 크게 났
을 것이라고 짐작은 했다. 하지만 며칠만 있으면 좋은 세상이 올
것이라고 장담했는데 왜 갑자기 세상이 뒤집혔는지 점순의 머리로
는 상상이 되지 않았다. 무슨 아이들 장난도 아니고 왜 자꾸 이랬
다 저랬다 하는지 도무지 모를 일이었다. (268쪽)

　도무지 알 수 없었던 격랑의 시간에 휩쓸린 말주에게 방을 얻어주
고 아이들의 살길을 찾아준 것은 명주였다. 한때 집안 살림을 작파하
고 밖으로 나돌던 점순의 아이들을 건사해낸 사람도 명주였다.
　『산청』은 열네 살에 혼자가 되어 평생을 홀로 살았던 그녀가 지켜
낸 사람들이 있어서 오늘도 해가 떴다는 사실을 우리에게 일러준다.
우리 곁에서 명주를 더는 찾기 어려워졌다 할지라도 아직 우리에게
는 그런 명주를 이야기해줄 작가가 있다.
　식민지배와 분단, 전쟁을 치르며 어떻게 한국인이 살아남았는지
묻지 않을 수 없는 시간이 반드시 올 것이다. 민윤숙의 『산청』보다
그 질문에 더 잘 대답해줄 수 있는 소설을 한국문학사에서 찾기는
쉽지 않을 것이다.

산청

ⓒ 민윤숙

2024년 3월 4일 초판 1쇄 발행

지은이 민윤숙
펴낸이 김재범
펴낸곳 (주)아시아
출판등록 2006년 1월 27일
등록번호 제406-2006-000004호
주소 경기도 파주시 회동길 445 (서울 사무소: 서울특별시 동작구 서달로 161-1, 3층)
전자우편 bookasia@hanmail.net

ISBN 979-11-5662-653-4 (03810)

아시아의 소설들

돌을 깨우다	구자인혜 소설집
차밍스쿨	박혜영 장편소설
이웃들 한국문화예술위원회 문학나눔 선정도서	진하리 소설집
마지막 서커스 한국출판문화산업진흥원 세종도서 선정	박송아 소설집
그래스프 리플렉스	김 강 장편소설
관계의 온도	박지음 소설집
소방관을 부탁해	테마소설
화해의 몸짓 한국문화예술위원회 문학나눔 선정도서	장성욱 소설집
우리는 오피스텔에 산다 한국출판문화산업진흥원 세종도서 선정	전민식 장편소설
애도의 방식	김수영 소설집
고양이 버스 한국문화예술위원회 문학나눔 선정도서	문미순 소설집
여행시절	테마소설
AI가 쓴 소설 한국문화예술위원회 문학나눔 선정도서	박금산 장편소설
사진을 남기는 사람	유희란 소설집
소비노동조합	김 강 소설집
별 게 아니라고 말해줘요 한국문화예술위원회 문학나눔 선정도서	도재경 소설집
네바 강가에서 우리는 한국문화예술위원회 문학나눔 선정도서	박지음 소설집
우리 언젠가 화성에 가겠지만 한국문화예술위원회 문학나눔 선정도서	김 강 소설집
피시스케이프	이용준 장편소설
비 인터뷰	이재은 소설집
유빙이 녹기까지 한국출판문화산업진흥원 세종도서 선정	권미호 소설집
그들이 내 이름을 부를 때	방현석 장편소설